イスランの白琥珀《こはく》

乾石智子

「この子は稀なる闇の種を抱いている。偉大な魔道師になろう」〈星読み〉テイバドールと共にイスリル帝国の礎を築いた国母イスランにその才を見いだされた大魔道師ヴュルナイ。いまわの際のイスランに国の行く末を託されたものの、その後の後継者争いで裏切りにあい、輝かしい名声も地に堕ちた。それから数十年、国の中枢には欲にまみれた連中がはびこり、存亡の危機に。密かにオーヴァイディンと名を変えて生きていたヴュルナイは、無実の罪で捕らえられた若い女族長を助けるが……。謎に包まれた魔道帝国イスリルの歴史が、ついに明らかになる。

登場人物

オーヴァイディン（オーヴ）……放浪の魔道師
エムバス……オーヴァイディンの養い子で友人
スティッカーカル……オーヴァイディンの銀鉱山の管理人
パッカード……オーヴァイディンの料理人
ハルファリラ（ハルファリル）……ロブロー族の族長
ポーポス……〈双子の魔女〉
サナー……〈双子の魔女〉
セルラ……魔道憲兵隊の副長
マクマーマク……マッキエ族の族長
グラスグーシ……イスリルの王。〈落雷王〉。魔道師
ジルナリル……宰相。魔道師
フークルフーク……魔道師。研究者
イスラン……イスリルの国母。魔道師
テイバドール……イスランの夫。〈星読み〉。故人

リルル……………………………イスランの妹。魔道師

ルネルカンド…………………リルルの夫。宰相

ルディルン……………………リルルとルネルカンドの長男

ファーラ………………………リルルとルネルカンドの長女

カンカート……………………リルルとルネルカンドの次男

レイレディン…………………リルルとルネルカンドの三男

ヴュルナイ……………………王殺しの魔道師

イスランの白琥《こ》珀《はく》

乾　石　智　子

創元推理文庫

VÜLNEI

by

Tomoko Inuishi

2020

目次

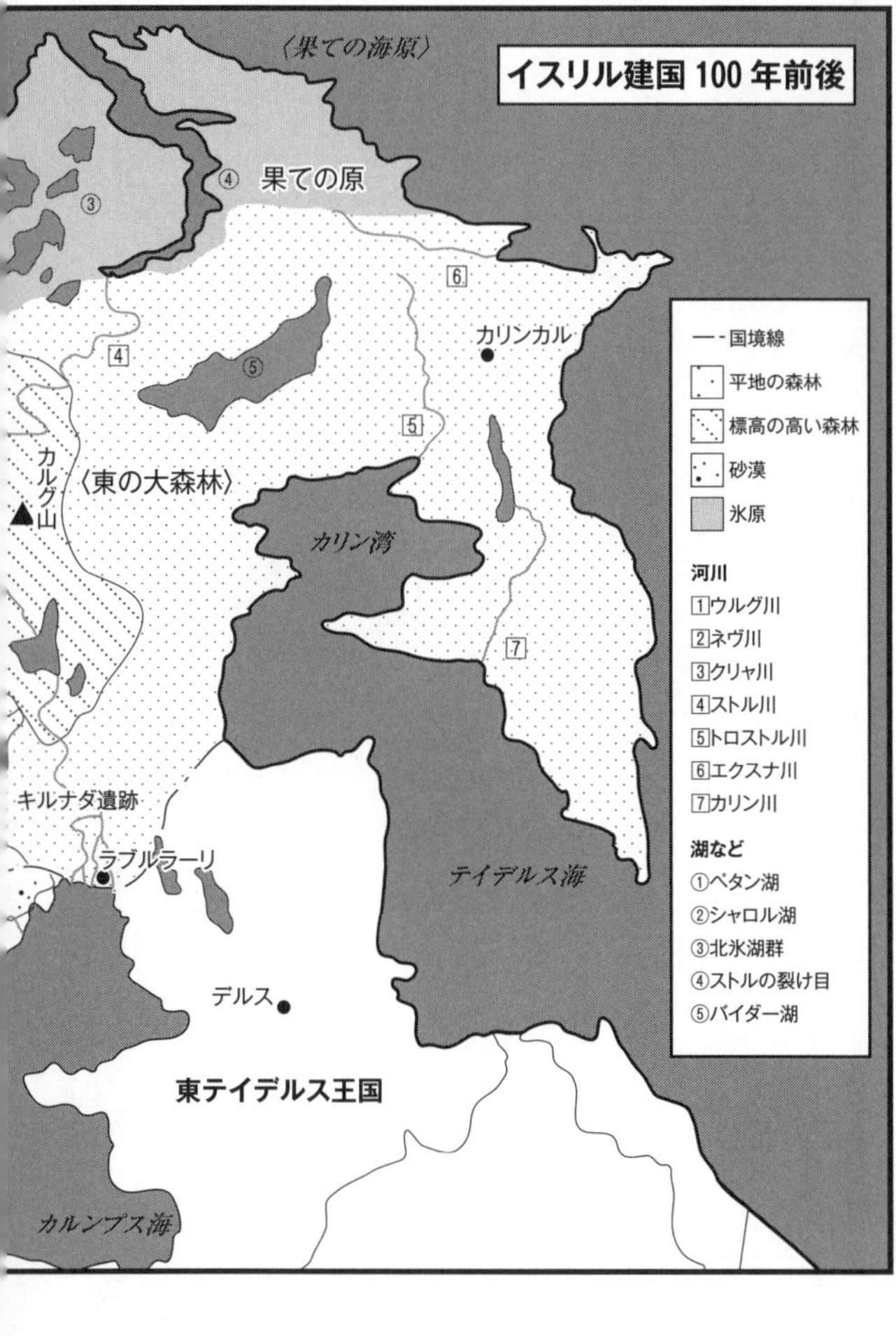
イスリル建国 100 年前後
〈果ての海原〉
④ 果ての原
③
⑥
カリンカル
④
⑤
⑤
カルグ山
〈東の大森林〉
カリン湾
⑦
キルナダ遺跡
ラブルラーリ
テイデルス海
デルス
東テイデルス王国
カルンプス海
国境線
平地の森林
標高の高い森林
砂漠
氷原
河川
①ウルグ川
②ネヴ川
③クリャ川
④ストル川
⑤トロストル川
⑥エクスナ川
⑦カリン川
湖など
①ペタン湖
②シャロル湖
③北氷湖群
④ストルの裂け目
⑤バイダー湖

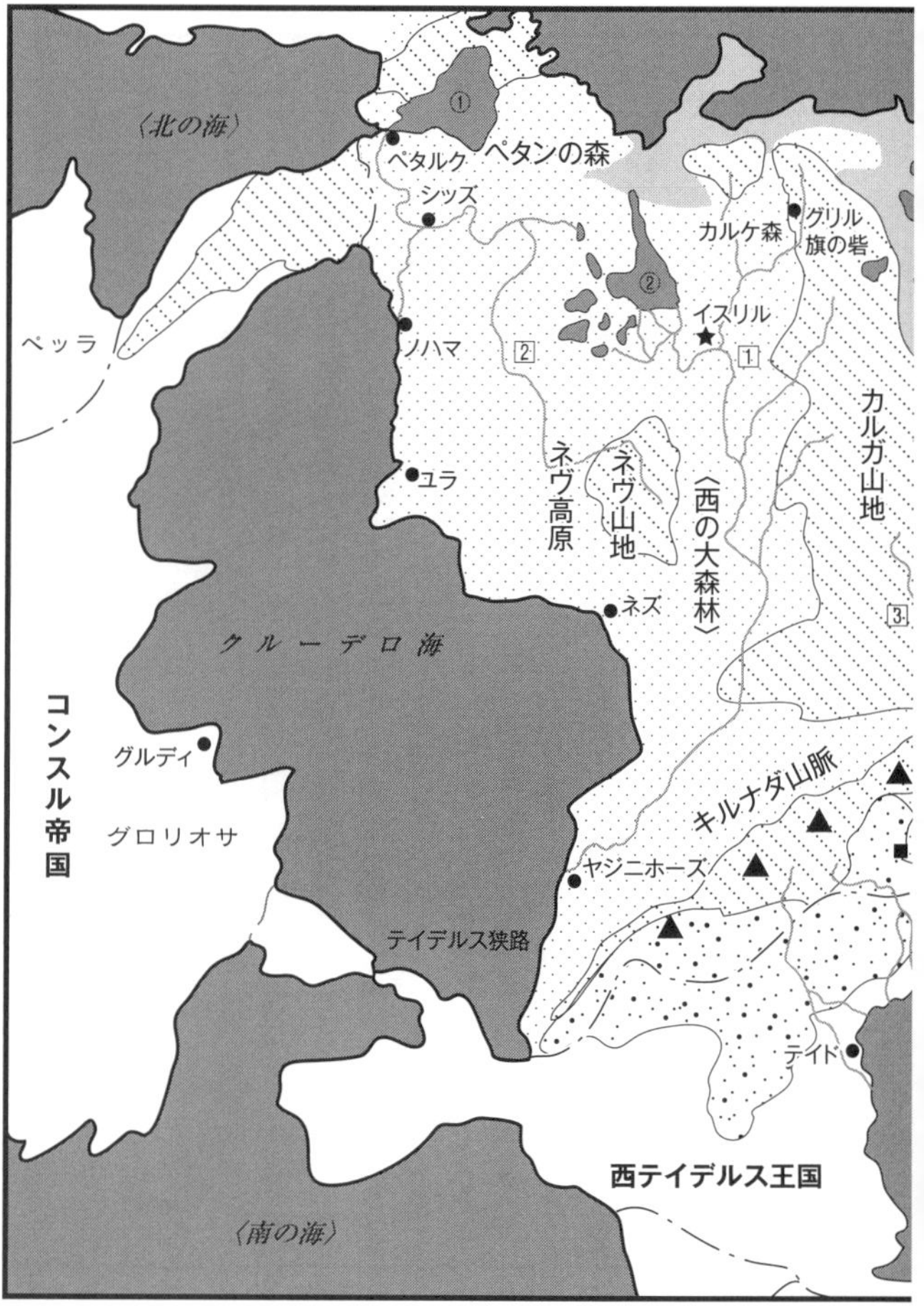
〈北の海〉
ペタルク
ペタンの森
シッズ
カルケ森
グリル
旗の砦
ペッラ
ノハマ
イスリル
カルガ山地
ネヴ高原
ネヴ山地
〈西の大森林〉
ユラ
ネズ
クルーデロ海
コンスル帝国
グルディ
グロリオサ
キルナダ山脈
ヤジニホーズ
テイデルス狭路
テイド
西テイデルス王国
〈南の海〉

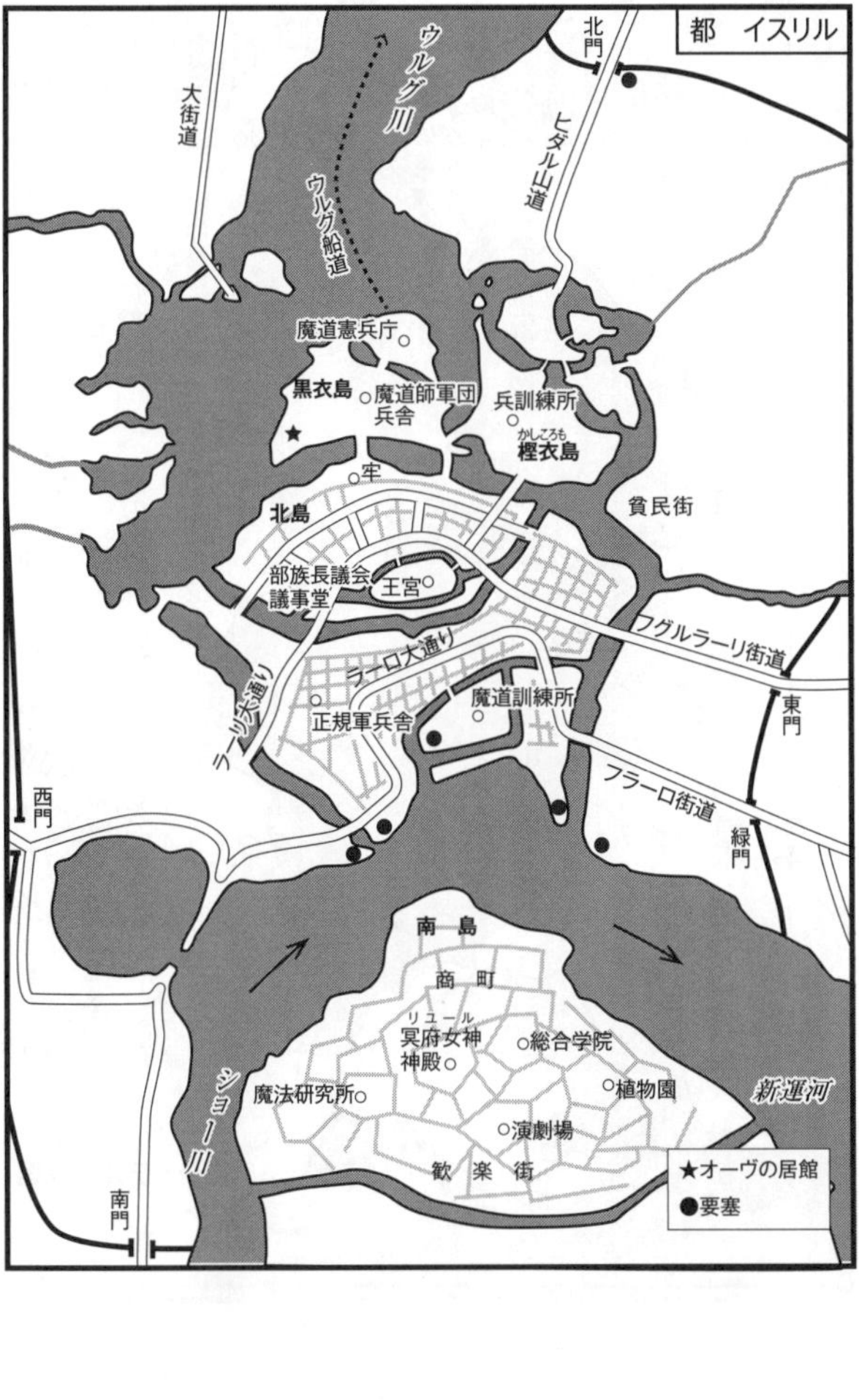
都　イスリル
北門
大街道
ウルグ川
ヒダル山道
ウルグ船道
魔道憲兵庁
黒衣島
魔道師軍団
兵舎
兵訓練所
樫衣島《かしころも》
牢
北島
貧民街
部族長議会
議事堂
王宮
フグルラーリ街道
ラーロ大通り
ラーリ大通り
魔道訓練所
正規軍兵舎
東門
西門
フラーロ街道
緑門
南島
商町
冥府女神《リユール》
神殿
総合学院
魔法研究所
植物園
新運河
演劇場
ショー川
歓楽街
南門
★オーヴの居館
●要塞

イスランの白琥珀《こはく》

イスランの白琥珀《こはく》

VÜLNEI

国の礎《いしずえ》を築きたるはテイバドール〈星読み〉
国の祖はイスラン〈魔道師たちの母〉
最初の王はルディルン〈暴虐《ぼうぎゃく》王〉
民のために勲《いさお》をたてしはカンカート
中興の祖はレイレディン〈正義帝〉

——『イスリル国公伝』総覧の章より

1

貧しき者、弱き者によりそえと教えられてきた。幼い頃はヴュルナイ自身も貧しく、弱き者であった。それゆえその教えの大切さは身にしみていたが、貧しさと弱さが、怖れをひきよせることもわかっていた。幼少期の恐怖は、心の奥底に根づき、成人したのちも、ときとして夢にあらわれた。

夢の中、彼は〈豊かなる凍土〉と呼びならわされている森の中に佇《たたず》んでいた。濃い霧が足元に渦巻いては、空めざしてのびているカラマツの幹に、まるで蔦《つた》のようにからみつく。枝を落としたカラマツは、火災にあった王宮や神殿の跡のように、黒い骨となってどこまでもつづいている。幼いヴュルナイは、建ち並ぶ兵舎や魔道訓練所や部族長議会議事堂や王のおわします王宮、冥府女神《リユール》の神殿などがあることすら知らないが、齢《よわい》百をこす大魔道師の意識には都イスリルは故郷そのものとして根を張っていた。それゆえ、枝先に冷たく広がる白い空の色も、大地に敷きのべられた新雪の酷薄《こくはく》さも、「イスリルの都とは違う」と感じて落胆していた。ずっと南のイスリルであれば、空の色にはときおり青の輝きが射しこむし、新雪はあっというまに人々の足に踏まれて灰色の石畳になじみ、やがて消え去ってしまう。だが、〈豊かなる凍土〉

ではそうはいかない。この厳冬期、空に白以外の色がまじることはほとんどなく、新雪が踏みにじられるのは馳鹿《タヌーク》の群れが雪の下の苔や地衣類を求めて大挙してやってくるときばかり。

霧の中に目を凝らして、その新雪がおおい隠したものをさぐるヴュルナイは、常に凍え、飢え、震えていた。隠されたものが見つかれば、飢えと寒さから遠ざかることができる。ほんの半日くらいはな、とおとなのヴュルナイは呟くが、切羽つまった少年の思いは消えない。タヌークの糞があのわずかに盛りあがった雪の下にあれば、今日の食べ物にありつける、と、はかない期待を抱くのだ。

まだ九歳の少年は、爪先が破れて親指がのぞく靴をひきずりながら近づいていく。雪を払ってみれば、凍って久しいタヌークの落とし物が、ひとかたまりになっている。

「このあたりの森はヒダルの民の土地だ。十年も前、おまえたちの部族をうち負かしてからそうなった。おまえたちは本来なら殺されても文句の言えない立場だが、タヌークの糞をとってくる者も必要だから、生かしておいてやる。いいか、心しておけよ。わしらの土地にあるものはすべてわしらのものだ、たとえそれが糞であってもな。だから盗んだことがわかったら、ただじゃあおかないからそう思え」

ヒダルの民、と胸を張った男は、族長の遠い血縁者で、この辺境の土地をようやく分け与えられた村長にすぎなかったが、横に膨《ふく》れた身体とぎらつく目は、幼い子どもには充分に怪物に見えた。

「糞を持ってくれれば、食べ物を分けてやろう。だがいいか、盗んだとわかったらただではおかん、両手両足ちょん切ってくれる」

　脅しとは思えなかった。ヒダルの民は乱暴者、そのくらいはやりかねない。お情けで領土の隅に住まわせてもらう少数部族は、言いなりになるしかない。

　ヴュルナイはタヌークの糞のそばに跪《ひざまず》いて、両手でゆすった。凍りついたそれは、なかなか大地からはがれようとしない。タヌークは角をもつ大型の鹿の仲間で、極北から南の大森林地帯まで、大きな群れをいくつも作って移動していく。その落とし物は、大変質のいい燃料になる。このあたりにはカラマツしか生えず、薪といえばカラマツの倒木や枝ばかり、火にくべればあっというまに燃えつきる。対してタヌークの糞は火もちが良く、火力調節も容易で使い勝手がいい。ヒダルの村では、糞と薪を賢く使いわけているのだった。

　あかぎれと霜焼けで膨らんだ小さな手で、一所懸命糞をゆすっていると、いつのまにかそばに母が跪いて、手を貸してくれていた。ヴュルナイは百万の味方を得たような気分になり、にっかりと笑う。母も微笑《ほほえ》みかえすが、どこか哀しげであきらめきった笑みだった。この笑みを、心からのものに変えてやりたい、と少年は思う。

　二人で何度かゆするうちに、少しずつ強情な糞の底が大地からはがれていき、白い息をはずませる頃に、ようやくはがれる。これをラメラクの勝手口に持っていけば、何か食べる物と交換してもらえる。ラメラクはヒダルの民の中でも比較的温和な老人で、かみさんも口汚く乱暴な物言いをするわりには、少年に対する扱いには、ときおり憐憫《れんびん》が感じられた。老人の皮膚のように皺《しわ》のよったカブを二個くれてよこす。あるいは、乾燥イナゴをひとつかみか。夏であれば、キイチゴや野ブドウやキノコを持っていき、その三分の一ほどをお返しとしてもらえることもあった。

すっぱい黒スグリでも森の恵みであったから、小袋に十粒入れながら、自分の口には二十粒放りこむこともよくやった。常に腹ぺこの彼らに、口に入れるなという方が無理というものであろう。ところが去年の夏、ジョーナという六歳の少女が、口の周りに黒スグリの紫色のあとをつけているのを、ヒダルの族長の息子が見とがめた。少女は男たちによってたかって殴り殺された。興奮したヒダルの民は、人喰い虎より怖ろしい。抑制がきかなくなって少女の半地下の家の屋根を蹴破り、中にいた病気がちの父親をもひきずり出して殺してしまった。日暮れに、農奴として働かされていた母親が帰ってきたとき、小さな湿っぽい家は壊され、夫と娘の亡骸《なきがら》は獣に喰われよといわんばかりに投げだされていたのだった。一晩中、彼女の慟哭が、森の中に響いていた。ヴュルナイの耳の底には、あの嘆きがこびりついている。まるで梢《こずえ》をわたっていくリュールの死の声のようだった。明け方には聞こえなくなったが、以来、彼女の姿はリュールにさらわれたかのように消え去ってしまった。夫と娘の骸《むくろ》には、ヒダルの民の怒りを怖れて誰も手をふれようとしなかった。いつしか獣たちが持ち去っていき、残された骨は夜陰に紛れておとなたちが葬ったらしい。

法などない。掟すらあやふやで、彼らを護るものではない。強い者、うまくたちまわる者、油断のない者だけが生きのびる。顔色をうかがい、表情を観察し、仕草を見逃さない。ヴュルナイはそのようにして生きのびていく。

……霧が渦巻き、視界が白く遮《さえぎ》られ、恐怖をおおい隠し、やがてまぶしい光が射しこんできた。ヴュルナイは、目を細めて光の射してくる方を見届けようとした。彼は昨夜降った新雪に半ば埋もれている灌木《かんぼく》の後ろにひそんで、見たことも聞いたこともないものに出会おうとしていたのだ。

星が地上におりたったのだろうか。

飾りたてたタヌークからおりたった人々は、色鮮やかに刺繍《ししゅう》を施したくるぶしまでの長い外套《シー》を着ていた。外套《オル》にはウサギかテンの毛が縁どりされており、耳垂れのついた帽子にはきらびやかな真珠《しんじゅ》や宝石が縫いとめられて、まさに天上に住まう高貴な方々だと見てとれた。

二人は女性、一人は男性で、怖ろしげな衛兵たちに護られている。背の高い方の女性が一歩進みでると、後背からようやく昇ってきた朝陽が射しこみ、後光となった。半ば闇となった女性の顔はさだかには見えなかったが、卵形の輪郭《りんかく》の中に鮮緑に燃える瞳が、人でも獣でもないもののように輝いていた。

さすがにヒダルの民も、この女性の前では膝を折り、頭を垂れて恭順の意を示した。

「国母イスラン、部族長の長」

かつてこの東の大地では、多くの部族が相争い、殺しあっていた。魔道師イスランは、夫の〈星読み〉テイバドールと共に、部族を一つにまとめ、版図拡大をもくろんでいた隣のコンスル帝国との講和も実現しようとしていた。しかし、志《こころざし》半ばでテイバドールは凶刃に倒れてしまった。

――イスラン、王国をつくろう。ヒダルもグリルもない、一つの国を。平和で豊かな、カラン麦と葡萄《ぶどう》酒とそして胡椒《こしょう》の実る国だ。魔道師が闊歩《かっぽ》し、誰もそれを怖れぬ国だ。イスラン、そして願おう、その国にきみの名をつけてくれるように。イスリル、大地の魔法の満ちた、天の首飾り輝く、数多《あまた》の人々の歩く、平和と安逸に彩られた、豊かな国……。

テイバドールの遺言を実現するべく、イスランは立った。妹リルルと共に、各部族を一つの国としてまとめるべく奔走《ほんそう》し、隣国コンスルをクルーデロ海の西に追いやり、ようやく国を確立させたのだ。――とは、夢の外の、老成した大魔道師の知識であるが……。

常に腹をつきだしている村長も、今はその腹を二つに折って挨拶した。

「このような村にまでおでましくださるとは、われらにとって誉《ほま》れの至り――」

「イスランはどのような辺境であっても、その御足《おみあし》を運ばれる。したがって悠長な社交辞令を交わす暇はない。子どもたちを並ばせておくようにと申したはず。さっさとしなさい」

イスランの隣に踏みだしたもう一人の女性が言った。その声は早春の梢で名乗りをあげるホシウタドリのように耳に心地好かった。それゆえ、叱責と皮肉に満ちた内容ながら、反感を抱くことは難しそうだ。

「これはわたくしの妹リルル、少々性急なところはあるが、わたくしの思いを常に的確に代弁してくれる。子どもらに会わせておくれ」

イスランの声は森をわたっていく風のようでもあり、大地を駆け下っていく河の流れのようでもあり、真夜中の凍土にふりそそぐ月光のようでもあった。藪陰《やぶかげ》にひそむヴュルナイは、おのれをなす核の部分がゆさぶられ、得体が知れず、理解しきれないものへの恐怖と憧れを感じとった。

村長はあたふたと立ちあがり、怒声を浴びせて村人を走らせ、十呼吸後には四人の子どもを横一列に並ばせていた。夜のように青い帽子の金剛水晶をちかりときらめかせて、リルルが、

「遅い」

と一声を放った。すると、周囲のカラマツの小枝が次々に折れ、かぶっていた新雪と共に地面に落ちた。

「イスランが対コンスルのため、魔道師軍団をつくろうとしていることは、族長から聞いているはず。そのための行幸であるに、この非協力的な態度は芳《かんば》しからず。もしこの四人の中から魔道師候補が見つからなければ、そなたたち、覚悟しいや。ちと困ったことになるかもしれぬの」

その言葉が終わらないうちから、新雪が粉となって舞いあがり、あたりを白くとりまいた。しかしそれも、イスランがほんの少し顎を上向けると、朝陽にきらきらとひらめいて足元にしずまった。ヴュルナイの目の前の灌木の枝先では、羽虫のようにとまって、いっとき金と輝いたあと、雪の結晶に戻るのだった。彼はその一片《ひとひら》を、息をするのも忘れはて凝視した。

ヒダルの男たちが、まっ青になって立ちつくすのへ、イスランの深い声がかけられた。

「この四人は申しつけたとおりであろうな?」

「へ……へい。四人とも、今年十一になるかなったかの子どもたちで……」

村長が顎下を手の甲でぬぐいながら答える。イスランは大きく一歩で四人に迫り、順にその目をのぞきこんでいく。ヒダルの男女は固唾《かたず》を呑んで見守る。最後の一人と目をあわせたあと、イスランはかすかな息を吐いて人々を見わたした。

「他にはおらぬのかえ?」

ヒダルの民が不安気に目を交わすのを、ヴュルナイははじめて見た。あれほど怖いと思っていた連中がたった一人の女性の前でおののいているとは。

「では姉上、参りましょう。次の村は半日先にありますゆえ」

軽蔑もあらわなリルルの声が空に響く。イスランは言葉に従って踵《きびす》をかえしかけた。ふと足を止めて耳をそばだて、何を聞こうとしているのだろうと衆人がいぶかる中、片手をあげてリルルを制した。半周身体をまわしたところで、広場を横切り、ゆっくりとヴュルナイの隠れている方へ近づいてくる。ヴュルナイは立ちあがってウサギのごとく逃げだそうとした。が、手足が縮こまり、心の臓が激しく脈打ち、眉間でぐらぐらゆれる何かのせいで、視点が定まらなくなった。脇の下にイスランの手がさしこまれ、軽々ともちあげられ、目をのぞきこまれても、ネズミをとらない飽食した猫のように、されるがままであった。彼の目の奥で、殻のようなものが割れる衝撃があった。黒い殻であった。殻を破ったものは、根を張るべく下へとおりていき、枝をのばすべく頭頂をめざしたが、イスランの鮮緑の光にはばまれて、喉元と腸《はらわた》の裏で生長を止めた。

——そう急くでない。少しずつ、少しずつじゃ。そうでないとそなたが壊れてしまう。

目をしばたたくと、いつのまにか、背中にイスラン、前面に村の衆という位置に立っていた。

「イスラン様、畏《おそ》れながら……その子はヒダルの民ではありません」

村長がひどく慌てて、両手をふった。

「それに、十一歳にもなっておりません」

イスランは視線をヴュルナイに落とし、

「十一どころか……七つほどにしか見えぬが。そなた、いくつだえ？」

九つ、と答えると、

「ひどく痩せて……。ろくなものを食べておらぬようじゃ」

「イスラン様。重ねて申しあげます。その子は、ヒダルの民ではありませんで——」

「この子の母御、父御はどこじゃ？」

村長の狼狽ぶりをよそにイスランは顎をあげる。人垣の一番奥から母がおずおずと進みでると、そのまなざしにやわらかい光が宿った。

「母御か。父御にも会いたい。父御はいずれじゃ」

「父は……夫は、死にましてございまする」

ヴュルナイは目を瞠《みは》った。母がそのような言葉づかいをするとは考えもしなかったのだ。

「そなたは……。そなたたちはヒダルの民ではないと、村長が言うが、真《まこと》か？」

「はい……。わたくしどもは、十数年前に征服された民の生き残りにございます」

「何と申す」

「……？」

「部族の名は何と言ったのだえ？」

「ヤーシャの民と」

「ヤーシャの民。……して、今は幾人ほど？」

「森中に散らばっておりますが、皆をあわせて三十人に満たないかと」

話しているうちに、母の腰がだんだんまっすぐになってきた。イスランの魔法だろうか。うつろだった目にも力が生まれたようだ。ヴュルナイが息を呑んでいると、イスランはおのれの豪華な上衣の前をひらいて震える彼の身体をすっぽりと包んでくれた。雪どけの匂いと温かさがしみてくる。――泥や垢《あか》で汚れきり、蚤《のみ》や虱《しらみ》や疥癬《かいせん》に冒されているというのに、と夢を見ているヴュルナイは涙する。そう、イスランは最初から、弱き者、貧しき者によりそう人だった。

「それでは、そなたたちヤーシャの民は、今より新しき土地に移動しなさい。わたくしの直轄地で、ここより一日半の南にある。以後そこをヤーシャの民の領土とする」

「そんな……！　イスラン様、いかにイスラン様でも、それはご無体というもの、ヤーシャの民はわれらヒダルが征服したもの、したがってわれらの財産、われらの持ち物で――」

「おや、そうであったか。ではそなたらを罰せねばならぬの」

突然、村人の背後に轟音《ごうおん》が鳴り響き、火柱が立ったかと思うや、一本のカラマツの幹が縦に裂けて大地に倒れ伏した。地響きの中に、リルルの歌うような声が重なった。

「七年も前、部族長議会で決定したことを知らぬとは言わせぬぞ。この辺境の地まで報せが届かなかったとは言わせぬぞ。部族の長を通して、すべての民に周知することと法が定められた。知らぬのであったならば、族長の責を問うことになる。『他部族に戦《いくさ》をしかけてはならぬ。他部族を征服してはならぬ。農奴や隷属する民をもつ者は、直ちにこれを解放すべし』知っておろう？」

村長はがくがくと顎を震わせ、両手をさしだして慈悲をこいねがうそぶりをした。対してイスランは変わらず静かな態度で言った。

「あまりに都から離れた地であるゆえ、そのふれを無視してもお構いなしと思っていたのかえ？　……今まではそうであろう。されど今後はそうはならぬ。ヒダルの民とて、イスリルの国の一員であれば、法は遵守してもらわねばならぬ。異存はあるまいな？」

さっきより少し遠いところで、再び落雷がおきた。木の裂ける音に身をすくませて、村長は悲鳴のような喘《あえ》ぎをもらした。

「では姉上、この者共の家を焼き払いましょうか。それとも、村長の首を切り落としましょうか」

「本来ならば、部族長を都の裁きにかけねばならぬが、この辺境ではちとわずらわしいのう。そなたの言うとおりにして決着をつけた方が易しそうじゃ」

イスランが頬をわずかにゆるませる。村長は膝を折り、上半身を大地に投げだして、お許しを、とくりかえしている。他の民人も皆、その背後に跪き、服従の姿勢をとっている。いや、皆ではなかった。ヒダルの民がそう簡単に他人に屈するはずもない。たとえそれが国母であろうと。

　怖れを知らない複数の若い者が、俊敏に立ちあがりざま、イスランとリルルに襲いかかった。短槍を構えて喚《おめ》き声をあげ、身体ごとつっこんでくる者、頭上で大剣をふりまわし、迫ってくる者、両腕を広げてただただ、のしかかろうという者。ヴュルナイはイスランの長衣の陰で、得意とする弓をとろうとまさぐったが、ああ、これは夢だ、夢の中で自分は魔法も使えない九歳の子どもであった、とあらためて悟る。悟ったとたん、ヒダルの男たちはあっというまに雷に打たれ、はね飛んだ。平然と立つイスランとリルル、震えあがる村人たちが再び像を結ぶ。

「これは反逆であろうか、リルル」

「そのようよ、姉上」

「では、われらの力で滅ぼしてもよいのであろ？」

「国母自らが証人であれば、ご自身で成敗なさってもよいと、法にはあるわね」

　悲鳴と呻きと嘆声が村人たちからあがる。

「村長よ、覚悟はよいな」

「おゆるしを、イスラン様。おゆるしを、リルル様。なにとぞお慈悲を！」

「そなたたち、ヤーシャの民に情けはかけたか。この者たちがようやく生き永らえているのは、土中のミミズや川底の虫、藪中のネズミを食ろうていたがゆえであろ？　それさえ食うておる現場をおさえれば、みせしめに罰したのではなかったか？　そなたらがそれを征服者の権利と申すのであれば、部族同士をまとめあげ、和平を誓わしめ、一国を築きあげたこのイスラン、リルル、宰相ルネルカンド、今は亡きわが夫テイバドールには、そなたらを思いのままにする権利がある。ほれ、このように、法の外の理屈も通っておるようじゃ」

そう厳しく告げたが、「されど」とつづけた。

「されどわれらは無闇な殺生《せつしょう》を好まぬ。無闇な破壊も好まぬ。われらはヒダルの民ではないがゆえ。そなたらの処分は、そなたらの族長に任せるとしよう」

安堵の溜息、ざわめき、嗚咽《おえつ》が聞こえた。実に寛大な処置だ、とおとなのヴュルナイは考えている。おそらく族長は不問に付すだろう。表向きは処罰したとしながらも。

「では、ヤーシャの民よ。そなたらをそなたらの領地に導くのは、これなるルディルン、カンカート、レイレディン、それにファーラの四人じゃ。近衛でもあり、リルルの子たちでもある。魔力を持ちあわせてはおらぬが、国を支える大事な役割を担う者たちぞ。さあ、四人力をあわせて、この民の新しき村がたちゆくようにしてくりゃれ。わたくしたちは先に都へ帰るとしよう」

リルルの子、と呼ばれた四人の近衛兵は、いずれも若く、最年長らしいルディルンが二十二、三歳、レイレディンとなればまだ十五、六歳か。光沢のある深緑の上衣の胸には、銀糸で縫いとりされた大樹〈生命の樹〉が枝を広げている。細面のルディルンは、高い額と鼻梁《びりょう》、漆黒《しっこく》の大きい目と横に広い唇の持ち主だった。一目で幼いヴュルナイはその凛々《りり》しさに魅せられ、老成したヴュルナイは、黒い瞳の奥に抑えることの難しい衝動の炎だまりを看破した。二十歳前後のファーラは自信に満ちて背筋をのばし、色白のカンカートはじっとしているのが苦手なようで、小鹿を連想させる。一番年下の少年レイレディンは無表情だがあらゆるものをひそかに観察して油断がない。百年を過ごしたヴュルナイから見れば、この四人の不幸は大魔道師リルルの血を継いでいるにもかかわらず、神々は彼らに魔力の一滴も与えなかったことだ。誰か一人でも魔道師たりえたのであれば、その後の兄弟同士の相克もおこらなかったに違いない。しかしもう一方の、イスランの上衣にくるまれた幼いヴュルナイには、四人が四人とも、王家の血筋に生まれた輝く星のように思われたのだった。

イスランが踵をかえしかけたとき、ヴュルナイの母が遠慮がちな声を出した。

「畏れながら……」

肩ごしにふりかえったのへ、

「わたしの息子はどうなりますので……？」

「おお、これは気づかぬことをした。そうであった。母であれば、御子の心配をするのは当然のこと。この子はな、稀なる闇の種を抱いていたがゆえ、わたくしが手ずから導き、育てようと思う。母御は寂しかろうが、我慢してくりゃれ。約束しよう。年に何度かは会いにゆかせる」

「や……闇の、種……？」

イスランは莞爾《かんじ》と笑った。

「この国が最も望むものよ。それなくしてはこの国を護りきれぬ。それをこの子が持っている。すまぬが聞きわけてくれるな？」

「イスラン様が……そう望まれるのであれば……」

　母は痩せこけて、そればかり大きくなった瞳に涙をいっぱいにためながらも、頷いた。

「この子を普通に育てようとすれば、あまりに物足らない環境ゆえに、手におえない者になるであろう。長じて闇の種がはじけてしまえば、悪党にもなりはてよう。わたくしがそばにいる限り、それはさせぬ。抑制することを教え、方向を定めてやりましょう。誓いまするぞ」

「イスラン様が、そう仰せならば」

　イスランは深く頷いてそれに応え、ヴュルナイを軽々と上衣の中に抱いて、タヌークの鞍にむかった。その背中へ、今度は村長が質問を投げかけた。

「畏れながら……！　隣の村へは行かれませんので？」

　リルルが肩ごしにふりかえって答える。

「そうだった。もう、用はすんだ。隣村へはそなたから連絡しておくように」

「しょ……承知いたしました……あの、それから、もう一つ」

　面倒くさそうに立ちどまったリルルに、腰を二つに折り曲げ、ほとんどもみ手をしながら、村長が尋ねたのは、

「皆、首を傾げております。……母親とて、そうであろうと思われます。あの……ただのつまらぬ好奇心ではありますが……その、子どもが……魔道師になるんでありますか？」

　リルルの顔にゆっくりと笑みが広がっていくのを、ヴュルナイはぽかんと口をあけてながめていた。それは影の笑み、獲物を見つけたゴルディ虎の笑み、満ちた月に狩りの報告をする狼の笑みであった。

「そう、この子は魔道師になる。……それも、稀代の大魔道師に、ね」

わたしは稀代の大魔道師だった、それは確かだ。夢と現実《うつつ》の狭間において彼は考えていた。イスランやリルル、イスリル国の人々を失望させることはなかった。魔道師ヴュルナイは、しつこく黴《かび》のように侵食してくるコンスル帝国を率先して退け、ルディルン王を支え、魔道師軍団を確固たる組織に育てあげ――ああ、だが、そのあとは……。輝かしき日々は砂漠の地にある夜のように、突然暗転する。わたしはイスランに報いることができなかった。約束を果たし、誓いを全うすることができなかった……。

胸苦しさに目をあけると、口の中が泥でいっぱいになっていた。あやうく窒息するところだった。夢の中で嗚咽して死にかけるとは。何とも情けない体《てい》たらくだ。

彼は湿地に伏したまま指をつっこんで泥をかきだし、水袋の水でうがいをした。夜が明けようとしていた。短くなっていく夜のあいだ、ぬるい沼地で少しでも眠れたのがよかったのか悪かったのか。恐怖と慚愧《ざんき》の念に彩られた悪夢に支配されたのでは――いや、あれは悪夢とばかりはいえないか。イスランにまた会えたのだから。彼女の上衣にくるみこまれたあの至福のときよ……。

「おい、オーヴ、おっさん。大丈夫か?」

隣に伏しているシャロー族の若者に肩をゆすぶられて、はっと目をあける。またうとうとしていたらしい。若者の泥まみれの顔をぼんやり見かえしながら、わたしも同じように汚れているのだろうな、などと思う。

「しっかりしてくれよ。この作戦と決めたのは、あんただろうが」

若者はささやき声で彼を叱りとばす。その語尾が終わらないうちに、沼地を囲むハリエンジュの梢に、鋭い鳥の声が響いた。若者がはっと口をつぐみ、いつでも迎撃できるように身体中を緊張させる。

数人のシャロー族が沼地の端に姿をあらわした。再び鳥の声をあげつつ、ざぶざぶと水の中に踏みこみ、まるで求婚の踊りを踊るウチワドリのように騒がしい。水飛沫《みずしぶき》がはね飛び、葦《あし》の茂みが狐の尻尾のようにゆれる。

彼等に遅れること数呼吸で、岸辺に敵が姿をあらわした。百人あまりの男女は、水際で一瞬躊躇《ちゅうちょ》した。〈北の海〉のさらに北の大陸から、近年にない豪雪におしだされてきた異民族で、ペタン山地を踏みこえてイスリル王国の西端では最も大きな町ペタルクを襲撃したのが一月ほど前か。身の丈も幅も、イスリルのどの部族をもしのぎ、得物《えもの》も長槍、斧、槌《つち》と、破壊力にすぐれたものを軽々とふりまわし、その数一万とも二万とも噂されていた。裸の胸にじかに獣皮を身につけ、髪も髭ものび放題、女も半分まじって男同様に戦う、隣国コンスルでは彼等を〈蛮族《はぐく》〉と呼ぶが、百年の昔ヴュルナイであった魔道師は、彼等があなどりがたい独自の文化を育んできたことを知っている。――とはいえ、ペタルクを襲撃しようと打ちかかったものの、対コンスルでおさおさ油断のない王国二番めの大都市の鉄壁の護りにはばまれて、包囲半月を余儀なくされた。これに飽いた者たちが――もともと気短な質《たち》の民で、待つということができないのだ――ペタルクから離れ、近隣の村々を襲いながらネヴ川沿いに拡散してしまった。彼等スースリン族――イスリル語で「イスリルの大地の部族ではない民族」という意味――としては、食糧をえるための唯一の手段であっただろうが、襲われる側としてはたまったものではない。

彼等の一群がペタンの森を踏破して、シャロー族の領地に侵入したと報せが入ったのが、昨日の朝だった。冬でも凍らない温水の湧く沼地で、ぬくぬく一冬を過ごしていた彼――昨今はオーヴァイディンの名で通っている――のもとに、養い子であり友であるエムバスが警告を持って駆けつけた。

シャロー族は沼地に棲む泥沼蛇《ウォルン》を操って簡単に撃退できると息巻いていたが、スースリン族の執念と破壊力を見たことのあるオーヴァイディンは、一筋縄ではいかないことを語り、戦略をかためて対処しなければならないと説いた。悪党魔道師でも、一宿一飯の恩義は感じる。いかにうらぶれ、やさぐれ、世をすねて世界に背をむけた男にも、一冬を共にしたイスリルの民への愛着はあるのだ。……とは、他者がそう考えてくれることを期待して、本人がそれとなくふれた説明であった。それは半ばは事実だったが、もう半分、別の動機もあった。おもしろそうだ、どれほど対抗できるかやってみたい、といたく単純な子どもじみた思いつきがそれである。

それでも彼の戦略はうまくいくように思われた。シャロー族は、ウォルンが決して操りやすいものではないことを渋々認め、怒りっぽく攻撃的で、一旦《いったん》暴れだしたら手がつけられなくなるその性質をむしろ利用しようというオーヴァイディンの提案をうけいれた。

スースリンの一隊をシャロー族のすばしっこい若者十人あまりで挑発して、沼地に誘いこむ。身軽な彼等を追いかけて、重量級の百人が大地をどよもす様は圧巻であっただろう。未明から沼地に這いつくばって夢をさまよっていたオーヴァイディンの耳には、その轟《とどろ》きは伝わってこなかったけれど。

岸辺にしばし佇んだ偉丈夫たちは、馬鹿にしたような鳥の鳴き真似と嘲《あざけ》りたっぷりの水飛沫に、躊躇をかなぐりすてて、ざぶざぶと追いかけてきた。太い二百有余の脛《すね》が、沼底の泥をかきまわし、波をたてる。その数馬身先に、シャロー族の甲高い嘲笑《ちょうしょう》が響き、さらなる深みへと敵を誘いこんでいく。

沼底に眠っていたウォルンたちが、うっそりと一つ目をひらく。目の下の顎《あぎと》が裂け、二重に生えそろった牙がのぞく。頭をぐるりと取り囲む獅子のそれにも似たかたい鬣《たてがみ》がひらき、二十本もの刺《とげ》が逆だつ。

けたたましい鳥の声は、敵がやってきたことを教え、水面を叩く飛沫は神経を苛だたせ、かきまわされた泥と波は怒りに火をつける。彼等は三馬身もある身を起こし、一つ目を血走らせて、この騒ぎの元凶に襲いかかった。偉丈夫のスースリン族の上半身ほどもある頭が、突然水の中から姿をあらわし、牙をむいて噛みついた。さしもの戦士の一団も、我にかえるまもなく食いちぎられ、はねとばされ、かたい腹の下におしつぶされていく。

シャロー族の男たちは、軽々と顎の下をかいくぐって、ウォルンの背にひらりと飛び乗った。

ウォルンのへこんだ背中は座を占めるに都合がいい。腹側から立ちあがったかたい鱗《うろこ》が、節ごとに一つの大きな刺をもって背中を護っているので、激しく上下左右に動いても、これを握っていれば振り落とされることもない。男たちの、怒りをあおり、攻撃をそそのかす鳥の声は、ウォルンをかりたてて容赦なく敵を屠《ほふ》っていった。

オーヴァイディンも、沼地の安逸な冬で、少々肉付きが良くなったにしては素早い動きで泥の中から立ちあがり、弓矢を使って敵を倒していく。その姿は戦士であり、いまだ若さの片鱗《へんりん》をもつ顔だちは、闇を抱える魔道師にはとても見えない。短く刈った砂色の髪に縁どられた輪郭は卵形、鼻筋はとおり、深い青を抱いた両目は少年のように純真そうだ。だが今は、冷酷な意志をたたえて、間髪を容れずに連射していく。いかな歴戦の射手でも、これほどの百発百中はありえないと目をむく正確さだ。

彼に気づいた大女が二人、水を渡って近づいてこようとした。彼の矢はつづけざまにその胸を射たが、二人の足は止まろうとしない。ウォルンと変わらない形相で長槍を構え、肉薄する。オーヴァイディンは弓を捨て、腰の剣をぬいた。長槍に対して圧倒的に不利ではあるが、幾度も戦場を過ごしてきた、修羅場に慣れた戦士の魂魄《こんぱく》にはゆらぎがない。槍の穂先が水面に反射した。オーヴァイディンの剣が一方をうち払い、もう一方を叩き伏せようと翻《ひるがえ》った。ところが、その足が泥底の何か、朽ちた木か葦の根にとられて上体がのけぞり、刃がすべった。刺し貫かれる、と覚悟した刹那《せつな》、ウォルンの胴体がいきなり落ちてきて敵を沈めた。

水飛沫に顔をしかめながら体勢を整えたときには、ウォルンをなだめにかかるシャロー族の、フクロウに似た声が交わされていた。

剣を鞘におさめたところへ、エムバスが大股に近づいてきた。額の骨がはりだし、眉下の目が小さく怖ろしげに見えるこの男も、スースリンの民ほどではないが、大男の部類に入るだろう。

「無事ですか、オーヴァイディン」

見かけによらず深く落ちついた話し方をする。

「ずぶ濡れで泥だらけであること以外は、大丈夫だ」

ひどい有様のおのれを見おろしてぼやくと、エムバスはかすかな笑みを浮かべた。

「でもこれは、あなたがたてた計略ですよ」

「いつもこうだ！」

うらめしさを自嘲して陽気に叫んで両手をあげる。

「おのれの身を護るために戦略をたて、計画の一部となって、いつも泥まみれ、砂まみれ、ずぶ濡れ、臭くなって、腹ぺこで喉がかわいてへとへとだ！」

エムバスは周囲を見まわしながら笑みをさらに深くする。

「腹ぺこと喉のかわきは、祝宴で癒やされそうですがね」

敵はあらかた沼に沈んで、シャロー族の乙女たちがとどめを刺しに動きまわっている。暴れたりないウォルンの数匹が、あちこちで尻尾をふりまわし、若者たちがなだめようとあたふたしている。鼻から炎を噴かんばかりだった沼地の怪物のほとんどは、ようやく落ちつきをとり戻し、寝床にむかってゆっくりと泳いでいく。葦の原がわたっていく風にそよぎ、明けきった春の空は、薄い雲がかかって穏やかだった。カラマツ林のそこここで、鳴りをしずめていた小鳥たちが、うかがうようにそっと歌いはじめた。沼の水面は、純銀の糸で織った布のように次第に静かになっていった。

「ネヴ川で身体を洗おう。冬も去ったことだし、沼地はもうたくさんだ。森の小さい部族の乾いた土地で、花酒でも飲みながら過ごしたいところだな」

「冬の前に同じことを言って、シャロー族に転がりこんだんじゃありませんか」

横並びで足を進めながらエムバスがからかった。

「でも、今度ばかりはその望みは叶いませんよ」

「何……？　川で身体も洗えんのか」

「そっちじゃなくて、森でゆっくりする方。森のあちこちに、あいつらがまだ出没していますからね」

エムバスの手は、沼に沈んだ異国の襲撃者の方を示した。オーヴァイディンは唸った。

「ペタルク攻略がうまくいかないそのとばっちりか。ばらけてしまってはかえって始末が悪いな」

「小さな部族が餌食になっています」

エムバスがほのめかしたことに気がついて、オーヴァイディンは横目で彼を睨んだ。

「スースリン族の来ないところだってあるさ。そこにもぐりこんで輝かしく短い夏を堪能《たんのう》することにしよう」

「都イスリルから、遅まきながら援軍が派兵されましたからね。ペタルクを囲んでいる敵の主要軍はじき、ちりぢりになるでしょう。そしたら、森の中は今よりもっと騒がしくなりそうですね」

「わたしには関わりないよ」

「でしょうね。あなたの部族のヤーシャは、この沼地をはさんで反対側の森の中ですからね。スースリン族も沼地をかすめて東へ行くのは大仕事と思うでしょうから、ヤーシャの民は安泰です」

エムバスはちくちくと皮肉を言う。

「国王陛下も同じように判断なさったのでしょうな。ペタルクは都のはるか西、ご自分には関わりがない、と。イスリルからの援軍が、今頃になってようやく動いたわけは、そのへんにあるのでしょうな」

「王は判断なんかせんよ」

オーヴァイディンは再び唸った。

「雷を落とすのが関の山だ。決断を下すのは宰相ジルナリルで、彼女の頭の中は、いかに権力を保持するかと、いかに金財を積みあげていくかの二つでいっぱいだろう」

「それでもペタルクは西の玄関口ですからね。これを護らなければ彼女の財源もあやうくなる。それでようやく決断したのでしょうか」

「ともかく水浴びだ、エムバス。そのあとどうすれば心地好く過ごせるか、とくと考えるとしよう」

オーヴァイディンは泥沼をざぶざぶと渡っていった。頭の上を白鳥の一団が鳴きかわしながらとおりすぎていった。

『イスリル王国魔道師列伝』　ダイアーダイ著（帝国暦一五七年上梓）

目次より

2

この国は、とオーヴァイディンは水の中で服と身体を洗いながら考えていた。焼菓子の上に崖石をのせたようなものだな。服からは沼地の泥が筋をつくって流れだし、翠玉の雪どけ水を茶色に濁《にご》らせていく。部族長議会が焼菓子で、崖石が王だ。部族長議会がぐずぐずに崩れ、王が崩落するのに、あと何年かかるかは神のみぞ知る。

あまりの冷たさに皮膚の感覚がなくなってきた。そろそろあがらねば。

彼は足場を確かめ確かめ、慎重に水をかきわけて岸辺へ戻った。ネヴ川は遠目には穏やかに流れているように見えるが、浅瀬にだまされるとあっというまに足をすくわれ、深みに引きずりこまれる。特に、今の季節は危ない。物言わず、途切れることなく、あとからあとからおしよせる水は、あの泥沼蛇《ウオルン》さえもはるか下流におし流して、〈北の海〉かクルーデロ海まで運び去っていってしまう。

岸辺では先に水浴びをすませたエムバスが、盛大に火を焚いて待っていた。水をしたたらせながら下生えを踏みつけていき、火のそばにつきだした枝に服をかけ、合財袋《がっさいぶくろ》から着がえを取りだして身につけた。歯の音をたてつつ、火に手をかざす。寒いのはいっとき、すぐに身体がほてってくる。

倒木に腰をかけて、エムバスがあぶってくれた干肉を咀嚼《そしやく》する。香茶のいい香りを吸いこみながら、雑木の森を見わたした。このペタンの森は、馳鹿《タヌーク》の糞を拾っていた〈豊かなる凍土〉の森より豊かだ。春になると青ブナが一斉に芽吹いて、たちまち鮮緑の枝を誇らしげに青空に広げ、下生えも遅れじとばかりに様々な緑で根本をおおう。蝶や蜂が陽だまりから陽だまりへと飛びかい、キツツキが大工仕事にせわしなく、コガラの仲間は恋のさやあてに忙しい。

「沼地には戻らなくていいだろう」

オーヴァイディンは突然口をひらいた。彼が思いめぐらせているあいだ、エムバスは黙していてくれる。静寂の中に、人の声はいかにも無作法に響いた。

「このままザラーリャ族の寝床にもぐりこもう。あそこはいいぞぅ。広々とした草原、明るい谷間、寝床は藁《わら》だが蚤《のみ》も虱《しらみ》も南京虫もいない。羊の群れを見ながら羊の肉を食らい、牛の尻を追いかけながら乳酒を飲む。滅多に雨は降らないし、空はいつも青く、風は快く吹く。たまに狩りに出かけて、鹿や狐を追うのもいいかもしれん」

「あなたがそう言うのなら。でもオーヴ。思いつきで行動するのはほどほどにしてくださいよ。ザラーリャ族が羊を屠《ほふ》るのは秋です。羊肉は食えない」

「エムバス、エムバス。教えただろうが。本に書いてあることが知識のすべてではない、と。実際に見聞し、肌で大気を感じるのが大事だと。だからきみをここ十数年、あっちへこっちへとひきずりまわしているんじゃないか」

「ひきずりまわしている？」

「……」

「それは、わたしのためにさすらっているというよりは、思いつきで自分の行きたいところを決めていると白状した言葉、とっていいんですね？」

「……国中を見てまわるのは、若者にとって――」

「わたしはもう二十八です。若くはありませんよ。見た目だって、あなたと比べても十も違わない」

「魔道師から見たら、十四も二十八も四十六も同じ青二才だがね」

「なんですか、その無作為な数字は。普通の人間にとって、十四は少年で四十六は老人です」

思わず破顔したオーヴァイディンにかまわず、エムバスは剣呑な目つきでつづけた。

「それに、言わせてもらえば。国中と言いながら、イスリルには行っていませんよ。ペタルクにも、ノハマにも、ネズやヤジニホーズにも足をむけながら、どうしてかイスリルを訪れたことはない。わたしが一人で行くことはあっても、あなたは決して足を踏み入れようとはしない」

「……四十年くらい前には行ったぞ」

エムバスが注いでくれそうにないので、自分で香茶のおかわりをいれながら、苦しい弁解をする。

「四十年も前、ですか。若者が老人になるには充分な年月ですよね」

「イスリルは苦手なんだ、エムバス」

「イスリルにはもう、レイレディンはいないし、イスランに魔道師にしてもらった連中だって、度重なる戦《いくさ》に駆りだされて、生き残ってはいないでしょう。百年もたってるんだ、そろそろ彼等をゆるしたらどうです?」

はっ、とオーヴァイディンは天をむいて嘲笑《ちょうしょう》した。

「死んでしまった者たちをゆるすもゆるさないもないよ、エムバス」

「では、誰を……何をゆるせないんですか」

オーヴァイディンは再び唇に笑みを刻んだが、それは苦く昏《くら》い川の水を飲んだような笑いだった。

「ふん。強いていえば……神々を……、かな」

神々か、もしくは運命か。彼に与えたもうたのはイスランとイスランの想い、豊かで輝かしい暮らし、魔道師としての力、ありとあらゆるきらびやかでうつくしい芸術品、本当に価値あるもの。初陣は十四のときだったな、と遠い日々に目をむける。思う存分力を発揮し、コンスル帝国はむろんのこと、反旗を翻《ひるがえ》した少数部族や、軍団に組みいれられることを拒んだ山賊魔道師たち、掟を破って領地を広げようと画策した族長、貿易商とぐるになって羊毛の買い占めをもくろんだマッキエの民などを降伏せしめた。イスランの教えに従って国をまとめることに尽力し、弱き者、貧しき者への配慮を忘れず、弱冠十七にして揺籃《ようらん》期の魔道師軍団を率いる身になった。

イスランが一線を退き、ルディルンが部族長を束ねる第一人者となり、国土回復戦と銘うったコンスル帝国領土への侵出をはじめたときにも、軍団をひきつれて参戦し、大いなる功績をあげた。

大魔道師ヴュルナイ、といえばすべての弓兵の頼もしき守護神であり、すべての魔道師たちの目標、羨望の的であり、彼が狙えば星すら落ちるとまで言われた。タヌークの糞拾いが、一国の命運を左右する頂点に立っていたのだ。

だが。神々か、運命かは知らぬが、そうしたこの世のすべてを与えておいて、そののち、すべてを奪った。実際に奪ったのはレイレディンだが、彼すらときの流れにおし流されて冥府《めいふ》に下ったあと、数十年を俯瞰《ふかん》してヴュルナイが得た真理は、

——運命がすべてをさらっていった。

に他ならなかった。タヌークの糞拾いのまま、おとなになる前に餓死していたとしても、これほどの痛みはなかっただろうと思う。そうとも、これほどの恨み、悔しさ、喪失感はなかった。

以来、彼はヴュルナイの名を捨て、運命を信頼するのをやめた。彼が世に背をむければ、運命もまた彼に背をむけた。放浪の旅がはじまり、国中をさまよった。弱き者、貧しき者によりそう心などとうに捨て、人々が彼と同じように運命に裏切られ、理不尽にもがき苦しみながら流されていくのを見てきた。数えきれないほどの苦しみ、くりかえされる悲運、どうしてこんなことに、と叫ぶ少女、どうしてわたしが、おれが、と胸をかきむしる人々を隣にしながら、冷雨の道端で、水嵩《みずかさ》が急に増した溝を這いあがろうとむなしく奮闘するネズミを、ぼんやりと見ていた。ネズミは力つきて流されていき、少女は親の骸《むくろ》をなおもゆすぶり、商人が強盗に切

り裂かれた胸を見おろしながら路地裏に倒れていく。若い嫁はとうに薔薇《ばら》色の頬を失くして、夫に蹴られた腰をおさえおさえ、軒下を歩いていく。財産をまきあげられた農夫が、部族長の家の扉から蹴りだされ、大地を叩いて号泣する。その族長とて、ある朝身体が麻痺《まひ》していることを知り、言葉にならない呻きで神々に尋ねる。「どうしてこのわしが」と……。

「わたしを助けだしてくれたのは運命じゃありません、あなたでしたよ」

もの思いをエムバスの声が断ち切った。

「わたしと出会ったのを運命というかもしれませんがね、オーヴ。わたしに気づいて行動をおこしたのは、あなたの意志であって、運命の力ではないと思っていますよ」

「理屈を語るのがうまくなったな」

「師匠がいいんでしょうね」

エムバスは立ちあがった。焚き火に土をかけ、さらに石をつみ、合切袋を肩にかけた。木の枝にかけた服はそのままに、二人そろって歩きだす。泥を洗いおとしたとはいえ、こびりついている部分もあり、何より乾けば臭ってくるだろう。それでも必要とする者がいれば拾っていくだろうし、いなければやがて朽ちて森に還るに違いない。

さっぱりしたいでたちの二人は、農夫か行商人のようだ。とてもかつての大魔道師と、その友人であり護衛であり世話役を自らかってでた男には見えない。静かに下生えをかきわけ、森を行く、歩き慣れた平凡な農夫の二人連れだった。

広大な森を歩くこと数日、シャロー族の湿地帯をはるか背後に、小さな谷間に足を踏み入れた。カラマツと青ブナの混在する森が突然ひらけ、青々としたカラン麦の畑となだらかな牧草地が春の陽射しに輝いている――はずだった。

「どうしたことだ、これは」

思わず立ちどまったのは、畑の麦はうち倒され、点在する十数軒の農家や広場に、二百人あまりの兵士たちがごったがえしていたからだ。遠目にも緑の軍服や上級士官の長外套《シーオル》が見てとれた。二人はカラン麦が踏みつぶされて倒伏しているのを横目で確かめながら、ゆっくりと村へおりていった。滔々《とうとう》と流れるネヴ川にかかった木橋の手すりや欄干《らんかん》には、新しい斧跡が白々とした無残な裂け目となっていた。

「エムバス、これをどうとらえたらいい？」

「スースリンの乱暴者どもが、村を襲ったのでしょうな。あと一月待てばカラン麦も収穫できたというのに、そうした考えをもたない連中ですからね」

「奪う、獲る、狩る、そうしたことしか知らないのだ」

「こんな小さな村から強奪できるものなど、そう多くないだろうに……」

「……ケンネの家族は逃げのびただろうか。急ぐぞ」

以前何度も厄介になっている農夫一家の安否が突然気にかかって、オーヴァイディンは走りだした。橋板を派手に鳴らして渡りきり、小道をつっきって広場に駆けこむ。イスリル王国の正規軍兵士たちが、どこの農夫が入ってきたのかという顔で注目する。ざっと一瞥《いちべつ》して、兵たちの中に村人の姿がないことを確かめたオーヴァイディンは、すぐそばにいた一人の腕をわしづかみにした。

「村人たちは……！　彼等はどこにいるっ」

「なんだ、いきなり」

強い力につかまれて、顔をしかめるのへ、

「教えてくれ、彼等は無事かっ」

一呼吸じろじろと品定めをして、服装と態度がそぐわないものの、必死な様子は嘘ではないらしいと感じたのだろう、エムバスより少し年若い兵士は片手をあげて集会所の方を示した。

「全員ではないが、生き残ったのはあっちだ」

生き残り……。死人も出たということか、と口の中で呟きつつ、踵《きびす》をかえす。道にたむろしている兵をおしのけ、村長の家を接収したらしい司令部の前を駆けぬけて、切妻木造の集会所の扉を大きくおしあけた。

乏しい灯りの中に、七十人ほどが身をよせあっているのが見えた。おびえたように一斉に縮こまって顔だけはこちらをむく。見知った顔もいくつかあった。

「ケンネ！　ケンネは無事か。オーヴァイディンだ。ケンネ！」

人々のあいだに動きがあり、女と二人の子どもが立ちあがった。ケンネのかみさんがよろめくように戸口に出てきた。あとからついてきた二人の子は、オーヴァイディンの腰にすがりついた。二人の頭を無意識になでながら、問わずの問いをむけると、かみさんは顔を歪めて、首をふった。オーヴァイディンは腰がくだけたかのように尻をつき、泣きはじめた子どもたちを両脇にかかえこんだ。

そら、やっぱりだ。運命はわれらに味方しない。ケンネは、吹雪に行き倒れ寸前だったオーヴァイディンとエムバスを、母屋の上等な部屋に泊め、惜しげもなくごちそうを並べてくれた、善良な男だった。滅多に笑わなかったが、無骨な温かさで、いつ行っても歓待してくれた。客を泊めるというのは、こうした貧しい村では大きな負担になるというのに、嫌な顔一つせず、精一杯のもてなしをした。欲得も見栄もなく、客を喜ばせたい一心は、荒《すさ》んだオーヴァイディンの胸にしみる一滴の甘露であった。なのに、冥府女神《リユール》はそうした善き男を選んで真っ先にさらっていってしまう。権力欲、財欲につかれた悪党は跋扈《ばっこ》させておきながら。

ひとしきり涙を流したあと、かみさんに尋ねた。食べる物はあるのか、夜は眠れるか、ケンネはどこに葬られているのか。

半刻ののち、谷の上方の墓地で、ケンネの墓の前に佇《たたず》んでいた。こんなことは日常茶飯事だ、今にはじまったことではない、と懸命に自分に言いきかせようとした。戦があり、罪なき人々が死ぬ。昨日まで普通にあったものが微塵《みじん》となり、今の今まで笑っていた人が突然いなくなる。誉《ほま》れ高く輝かしいときは一瞬、与えて奪うことを運命は遊びのようにくりかえす。今にはじまったことではない。わたしは何度も何度も同じ目にあってきたではないか。これが普通なのだ、嘆くな、うちのめされるな、感じるな。……だが、怒りは瀝青《れきせい》のようにふつふつと湧きだし、とどまることを知らず、いつのまにか彼は墓のそばの大地を拳《こぶし》で殴りつけていた。

「オーヴ、指揮官が話があると」

背後にエムバスの声がした。鼻声なのは、彼もまたどこかで涙を流してきたのだろう。奥歯を噛みしめながらむき直ると、いかにも正規軍の上級士官然とした四角い顔の男が待っていた。太い眉の下に深みのある黒い瞳が落ちついた光を宿し、オーヴァイディンを見透かそうとしていた。

「ダイトーダイと申す。ご友人を亡くされたと。おくやみ申しあげる」

大地に深く根ざす大樹がしゃべったとしたらこんな声になるだろうか。穏やかで深く、信頼できそうだ。オーヴァイディンは嘆きをのみくだし、大きく息を吸ってから頼んだ。

「村人には食糧がほとんど残されていないそうだ。あなた方の兵站部《へいたん》に余分があるとしたら、分けてやってほしい」

「むろんだ。そう多くはないが、できるだけのことはしよう」

「スースリン族は遁走したそうだな」

「ちょうど我々がたどりついたとき、やつらは物色中だった。不意をついたので、十人ほど排除したが、あとは逃げ去った。近くの山野にひそんでいると思われるが、我々は追うことができない。ペタルクの包囲線を突破するよう命じられているのでな」

オーヴァイディンは眉をしかめた。

「たった二百人で？」

「いやいや。イスリルを発つとき、四方向に進軍路を分けた。三日後、全軍が満月までにペタルクに着く手はずだ」

「千人で、スースリン族一万を相手にするというのか。部族長議会は何を考えているのだ」

かすかな苦笑の影がダイトーダイの面《おもて》にひらめいた。

「族長たちは、おのれの部族領でなければどこ吹く風よ。必死なのはマッキエ族のみ。ペタルクを失えば貿易も蓄財もままならなくなるからな。それゆえ、マッキエ族長は宰相ジルナリルに賂《まいない》を贈り、ようやく派兵の採決がおりたのだ。莫大な銀貨を投資したらしいという噂だがね」

「馬鹿な……。賂で動くとは。ぼんくら宰相が……！　ペタルクを失えば、西の護りが失われるのと同じ。イスリル国にとっても、他人事ではすまなかろうに」

「あなたの言うとおり、これは国の存亡に関わるとわたしは見ている。それで、相談なのだが。我々と共にペタルクへ行ってはくれまいか。聞けば魔道師だというではないか。シャロー族に加担して、スースリン族を見事に撃退したとも耳にした。わが軍には魔道師が少ない。あの敵を相手にするには、一人でも多くの魔道師が必要なのだ。是非、その力を貸してほしい」

エムバスのおしゃべりめ。

「断る」

「国の存亡を憂《うれ》えているのではないのか？」

「知ったことか……！　国の行く末はジルナリルの一存で決まるのだ！　魔道師一人が加わったとて、どうなるものでもあるまい」

オーヴァイディンは拳を握って相手を睨みつけた。すると、脇からエムバスが口をはさんだ。

「オーヴ、ペタルクにはスティッカーカルがいる」

「それがどうした」

険《けわ》しい視線をうけても、エムバスは平然としたものだ。

「包囲線を突破して、スティッカーカルに負債の返還を求めましょう。その金でカラン麦や装《キア》飾上衣《トゥーシ》や貫頭《ムバ》シャツ《ーカ》や羊毛を買って、この村に届けよう」

「む……」

思いつかなかった。オーヴァイディンは言葉につまり、次いでエムバスのはりだした額をうかがった。すると大男は彼の考えていることもちゃんとわかっている、というように微笑して言った。

「あなたにとってもこれは一石二鳥でしょう？　国を救える。村も救える。イスランの遺言どおりだ」

イスランの遺言。ときおり、エムバスに何もかも話してしまったことを後悔する。一番むきあいたくないときに、もちだしてくる。

「きみを助けなければよかったと、思うときがある。知っていたか？」

エムバスはにやっとした。

「でも、その百倍は、救ってよかったと思っていることも知っていますよ」

そうして、オーヴァイディンのかわりに指揮官ダイトーダイにむかって返辞をした。

「一緒に行くそうですよ！」

イスランの遺言。

運命が反転する前の輝かしい時代と重なって、それは常に彼の記憶の中で白光を放っていたものだ。……かつては。今ではエムバスにゆり動かされたときにしかほのかな灯りとならないものの。

オーヴァイディンはダイトーダイの軍列の最後尾にあって、彼等の軍靴が森の道に拍子を刻むのを聞いていたが、心は百年以上前をさまよっていた。

あれは夏の終わりであったか。いや、初秋か。陽射しが南側に低くかたよっていた。秋が夏の女王の短い玉座を奪った頃だった。

彼はイスランの死床にかしずいていた。イスランは部屋中の窓をあけさせ、陽にあたためられた木の葉の匂いや、ウルグ川を行き交う船乗りたちの声や、どこかそのあたりの草むらで虫たちがすだくのを感じたかったのだ。人払いをしたあと、彼の手をとったイスランはこう言ったのではなかったか？

――約束して、ヴュルナイ。この国が、この、部族のよせ集めにすぎぬ国が、秩序と礼節ある国になるように力を尽くすと。

彼は誓った。躊躇《ちゅうちょ》なく。

――約束して、ヴュルナイ。貧しき者、弱き者、理不尽におしつぶされている者たちによりそい、力になると。

彼は誓った。もちろんですとも、イスラン。

——わが後嗣、ルディルンは王になるであろ。あれが平凡な王となるよう祈っておくれ。大いに化けて賢王となれば祝杯をあげよ。愚昧《ぐまい》にとどまるのなら、助言し、助力し、支えてやっておくれ。

彼は三度誓った。イスランの手を握りしめて。ふふん、とオーヴァイディンは皮肉たっぷりに呟く。ルディルンはそのどれでもない王になってしまった。

——これを、ヴュルナイ。これをとりゃれ。

イスランは枕元からつかみとったものを彼の手のひらにのせた。琥珀《こはく》であった。親指の先ほどの大きさの半月形、中央にカラマツの小さい枝先が封じこめられている。冬の朝陽色に似た白光が全体から放射されて、ただの琥珀ではないとわかった。

——誓いのしるしぞ。終生身につけよ。

ヴュルナイは四度誓い、母たるイスラン、彼の精神を導き、彼の肉体を育んだ偉大なる魔道師はみまかった。

行進しながらオーヴァイディンの手が、ほとんど無意識に、白琥珀を求めて胸元をさまよった。空をつかんだ左手をむなしく下げて、オーヴァイディンは色あせた喪失感を味わった。いつ、なくしたのだったろう。琥珀には紐を通す穴があいており、彼は丈夫な編み紐を通して首にかけたのだった。それからしばらくは胸にとどまっていた。内側から白光を発する石に衆目を集めたくなかったので――あれは、イスランとヴュルナイ二人のあいだにだけ交わされた誓い、他の誰にもさわらせたくなかった――ムバーカとリネンの下着の下に、じかに胸にふれるようひそませていた。

ルディルンの戴冠式のときには、まだあった。ルディルンが平凡でも傑物でも愚昧でもなく、権力と財力を際限なく欲しつつ、強情かつ攻撃的で実行力を有した王になり、ヴュルナイが部族長たちや側近たちと共に、軌道修正を必死で試みていたときにも、まだあった。

長弟カンカートと末弟レイレディンがその暴虐《ぼうぎゃく》ぶりに見切りをつけ、反乱軍をたちあげたと聞いたのは、イスリルの王宮の階段を登ろうとしているときだったか。その年最初の白鳥が水色の空をわたっていくのを見送って、胸の石を確かめたことは覚えている。

部族間でも親王派と反王派にわかれ、王と妹ファーラが下の弟たち二人と戦う図式となり、これに分裂した魔道師軍団もからんで、大きな内戦に突入した。イスランに魔道師の闇を拓かれた「古い」魔道師たちはヴュルナイを旗頭にルディルン擁護《ようご》につき、市井に募集されて魔道師となった「新しい」魔道師たちは弟二人の側についた。なんとかルディルンを説得し、双方傷の浅いうちに和議にもちこもうと、日夜奮闘していたあの頃も、ルディルンとファーラとヴュルナイが騙し討ちにあって世界が暗転したときも、ヴュルナイ一人が寝台の上に目覚め、事態を収拾しようとあがいていたときも、白琥珀は胸の中にありつづけた……はずだ……。

強い一陣の風が木々をゆらし、カラマツの小枝が吹きとばされてきて、オーヴァイディンの額を打った。ダイトーダイの軍は、いつのまにか別の隊と合流を果たし、五百人あまりの大部隊となって西進していく。ケンネの村を出て三日めの午後、ペタルクの町並みをのぞむ森の端に到達していた。

右手にペタン湖の銀の輝きを従え、左手に〈北の海〉の青緑色を広げて、ペタルクは鮮やかな赤、青、白、緑に彩られた町だった。海に面しては強固な要塞を構え、陸に対しては要塞から竜の尻尾のように弧を描いた城壁をめぐらせ、城壁のむこう側にはまるで彩色された玉葱《たまねぎ》のような色とりどりの塔が群立していた。

はじめは黒と灰色と砂色の軍港だった、とオーヴァイディンは百年前をふりかえる。イスリルの西端にあって、〈北の海〉への出口だったことで、マッキエ族の商人たちの目にとまり、今ではスタルビ、テオ、ノルサント、メルサントといった北の大陸のみならず、宿敵コンスルとさえ盛んな貿易がなされている。北方の獣皮や細工物、カラン麦、書物、葡萄《ぶどう》酒、麦酒などが入ってきて、銀鉱石、鉄鉱石、宝石輝石の原石、木材、蜂蜜、塩、装飾品などが出ていく。その富はマッキエ族のみならず、王室や神殿にもいきわたり、〈イスリルの財宝庫〉と呼ばれる。王の離宮や部族長たちの夏の館、裕福な商人たちの豪邸が建築され、競いあうように玉葱頭の塔がそびえたつようになった。

城壁の外側の野原では、スースリン族の部隊が夕餉《ゆうげ》の煙をあげていた。さっと一望して、その数一万というところか。対して味方はぞくぞくと合流しつつあるも、多くて千。

兵たちが竈《かまど》を作り、腹ごしらえの準備をはじめる中、オーヴァイディンは司令部の幕屋に足を運んだ。ダイトーダイの他三人の指揮官が折り畳み卓上の地形図とにらめっこをしていた。

「おお、オーヴァイディン。いいところへきた。きみならどう攻める？」

紹介も挨拶もなしだが、気にしている場合ではない。地形図などには目もくれずに、逆に尋ねる。

「隊づきの魔道師は来ているのか？」

ダイトーダイはしばしロごもった。市井の放浪魔道師が、隊づきの魔道師、などという軍の構造を知っていることに、とまどったようだった。

「わたしのところには火を操る者が二人いる」

二十代後半とおぼしき巻毛の男が進みでて口をはさみ、

「わたしの部隊には雷電を落とす者が一人」

と三十がらみの顔の長い男が名乗りをあげた。彼はそう言ったあと、

「王陛下の雷ほどの威力はないがな」

にやりとしてつけ足した。現王はその魔力で王にのしあがった。宮廷内での合言葉は「陛下を怒らせるな」――怒らせると雷が降ってくる――だそうな。

ダイトーダイと残りの太った男は、自分たちの隊には配置されなかったと告げた。炎二人と雷一人か。ふむ。多いとは言えない。ヴュルナイの時代には、一隊の半分かそれ以上が魔道師だった。しかも一人一人が絶大な力を有していた。イスラン自らが、闇の種の殻を砕いた者は皆、大魔道師となった。火の玉、雷、氷の塊、吹雪、豪雨を降らせる者たち。大地をうがち、深い裂け目を作り、風を呼び、水を操った者たち。幻を見せ、猜疑心をあおり、岩を動かし、

怪我人の傷をふさぎ、病を退け……あるいは病の熱波を呼びよせた……。

「弓兵はどのくらいいる？」

「隊ごとにか？　全部あわせてか？」

「全部あわせてだ」

ダイトーダイは三人の指揮官を見わたして頭の中で計算してから答えた。

「……全部で二百六十、か。あと一隊合流すれば三百をこすと思うが」

「いつ合流できるかわからぬ隊を待つ気はないよ。今晩、決行する」

「何だって？　おい、貴様が司令官になると誰が決めた」

巻毛が息巻くのを、長い顔が制止した。

「まてまて。何やら策があるようじゃないか。聞いてから非難しても遅くはあるまい？　とくと説明してくれたまえ」

オーヴァイディンがあらましを語ると、巻毛は首をひねり、長い顔も、そううまくいくものだろうかと唸りを発した。太った男が、ふと何かを思いついたかのように顔をあげた。

「もしかして、あんたはこれを以前にもやったことがあるのか？」

ルディルン王の死後、何度か勃発した部族同士のいさかいが思いおこされた。さすらいの魔道師オーヴァイディンは、シャロー族に加担したように、弱小部族の側に立って戦い、勝利をおさめた。

「幾度かは。もっと小規模ではあったが」

皆は顔を見あわせたあと、誰からともなく頷いた。

「ならば試してみようではないか」

ダイトーダイが地形図を指さして、オーヴァイディンの提案を確認した。細部はそれぞれの意見を容れて修正され、共通理解が深まると、それぞれ自分の隊に命令を下しに戻っていった。全体指揮はダイトーダイがとることになった。

半月が中天を過ぎた夜半、イスリル軍は行動を開始した。町の正門を三百馬身むこう正面に見た低い丘上に、全軍が集結した。敵の陣営は、数十のかたまりになって眠りをむさぼっている。こちらの到着は知っているはずだが、夜襲を警戒する様子はない。なにせ一万の大軍なのだ。数で負けるはずがない。さらに、一人で三人分の膂力《りょりょく》をもつ者ばかりとあれば。

オーヴァイディンは両脇に魔道師を従え、前面に二百六十人の弓隊を方形に並ばせた。頭の後ろには月が控えていた。エムバスは、剣士たちにまじって盾を掲げている。敵は天幕も何もなく、毛布や外套にくるまって、竃の周りで横になっている。一月もこれをつづけていられる頑強さには舌を巻くばかりだ。春とはいえ、朝晩は氷が張るほどに冷えこむというのに。敵襲があっても、すぐに起きあがって戦う自信があるのだろう。

「残念だが、戦わせぬよ」

オーヴァイディンは呟き、三人の魔道師に合図した。二人が呪文を唱えた。中空に人の頭ほどの炎の玉があらわれた。四度同じ呪文を唱えて、浮かんだその数は二十ほど。つづく呪文はそれらを、丘の根から正門までの一直線上に行儀よく並べた。それまで待機していた残りの一人が、落雷の呪文を唱える。三人そろって両腕を振りおろし、足踏みをする。火の玉が急降下し、稲光《いなびかり》が垂直に走って、ほとんど同時に大地に激突した。土煙や草の葉が舞いあがり、地響きが轟《とどろ》く。月光に照らされて、正門までの一直線ができあがった。

スースリン族は、怒鳴り声をあげて飛びおきた。無防備に寝ていた仲間が転げまわり、あるいは焼け焦げて絶息しているのを認めるか認めないかのうちに、再び炎玉と雷が落とされる。

ペタルクの城兵もこの騒ぎに気がついた。人影が慌ただしく行き来する。援軍が来た、と一気に士気があがるだろう。

三度、魔道師の力がふるわれると、焦げ臭さが丘の上にまで漂ってきた。むせたり咳をしたりする兵たちを鼓舞して、イスリル全軍が突入する。雄叫びをあげながら、騎馬も歩兵も全速力で正門にむかう。最後尾をうけもつ弓兵が立ちどまって、オーヴァイディンの指示方向に矢を放つ。戦の矢は、通常天高くうちあげ、敵に当たるも足止めするも運任せのものだが、オーヴァイディンの魔力にかかれば激変する。放たれた直後の矢にむかって、彼が甲を上にして手をつきだせば、獲物にとびかかる樹上の山猫のように、矢は標的に襲いかかる。二百六十本の矢は放物線を描くことなく、まっすぐ敵にむかっていく。

豪胆なスースリン族は、ちゃちなネズミの群れを蹴散らそうと迫ってくるところだった。その頑丈な肉体を、すべての矢があやまたずに貫いた。ある者は肩や腰に矢をうけたまま、平気で追いすがってくる。それでも、半分ほどは倒したか。

弓兵は再び走りだす。敵の足を鈍らせるのは、先に行った三人の魔道師の炎と雷である。怖気づいてくればいいのだが、スースリン族にそれは望めないだろう。だが、大地にうがたれた穴や、草むらを焦がす炎をとびこえるのはそう簡単ではない。その間に、イスリル軍は正門との距離をつめる。それから四度、オーヴァイディンの弓兵は矢を放ち、少なくとも敵軍の一割を戦闘不能にした。しかし敵はひるまない。矢を浴びながらも、十人ほどが弓隊の中に躍りこんできた。味方が、麦が刈られるように倒されていく。オーヴァイディンは自身の短弓を使った。一度に四本の矢を番《つが》えて放ち、それを四度連射するのに、わずか三呼吸か。しかもそのすべてが急所をとらえる。この近射には、頑健な敵もさすがに次々に倒れ伏していく。

「走れっ」

立ちどまりかけていた弓隊に絶叫し、自らも門への残りの距離をつめる。先頭の騎馬は、すでに門につき、門も半ばひらきつつあった。城壁上には騎馬の報せに従った城内の弓兵たちがぞくぞくとあがってきている。

両脇に火の玉がはじけ、頭上を紫電がかすめて背後に落ちる。悲鳴や叫喚が大地の轟きと混じり、悪臭と煙が漂う。

重たい何かが風を切って飛んできて、オーヴァイディンのすぐ横にいた兵の姿が突然なくなった。次々に飛来してきたのは、スースリン族の斧や槍だった。弓隊はサメの襲来にあったイワシの群れ同然に、大きくうごめき、恐慌にかられてあらぬ方に拡散していこうとした。オーヴァイディンがあらん限りの声で、走りつづけろ、と叫ぼうとしたとき、頭の上に斧の刃が月光にきらめいた。まにあわない、まっ二つにされる、と覚悟した。とそのとき、黒いものが彼

験した戦の中、目の前や傍らで次々に倒れていった人々の顔が浮かんでは消えていく。対コン戦いで生き残ったとしても、精根つき果てて、しばらくは起きあがれないだろう。何十度と経それとも三十馬身に縮まったか。再び炎玉と雷が落ちて、大地がゆれた。魔道師たちは、この倒れた者が多数出たに違いない。その二呼吸で、歩を稼ぐ。残りはあと百馬身ほどだろうか。もう片方の手を盾と盾のあいだにひらめかせた。迫ってきていた敵の気配が薄くなった。矢ににたたきこまれた戦場の感覚は、いまだ、と告げた。彼は走りながらエムバスの肩に手をおき、〈亀の甲〉は全速力で駆けだす。放て、の二度めの声は聞こえなかったが、オーヴァイディン攻撃を開始したのだ。盾の上に、矢のぶつかる激しい音がきた。敵の攻撃が一時下火になった。雄叫びの渦の中、耳に届いたのは、城壁の上からふってきた、放て、の声か。籠城隊の弓兵が、たる怖ろしげな斧や槍の衝撃に、冷汗を噴きだしながら、彼等の足は速まる。怒鳴り、喚《わめ》き、る。むらむらと負けん気がわいてきた。生き残らねば、などと感じたのは何年ぶりか。盾に当れてしまうだろう。その前に正門にたどりつけば生き残れる。目蓋《まぶた》に斧の刃の輝きが残ってい ろと前進する。敵が大挙しておしよせてきたら、この〈亀の甲〉もあっというまにおしつぶされを訓練したのはおそらくダイトーダイあたりか。生き残った者たちと身をよせあってのろのの盾が、いつのまにか彼等を囲んでいた。隙間なくびっしりと、頭上と三方を護っている。こ

　大盾を頭上に掲げ、肩ごしにエムバスが叫んだ。コンスル帝国の〈亀の甲〉にならった歩兵

「立って、オーヴ！」

をつきとばし、斧の刃や無数の槍先の輝きがかき消えた。

スル戦。部族同士の争い。イスランの遺志を無視したルディルンの、征服戦。そして、ルディルンとファーラが追いつめられたときの、絶望的な戦闘。その後も戦は国中でくりかえされ、やむなく加担したもの、自ら率いたもの、傍観を決めこむつもりでまきこまれたもの……。一心同体となって戦ったあの人々は、今は冥府女神《リュール》の膝に抱かれているのだろうか。それとも闇の澱《おり》をくぐって別の誰かに生まれかわっているのだろうか。

盾が破れた、と思ったとたん、足が門の敷石を踏んだ。エムバスが彼の背をおして暗がりを走らせる。彼はもう盾をもっていない。おそらく敵にむかって投げつけたのだろう。門の下をくぐりきったと思ったところで、鉄製の両扉がしまる音響を耳にした。

ふりむけば、弓隊と歩兵隊の最後尾が転がりこんだところだった。負けん気の炎はまだ胸に燃えている。這いつくばっている兵たちを叱咤して、自らも城壁の上へと石段を駆けあがる。

ペタルクの城壁守護隊の弓兵は千にも達せず、魔道師は四人しかいなかったが、それで充分だ。このオーヴァイディンが来たからには。

彼は城壁の端にとびあがって、号令を叫んだ。この騒然とした中で、農夫のような恰好をした男が誰であるにせよ、大声で号令を下せば、皆従う。誰何《すいか》する余裕などない。そうして、一斉に矢を放ち、炎玉や雷や雹《ひょう》を落とし、大地に裂け目をつくった。兵士たちは、息を呑む光景を目にした。空中を飛ぶすべてのものが、一つ残らず敵に命中した。大地の裂け目は最も密集した場所を選んで口をあけた。こそげおとされる焦げつきのように、敵の大きなひとかたまりがいなくなった。

号令がつづき、そのたびに敵は減っていき、全滅するまでもなく、残りはちりぢりに、森の中へと逃げこんでいった。城門の上を凱歌《がいか》が渡っていった。弓兵たちは誇らしげに自分の弓を空に掲げた。

月も星も沈んだ。周囲は徐々に静かになっていった。オーヴァイディンとエムバスは二人並んで壁を背に、ずるずると尻をつき、真っ暗になった空を呆けた目でながめた。

やがて、松明《たいまつ》の灯りと共にダイトーダイが近づいてきた。

「追撃だ」

彼が何か言う前に、オーヴァイディンは口をひらいた。

「大した数は逃げきれんだろうが、小さな部族や村々にとって脅威になる。一人残らず狩りだして殺せ」

称讃するつもりだった彼は、たちまち厳しい顔に戻った。

「一人も生かすな。女であろうと猛々しい戦士だ。油断するなと念をおせ……」

言い終わらないうちに、消耗しつくしたオーヴァイディンの目蓋は垂れ下がり、身体が傾いた。頭がゆれてエムバスの肩に乗った。軽いいびきが松明のはじける音と重なった。

夜が明けて陽が昇り、中天に達し、傾いた。

細い窓から斜めに射しこむ光に目覚めたオーヴァイディンは、日脚が長くなったな、とぼんやり考えていた。小さめの藁の寝台に低い天井、木と漆喰《しっくい》の部屋。一歩ごとにぎしぎしいう木の床、と知って、安宿の一室と見当がつく。

城壁にもたれて昏倒《こんとう》した彼を、ここまでかついできたエムバスに感謝しなければ。久しぶりに魔法を使ったが、これほど戦えたとは自分でも驚きだ。数年前より力が増している。……ふん、だがそれがどうだというのだ。スースリン族を追い払ったようには、権力欲の虜《とりこ》になっている連中を一掃できるはずもない。

喜びもなく起きあがり、脇卓に用意してある服を着た。エムバスがペタルクの古着屋から求めてきたものらしいが、どれも清潔そうで品がいい。生成りのムバーカには立襟がついており、灰色の糸で木の葉模様が刺繡《ししゅう》されている。たっぷりした袖は袖口できりりとしめられ、同じ刺繡で飾ってある。ズボンは膝下丈の丈夫な羊毛のもの、これは紺に染めてある。これは牛革か？　硬すぎず柔らかすぎない実用的な長靴をはく。うむ、ちょうどいい。さすがエムバスだ。ズボンの色とおそろいのキアトゥーシは、銀糸で横むきのゴルディ虎を抽象化した見事な刺繡で飾られている。このキアトゥーシは袖なしで、膝上までの丈、共布の帯には留め具つきだ。仕上げにシーオルを羽織れば、つい数日前までシャロー族の沼に這っていた泥まみれの放浪者とは誰も思うまい。貿易商の気楽な若旦那か、賭けで一儲けした行商人と見るだろう。

今にも底板がはずれそうな危なっかしい階段をおりていくと、宿屋の食堂に出た。まだ夕刻前なのだろう、三つの長卓に座っているのはエムバス一人だった。煮込み料理の匂いが漂い、空腹に気がつく。厨房《ちゅうぼう》に頭をつっこんで、なんでもいい、あるものをくれと注文し、エムバスのむかいに腰をおろした。

「休めたか？」

「もちろん」

エムバスは羊皮紙の切れ端に何やら数字を書きつけていた。どうやら、ケンネの村に送る荷《に》駄《だ》の内容らしい。オーヴァイディンはかすかな苦味を喉の奥に感じた。弱き者、貧しき者によりそえというイスランの遺言は、彼よりもエムバスに根づいたようだ。

料理がきた。温め直した饅頭《ピロッカ》パンには、玉葱、タヌークの挽肉《ひきにく》、キャベツ、細切れチーズがたっぷりと入っていた。はふはふいいながら噛みつき、熱い葡萄酒で流しこむ。二つ、三つと手を出し、五個も食らってようやく落ちついた。エムバスが呆れて首をふるが、弁解もしない。魔力の源は闇と、食だ。

腹がくちくなると、胸にざわめいていた戦の高揚の残滓《ざんし》もおさまった。満足して壁に両肩をおしつけると、エムバスがちらりと上目づかいの視線をよこした。ふん、とオーヴァイディンは鼻の奥を鳴らした。

「……で？　いくらかかるんだ？」

「一財産。それもペタルクでも最も裕福な貿易商の」

「なんだ、それくらいか」

「彼が払えますかね」

オーヴァイディンは大男をじっと見つめた。貧しい村で必死に穴掘りをしていた六歳の少年が、これほど育つとはな。

はじめて彼に会ったのは、夏の盛りだったか。村はずれの丘の斜面で一心不乱に墓穴を掘っている六歳の少年、それがエムバスだった。オーヴァイディンは森の反対側の野営地から夏の恵みに浮かれて斜面の上に出たところだった。照りつける陽射しに、掘りかえされた土が、むっとした臭いを放っていた。オーヴァイディンはまだ、黒スグリでいっぱいの口を動かしていたものの、その異様な光景に思わず立ちどまったのだった。

少年は一人だった。他に誰もいない。かたい地面にシャベルをつきたてるその足元には、二つの大きな袋が転がっていた。

ごくんと黒スグリを呑みこんで、しばらくじっと観察した。陽に焼かれて黒光りする肌、骨太なうえにこれから縦にも横にものびそうな身体つき、唇をひき結んで、黙々と困難な仕事をやりとげようとしている。

丘の下にはカラン麦の畑が扇状《おうぎ》に広がり、そのずっと下、こんもりとした林の裏に小さな村が十数軒の家々をかかえていた。村人たちは畑に出て、刈り入れをはじめている。

オーヴァイディンは少年と芥子粒《けしつぶ》のような村人を交互に見やって、幾通りかの推測をしたが、どれも確信を得られないものだったので、少年のそばにおりていくとやおらそのシャベルを取りあげ、かわって穴を掘りはじめた。突然あらわれた男にシャベルを奪われ、少年はびっくりしたようだった。しかしそのまなざしは挑むように炯々《けいけい》として、ひるむことがなかった。

汗みずくとなって穴を二つ掘り、遺体袋を横たえて再び土をかけるあいだに、その重い口をひらかせて聞きだしたのは、彼の推測を覆《くつがえ》す事実だった。

葬られた二人は少年の親でも兄弟でもなく、血筋ですらなかった。彼の血筋は去年の洪水で絶えてしまい、今は村人の情けで生かされているのだった。一月ごとに養い家がかわり、どこの家でも厄介者だった。六歳の子どもに課せられた仕事は、水汲み、耕作、薪割り、と、きつい労働ばかり。

土饅頭を二つつくり、それぞれに重石をのせながら、少年が語ったことによれば、一人は身内がおらず、誰にも顧みられなくなった老人、もう一人はどこの誰ともわからない流れの物乞いだという。葬儀を出す暇も惜しむ情けの薄い村人ばかりのようで、誰が葬るかで罵《のの》りあい、ついにはつかみあいの喧嘩に発展したという。少年を養う番にあたっていた家のおかみが、彼にやらせればいいと言い、否応なく彼の仕事にされてしまった。さすがに丘の上までは、男たちが遺体を運んだが、あとはシャベル一本おしつけて、とっととおのれの仕事に戻っていった……。

オーヴァイディンは少年を森ぎわの木陰に手まねきして座らせると、斜め掛けにしていた水袋を渡した。少年は一瞬、反抗するような目つきをしてから黙ってうけとり、喉を鳴らして飲んだ。

多くを語りはしなかったが、子どもなりに要点をとらえた話し方をし、黙々と課せられた仕事を果たそうとする一方で、自らに決して屈することを許さない、黒曜石のような鋭い輝きを目の奥に宿している少年に、オーヴァイディンは魅せられた。

この村にいたら、あるいは生きのびるかもしれない。過酷な労働は彼を鍛えあげるかもしれない。だが、病気にかかったり、ちょっとした怪我をしたりしたときに、まともな看病をしてもらえずに命を落とす方が、確率としてははるかに高そうだった。オーヴァイディンは考えのままを少年に伝えた。だが、とつけ加える。わたしについてくれれば、世界の広さを見せてやれる。生きる喜びを教えてやれる。

少年は迷いもなく頷いた。あんたは何も言わずに穴を掘ってくれた。あんたについていくよ。その場から少年を連れ去っても、何ら良心の呵責《かしゃく》はなかった。ヤーシャの民の村まで三日、すっかり拓けて繁栄している村の一番高い地所に設けていた一軒の館に連れ帰った。村の学校へ通わせ、自ら武芸を教授し、高価な書物を読ませて育てた。

料理好きで世話好きの家政婦パッカードが、身の回りの始末を教え、彼の腹を満たした。この中年の家政婦は、かつて賊にさらわれて山中にあったのを、オーヴァイディンに救いだされたのだ。——あんまり料理がうまいので、山賊たちにすっかり気に入られ、自由以外の要求はほとんど通した女傑で、オーヴァイディンが救出したときには、自分の子を家から連れてこさせて子育ての真っ最中だった。

ともあれ、少々荒っぽいところはあったものの、その裏に隠されている思いやりや愛情は、エムバス少年にとって慈雨に等しいものとなった。そうして少年は、あっというまに知識を蓄えて知恵と醸《かも》し、倫理とか正義とか道徳とか、およそオーヴァイディンには縁遠い、四角くかたいものを呑みこんで角を落とし、柔らかくし、ここまで成長した。

今では彼を護り、道を大きく逸脱しそうになるとやんわりとたしなめる。忠告に耳を貸さず、悪行を重ねれば、「あんなことはすべきではなかった」と反省を促す。オーヴァイディンが反省などするはずもない、と知っていながら。ときに道をはずれて荷車ともども、彼もまた路肩から転がり落ち、痛手をこうむれば、それ見たことかと目では言いながら、口には出さずに後始末を――大抵汚れ仕事だ――してくれる。被扶養者が友となったのはどの時点だったのだろう。共に戦ったあとか、それとも脱兎のごとく戦場を逃げだしたあとか。

「まったく！」

オーヴァイディンは長椅子を鳴らして立ちあがった。

「腹だたしいことこの上ないよ。きみの舌先にまんまと踊らされた！」

エムバスは手早く羊皮紙を畳みながら、かすかににやりとした。

「もっと腹だたしいのは、それが存外おもしろかった、ということだ」

二人は宿の外に出た。

ペタルクの石畳に、蜂蜜色の光がやわらかく輝いていた。広い道には玉葱の塔の影が黒々と落ちている。潮の香りと花の匂いが漂い、戦から逃れた人々は足取りも軽く行き交っている。荷馬車の車輪のまわる音、馬蹄《ばてい》の響き、おしゃべりに興じて買物する婦人方の姦《かしま》しい笑い声、屋台や露店からそよ風に乗ってくるピロッカをあげる油や焼菓子の匂い。戦があったことを知らせるのは、街角に立つマッキエ族の広報人が、ダイトーダイ率いる師団が大胆な中央突破で援軍に駆けつけ、弓隊と魔道師軍団によって敵を殲滅《せんめつ》せしめた、と声をからして叫びつづけていることだけだった。朝から叫んでいるらしく、もはや道行く人々に足をゆるめる気はないらしい。務めもそろそろ終わりにしてはどうか、と広報人にいらぬおせっかいを焼きたいところだが、エムバスが大股に先を行くので自重した。

大通りから小路へと曲がる。道の両側には様々な工房が並び、低い軒先を路地の上につきだしている。下がっている看板は、はじめて訪れる者には恰好の暇つぶしになるだろう。牛と豚の絵は、革なめし職人、針と鋏《はさみ》は仕立屋、鑿《のみ》と金槌《かなづち》は家具職人、見事な浮彫りは木工職人、羽根ペンだけを作る工房、写本用の羊皮紙を整える工房、と、見ているだけでもおもしろい。しかしエムバスとオーヴァイディンは、看板には目もくれずに再び右折し、手押し車一台がようやく通れるような小路の奥に、暗赤色の頑丈そうな扉が踏んばっている前までやってきた。はりだした庇《ひさし》の下には、放物線の軌跡に沿って、七つの玉を配した看板がぶら下がっている。

二人は幅広の扉をあけた。板床が広がっており、大道芸人たちが道具を磨いたり、くつろいで横になったりしていた。髭面の男は火を吹いて焦がした髭を鋏で手入れの最中、とんぼを切る少年たちは、舞姫たちと恋の駆け引きをしている。物珍しい様々な芸の中でも、この一座を有名にしているのは、九歳から十三歳までの少年少女だった。彼等九人は、舞台飾りの布切れをせっせと切っては、ぶつくさ文句を言ったり、手を叩きあったりしていた。この、まとめるのに一苦労する子どもたちが、舞台がわりの荷車に陣どれば、人々をひきつけるすばらしい歌声を披露するのだった。それは、透明な一人一人の歌声が重層をなして響きあい、これまで聴いたことのない楽の音となる。オーヴァイディンにはなかなか理解が追いつかないのだが、三人ずつで別々の旋律を歌う、和声という新しい歌い方だそうだ。これが、当たった。彼等が荷車の上からこの世のものとも思えぬ楽の音を歌いはじめると、驚いた人々がぞくぞくと集まってくる。『紅のキアトゥーシ』だの、『青い瞳』だのといった民族歌を、透きとおった声変わり前の和声で歌われれば、皆聴きほれて足を止める。それから様々な大道芸を披露し、興奮冷めやらぬうちに数曲で締めれば、桶は小銭で山盛りとなった。中には銀貨も混じっていたり、ときにはお大尽の館にお呼ばれしたりもして、スティッカーカルの面目躍如《めんもくやくじょ》である。

二人は板床の広間を横断し、小部屋の並ぶ長い廊下を案内も乞わずにつき進み、これまた奥まった赤い扉の前にようやくたどりついた。

スティッカーカルは鏡にむかって百面相の練習をしていたが、突然扉をあけて二人が入っていくと、文字通り丸椅子からとびあがった。エムバスは扉の前にさりげなく陣どり、オーヴァイディンは目の前にあった背もたれつきの椅子を逆において腰をおろした。

「こ、これはこれは。懐かしき友よ。何年ぶりだろう。今までどうしていた？」

もと都イスリルの演劇場の看板役者だけあって、動揺しても、とっさに仮面をかぶってみせる。オーヴァイディンも芝居がかった声で応えた。

「まこと、久しいの、スティッカーカル。息災であられたか」

「エ、エムバスも。顔を見られてうれしいよ」

丸椅子に尻を落とすが、落ちつきなくすぐまた立ちあがるのへ、エムバスは腕組みをして無表情に頷く。はりだした額の下の小さな目が、鋭く彼を射ぬくと、スティッカーカルの仮面は脆《もろ》くも剝がれ落ちた。

「なぁ、オーヴァイディン、あんたがどこにいるか皆目見当がつかなかったんだよ。儲けの送り先がわからなきゃ、どうしようもないってこと、あんたならわかっているだろう?」

オーヴァイディンはこの男がどんな弁明をくりだすのだろうと、内心おもしろがっていた。

スティッカーカルは五十過ぎの老人で、一言で表すのなら「ひょろ長い」。筋ばった身体つきで、顔もまのびした狐を思わせる。芝居人だけあって、嘘をつくのが大変うまいが、なぜかオーヴァイディンを相手にすると目が泳ぐ。変装の名人で、口やかましい貴婦人から腰の曲がった物乞いにまで化けることができる。ひょろ長い身体が、どうしてその半分くらいの印象を与える水夫になるのか、皆首を傾げる。しかしこの変装も、オーヴァイディンにはすぐに見破られる。素顔のときは眉間に傷かと見まごう深い皺《しわ》を刻んでいる。

観察しているあいだじゅう、スティッカーカルは早口で、「儲け」を着服した言い訳をまくしたてていたが、胸を上下させながら一息ついた合間をついて、オーヴァイディンは口をはさんだ。

「少し太ったな、スティッカーカル」

その皮肉に目を白黒させるのへ、

「雀の涙ほどの手間賃をきみがどうしようと、わたしは気にしない。だから落ちつけ」

「ほ……本当に……?」

「むろん」

「本当に、気にしない?」

「もちろんだとも」

「銀鉱石一荷駄分、でも？」

「当然だ。あの山をきみが管理しているのだ。そのくらいの賃金は相当というものだろう」

「いや……もしかしたら……記憶ではその三倍だったかも」

オーヴァイディンの片眉がぴくり、と動き、スティッカーカルはびくり、としたが、

「よかろうさ。坑夫たちにも充分賃金を払っているのなら」

「そ……それは、保証するよ。手厚く存分にやっている」

「そのうち視察する。きみの言うとおりだといいと思っているよ」

もちろん、もちろん、と首を上下するスティッカーカルである。

「そもそもあの銀鉱山は、きみのお祖父さんに管理を任せたものだ。お祖父さん亡きあとは母上が、母上の次にきみが、ときたわけだが、条件を忘れないでいてくれたなら、それでいいさ」

「条件？」

「もちろん、覚えているよな、スティッカーカル」

再びあわあわと首肯して、一つ、と指を折った。

「一つ、銀坑で働く者を大事にする。病人を働かせたり、手当てをしないで放っておいたりしてはいけない。一つ、賃金は労力にみあった分を必ず払う。一つ、山の持ち主のことは明かさない。一つ、災害事故のおきないよう安全管理をしっかりとし、万一おきた場合は速やかに収束、働き手に手厚い補償をおこなう」

「さすが、わたしの情報屋は抜群の記憶力だな。で、最後の一つは？」

「さ……さいご……？　一つ……？」

「忘れたのか？」

オーヴァイディンの少年のようにきらめく目が大きくなった。スティッカーカルも同様に目を大きくして、どっと冷汗をかく。

「わたしかエムバスにのみ、帳簿を開示し、他には見せない」

ああ、そんなことか、と肩から力をぬくのへ、

「おお、もう一つあった」

と畳みかけた。そこへ、エムバスが再び口をはさんだ。

「わたしにも帳簿開示の権利が？　はじめて聞きましたよ」

「ああ、それは今つけ加えたことだからな。さ、スティッカーカル、最後の最後、大事な条件を思いだしたか？」

「その前に、一つ言っていいか？」

「いいとも。どうぞ？」

「あんた、おれを弄《もてあそ》んでいるんだろ。前から思っていたが、嫌なやつだよな。エムバス、なんでこんなやつに忠誠を誓っているんだ？」

おいおい。口に気をつけたまえ、とオーヴァイディンが言うのと、エムバスが、

「忠誠を誓っているわけじゃない」

とむっとして言いかえすのが重なった。一矢報いたとにやっとしたひょろ長の老人は、催促される前に指をたてて応えた。

「あんたが求めたときにはいつでも、銀貨銅貨で応じること！」

「わたしとエムバスだ、わたしとエムバス」

「わかった。あんたとエムバス」

二人はひどくわざとらしい笑みを交わした。エムバスが戸口から離れて、羊皮紙の書きつけをスティッカーカルに渡した。オーヴァイディンが言った。

「その銀貨を使ってこれらをケンネの村に届けてほしい。今日、明日中に、だ」

「きょ、今日、明日っ？　ちょいと待ってくれ。今夜は戦勝祝賀会に呼ばれてんだよ。おれの一座が宴を盛りあげなきゃ、誰がやるっていうんだ？」

「それは心配するな。わたしが仕切ってやろう。特に、あの多重和声の合唱団は前からほしいと思っていたのだ。あれをつれて国中をまわれば、銀鉱山のあがりと同等の儲けが手に入るな」

冗談に聞こえない冗談を言ってオーヴァイディンは椅子から立ちあがると、壁にかけてあった巻き布帽子《ツュルバ》を自分の頭にかぶせた。スティッカーカルが悲鳴をあげる。

「……おい！　そいつは特別製なんだぞ！」

「きみの横領代と思えばいい」

「イスリル風に作らせたテイデルス王国のツュルバだ！　世界に一つしかないのにっ」

「だろうな。本物のツュルバは絹か麻でできている。これは羊毛だ。何ともすばらしい！　ま

「聞いたろ？　夜は宴会だ。宿に戻って昼寝して、今宵はペタルクの祭り気分を味わうのさ」

「これからどうします？」

大事にしろよっ、との罵声《ばせい》がわりを首筋に浴びて、二人は部屋を出た。

さにイスリル風」

良い子良い子　ねんねしな
夜も更ければ魔物が来るよ
星を隠し月を隠して火を噴く魔物
やってくるからねんねしな
お目めつぶってあったかご飯
夢に見ていりゃヴュルナイも
しおしおしおれて帰っていくよ
良い子良い子　ねんねしな

——北部地域に伝わる子守唄

3

イスリル王国第二の都市ペタルクの目玉は、何といっても町の中央に位置している〈冬の王宮〉と、はてしない石畳で舗装された〈冬の王宮広場〉だろう。先々代のなんとか王が――王の名前などどうでもよくなってから何十年もたっている――建築したこの避寒の離宮は、ペタン湖と〈北の海〉の海流や、ペタン山地が北風を遮《さえぎ》ってくれることで、厳しい冬を過ごすには都イスリルよりずっと楽なことは確かだ。先代の王はイスリルに帰らず、ここで人生を終えた。現王は出不精なのか、訪れることもない。赤と青と金で彩られた玉葱《たまねぎ》頭の塔が、重なりあう切妻屋根を飾って、見ていると目眩《めまい》をおこしそうな賑やかさだ。何という色彩感覚だ、と多くの部族や他国の文化を目にしてきたオーヴァイディンは首をふる。あの意匠を考えた人々は、奇抜さをてらって国王の歓心を買うことに成功したのかもしれないが。

〈冬の王宮広場〉、通称〈冬の広場〉には、陽が落ちる前から簡易卓と床几《しょうぎ》が据えられ、三千をこすかと思われる人々が思い思いに座を占めていた。春を迎えたとはいえ、夕刻になれば寒さがぶりかえしてくる。人々は祝いの晴れ着の上にぶ厚い毛織や毛皮の外套《シーオル》を羽織り、厚い耳あてつき帽子をかぶっている。

「巻き布帽子《ツュルバ》を手に入れて正解だったな」

朗らかなオーヴァイディンに、エムバスは非難がましい視線をむけた。彼自身も防寒対策はしっかりやっているが、帽子は薄めの安物である。

「そのツュルバ、ひどく目だちますよ」

「あの塔よりはましさ。赤と青に金だ。頭がくらくらしてくる」

王宮にほど近い一角に席を占めて、赤い頰をした売子からウサギのシチューと砂糖をまぶした揚げパン《ピロッカ》と強い蒸留酒《オットガ》をせしめ、うきうきと狭い卓上に並べる。まずは一口、オットガを口にし、焼けつく刺激を楽しむ。

「ううう、こりゃうまい。キビ酒ではない、本物のカラン麦が原料だ。うまいぞ、エムバス。きみも飲まないか」

エムバスは首をふる。こういう場所では、あくまでも護衛をつとめるつもりなのだ。共に杯を傾けるのが一番うまいのに、とぶつくさ言いながら、オーヴァイディンは甘いピロッカを二口で平らげ、宿で出されたピロッカとの違いを説明し、シチューは吹きさましながら舌鼓を打った。周囲は声高に話したり笑いあったりしていて、卓をはさんだ相手の声もろくに聞こえないほどに騒々しくなってきた。

空が暮れかかって、ようやく一番星がまたたきはじめると、随所で篝火《かがりび》が焚かれ、人いきれとオツトガのおかげもあって寒さが逃げていく。

王宮正面の区画は広くあけられていた。左右の長卓にはいつのまにかペタルクの領主たるマッキエ族の族長一族が座り、カモの丸焼きや異国の果物、鹿や猪や熊の肉などを堪能《たんのう》していた。給仕はマッキエに隷属しているルギ族の乙女たち、きらめく硝子《ガラス》の杯に惜しげもなく注がれるのは黄金の滴をしたたらせる高級オットガや、湯気のあがる真紅の香料入り葡萄《ぶどう》酒らしい。

イスリルの国の成りたちにおいて、部族を無視することはできない。そもそも、対コンスル帝国をもくろんでの部族同士の結束を呼びかけたのは、国母イスランであった。とある学者に言わせると、〈サイルグ民族〉なる、祖先を同じくした大きなひとくくりが、この地域——東はテイデルス海、西は〈北の海〉とクルーデロ海にはさまれた地域、背骨たるカルガ山地とも ども、上から巨人に踏みつぶされて南北に薄くのばされた、短い夏と長い冬と青ブナとカラマツの大陸——のすべての部族にあてはまるのだそうだ。すべての部族。一体どれだけあるのだろう。オーヴァイディンが知っている限り、主要都市を領地にする四つの部族の他に、二十はあるだろう。少数部族を入れれば五十は下らないかもしれない。そのうち、都イスリルの部族長議会に出席しているのは九か十だったと記憶している。部族の長であれば、座をつらねる権利を有しているはずなのだが、国政に参加する意義を感じない、祖先の土地から遠い、王国に根強い反発心を抱いている、等々の理由からか、それ以上増えることはないようだ。そうして、主だった部族に序列が生じるのは世の常か。イスリル建国に尽力したグリル、カレズ、マッキエ、ホーズといった部族が上位に、暴力的なヒダルや規律に縛られやすいキルナダなどはその下に、シャロー、ポツリ、ルギの民は最下位に、といった暗黙の身分差があった。少数部族となれば論外である。ただ、都イスリルにはそれこそ雑多な部族が集まるので、いちいち出自にこだわることはない。こだわるのは大きな富を領有する部族の住む町で、特にペタルクではマッキエ族が幅をきかせ、ルギ族はうつむいて歩くのだ。

喇叭《らっぱ》の合図と共に王宮の広い石段に、イスリル正規軍とペタルク防衛隊、数人の魔道師たちが登場した。人々は立ちあがってやんやの喝采《かっさい》である。夜空を轟《とどろ》かすほどの歓声と拍手がしばらくつづいた。やがてマッキエ族長であり、ペタルクの太守で大富豪のマクマーマクが進みでて、ようやくあたりはしずまった。色白で腹の出た初老の族長は、左右に身体をゆらしながら王宮玄関にあがっていき、演説をはじめた。ペタルク防衛の苦労や援軍への感謝をそつなく述べたあと、かつて自分たちがいかにしてコンスル軍をこの地で迎撃したのか延々としゃべりだした。その声は近くに座っているオーヴァイディンには聞こえたが、少し離れた聴衆には届くまい。

軍を率いてきた旗手は、馳鹿《タヌーク》の角とゴルディ虎の頭とアカワシの爪をもった無茶苦茶な獣を縫いとった、大層評判のよろしくない民族旗を早々に降ろした。立たされている兵士たちも、緊張をゆるめ、左右を見まわしたり、膝を曲げたりしている。聴衆はといえば、近い座席の人々は仕方がない、つきあってやろうかと、黙々と杯を干し、料理をつついているものの、離れた場所ではまたもとのように賑やかに、めいめい好きにふるまい、乾杯をくりかえし、おしゃべりし、笑いあい、踊りだす者までいた。

マクマーマクが気にせず最後まで語りとおしたあと、一隊は再び喝采の中、あけてあった最前列の席に導かれた。ペタルクの富を誇るかのように、豪勢な料理や酒がふるまわれる。

ルギ族の乙女たちの華麗な舞が披露され、スティッカーカルの一座が次々に珍しい芸をくりだす。和声合唱隊の歌が耳と心を楽しませる。春の夜は短いが、まだ宵《よい》の口、次なる出しものもあるとはわかっていたが、そろそろ席を立とうとしたオーヴァイディンのもとへ、すっかり酔ったダイトーダイがやってきた。

「こんなところにいた！　今度の戦《いくさ》の立役者ともあろう者が！」

かた苦しいのはどうも苦手で、席におし戻されながら弁解する。ごつい手が肩を何度も叩くので、酔った頭がゆさぶられる。

炎酒と呼ばれる強いオツトガが運ばれ、乾杯してのみほすのを三度くりかえした。そうこうするうちに、中央には〈星読み〉が進みでて、竪琴《たてごと》を奏ではじめる。いつのまにか、オーヴァイディンとダイトーダイ、それに見知らぬマッキエ族の中年の男三人で肩を組みあって〈星読み〉の曲に身体をゆらしたり、げらげら笑いあったりしていた。エムバスはまるで影になったかのように横に座して、苛だつこともない。

不意に肩を組んでいた中年の男――マッキエ族長の長男で、ガルガードという名だ――がふりむいて〈星読み〉に野次をとばした。

「おい、そういうのはもう聴き飽きたんだがな」

尖った顎の半ば禿《は》げた〈星読み〉は、それまで各部族に親しまれている曲を順繰りに奏でていたのだが、この酔っ払いの指摘にちょっとむっとしたらしかった。それでも、

「他に持ち歌はないのか。これまで誰も聴いたことのないような、珍しい歌は知らんのか」

となじられては、酔った勢いの言葉としても看過できなかったのだろう。

そも、歴史をたどれば〈星読み〉は、もとは部族の長に助言する立場にあった。夜空を仰いで星の動きを観察し、人々の運命や災害を予見し、魔が歌で厄を祓っていたのはいつ頃までだっただろう。魔が歌を忘れ、単なる放浪詩人に身を落としたのは、イスランがみまかってからではなかったか。

魔力のない者でも、竪琴と楽音への思いと他より少しばかりいい記憶力をもってさえいれば、〈星読み〉を名乗るようになって——六十年か。いや、八十年か。イスランの理想がレイレディンによって打ち砕かれ、そのレイレディンも病によってはかなくなった、そのあとから、変質し、壊れ、消失していったものがどれだけあるのだろう。考えたくもない、と少し酔いがさめたところへ、怒り狂った〈星読み〉のはじめの音が耳に届いた。

背骨に氷をあてられたように、一気に正気が戻ってきた。胃の腑《ふ》が縮んで震えたのは、オーヴァイディンだけではなかった。なじったガルガードも瞳孔《どうこう》を真っ黒にひらいて、片手をオーヴァイディンの肩にかけたまま、ごくゆっくりと床几に腰をおろした。冷汗がその額に噴きだして、篝火に光るのが見えた。

ダイトーダイが半ば卓につっぷすようにしながら、ひょいと頭をあげて、呂律の回らない口で、おい、こいつは、と呟いた。

「おい、こいつは、祝いの席で歌うような、歌じゃあ、ない……」

腕の中に再び頭が沈む。〈星読み〉が奏でている前奏は、嵐を予見させる音の運びだった。

半音階が連続し、底知れないものを感じさせ、これからくるものへの不安をかきたてる。オーヴァイディンはすでに立ち直り、思ったより下手ではない演奏がどこまでいけるのか、聴いてやろうという気になっていた。曲は『ヴュルナイの野望と破滅』、彼を裏切ったレイレディンが玉座についてすぐに創らせた曲だという。本来なら口上が先に述べられるべき歌だ。「大魔道師にして戦士ヴュルナイが、いかにしてのしあがり、いかにして身を滅ぼしたか、その顛末《てんまつ》の歌」と、ことわりが入るのだが。

ここにヴュルナイなる男あり
齢《よわい》十四にして初陣《ういじん》を飾りたり
十の部族を平らげて
国をまとむる助けとなりけり
国の母　イスランの育て子
国の祖　イスランの右腕

ああ、そうだったな。オーヴァイディンの目は、ゆれる灯りに、かつての戦を映しだした。イスランの教育と薫陶《くんとう》の賜物《たまもの》、若き魔道師ヴュルナイは、自ら弓引き、敵を怖れさせ、蹴散らした。だが、蹴散らしたのは十の部族ではない。たった二つだ。それでも、イスランが編成した魔道師軍団の名を轟かせるには充分で、各地で蠢動《しゅんどう》していた部族の投降を引きだしたのだった。ヴュルナイはそのための若き旗印だった。敵中にあなどれぬ新星が誕生したとなれば、戦わずして講和を結ぼうと思うものだ。

泣く子も黙る魔道師軍団
そを率いるは光の魔道師　ヴュルナイ
腕をのばし　狙いを定め　ただ一言の呪文叫ぶ
「貫け」と
さすれば指先より光ほとばしりて
敵の素っ首　たちまち飛びたり
十、二十などまたたくま
ただ一人にて百を葬りにけり

ガルガードの陰になっていてよかった。さもなくば、鼻で冷笑したのが〈星読み〉に見えたやもしれない。むこうの薄闇で、エムバスが片眉をあげた。本当に？　オーヴァイディンはかすかに首を横にふる。馬鹿な。そんなわけがあろうか。
ヴュルナイはただの一度も指先から光など放射したことはない。ましてや敵の首だって？　一体どんな魔力だろう。そんなことができたのなら、とうの昔に彼自身が王になっていたわ。

かくしてコンスルを西へ西へと追いやって
クルーデロ海を手中にし
五十の部族は王のもと
大イスリル族長国となりにけり

軽い目眩を感じてオーヴァイディンは顎をあげ、瞑目した。わたしが聴き逃したのか？　部族征伐の戦のつもりで聴いていたのに、いつのまにか国土回復戦で国境を広げた話にすりかわっているぞ。

長い歌のあちこちを、〈星読み〉がはしょっているのか。それとも、ここ数十年でそのように伝わったのか。ふうむ、おもしろい。こうなったら、どう歪められているのか、共にたどるのも一興だろう。

歌は初代の王ルディルンの系譜を詳しく述べはじめた。祖イスランの甥にして大魔道師リルルと宰相ルネルカンドの子。妹にファーラがおり、弟はカンカートとレイレディン。コンスルと不可侵条約を結んだ終戦の年、ルディルンは三十歳の男盛り、さらに百の部族を従えて、凜《り》凜《り》しい美丈夫だったと語る。

もう、数字に関して訂正する気もおきないが、ルディルンが美丈夫であったことは確かだ。上背もあり、戦装束をまとった姿はほれぼれする見事さだった。戦時において馬上に彼を仰げば、格段に士気があがったものだった。戦時において、は。

だが玉座に座ると暴君と化した。〈星読み〉はその事実のかわりに、王の美丈夫ぶりを延々と歌っていく。彼の命令でしなくてもいい戦をいくつしたか、殺さなくてもいい生命を何百人殺したか、焼かずにすんだはずの村や町をどれだけ焼き払ったことか。

イスランも、母リルルもすでに亡く、父ルネルカンドは王の戴冠数ヶ月後にみまかっていた。歌はルディルン賞讃から一転して、彼の非情さ、残虐性《ざんぎやく》を短く語っている。あまりの見目のよさに、皆の目がくらんでいたことは語られない。

もはや王をいさめる者がいなくなったと思われたとき、二人の弟と四つの部族、半数の魔道師軍団、一般市民を含む正規軍が反旗を翻《ひるがえ》した。対する王側にも五つの部族、残りの魔道師軍団、近衛のほとんどが味方して、まさに国を二分する内戦がはじまった。誰しもが十年近くかかるだろうと覚悟した。

ヴュルナイはそのあいだ、どうしていたか。イスランへの誓いを全うしようと、そしてまた、ルディルンに今一度機会を与えようと、はじまってしまった戦をなんとかおさめんがため、東奔西走していたのだが。……箱がひっくりかえされて、詰まっていたものが散らばってしまえば、もとどおりにするのは至難の業。ああ、もう少し年ふりておったのなら。今の彼であれば口八丁、手管を駆使して講和までこぎつけたやもしれぬ。しかし、そうまでしてどうなるというのだ、と老獪《ろうかい》なオーヴァイディンには冷笑する部分もある。あのルディルンでは、遅かれ早かれ身を滅ぼしただろう。遅かれ早かれレイレディンがやはり玉座についただろう。

ともあれ。歌が強調しているような、ヴュルナイではなかった。雌伏のときを過ごして、王を弑《しい》したてまつり、おのれが玉座につこうなどと、そのような野望は微塵《みじん》も持っていなかった。自分は戦人であって、為政者ではない。為政者となるに必要な弁論術や情熱や指導力を有しているのはカンカートだったし、人徳と忍耐力、十年先を見通す力をもっているのはレイレディンだった。

だが〈星読み〉の詞は、ヴュルナイの悪辣な陰謀を強調して、泥沼蛇《ウォルン》をこえる怪物にしたててあげていた。

ヴュルナイ、王と妹御を策略にかけ
王宮よりおびきだしたる宴の席にて
二人を刃にかけたり
あわれ王、あわれファーラ
あまた悪虐を尽くしたまいたるとはいえども

ルディルンとファーラが殺されたことはまちがいない。だが、断じてヴュルナイは手を下していない。彼もまた運命の罠にはまったのだ。彼は王殺しの汚名をきせられ、復讐をもくろんだときにはすでにレイレディンも冥府女神《リュール》の懐《ふところ》に下っていた。生きる目的をすべて奪われてすっかり自暴自棄になり――。

若かった、とオーヴァイディンは嘆息をつく。たったの二十五歳だ。彼より五歳以上も年上の男に罪をおしつけられ、すべての罪をきせられても、仕方がないほどに、若かった。

……かくしてヴュルナイ　捕らわるることなく
逃亡のうちに　生命を落とし
その骸《むくろ》は都に戻されて　さらさるること一年
骨もいずこへ落ちたるか
されど野望は燃えつきることなく
恨みと憎悪も消えずして
亡霊となりてさまよえり
闇に　荒野に　夜の風に
吼《ほ》えたけり　荒ぶる　顎《あぎと》は　暗黒の
奈落の淵《ふち》へと　誘《いざな》わん
奈落の底へと　引きこまん

竪琴は不安をさそう底音の分散和音で終わった。これが一流の〈星読み〉であれば、分散和音に鋭い高音を一つ、ひき裂くように加えるのだがな、と百年近く前、巷《ちまた》で聴いた演奏を思いおこしていた。
動くこともままならず、耳を傾けざるをえなかった人々が、やっと身じろぎした。ざわめき、まばらな拍手がおき、困惑したマッキエ族長やその親類たちが顔を見あわせる中で、〈星読み〉は鼻孔を膨《ふく》らませてガルガードを睨みつけていた。

オーヴァイディンはゆっくりと立ちあがったが、心は百年以上前の、裏切りの場にあった。


戦況は日ましに悪化しており、はじめルディルンに味方していた部族や魔道師たちも、こそこそと逃げだしていた。籠城か、降伏か、と見極めようとしていたときに、レイレディンの使者を名乗る男が夜陰に紛れてやってきた。ヴュルナイは、彼のみに語る内密の相談なるものをうけいれた。

ルディルンとファーラをその晩のうちに説得し、〈静かなる降伏〉に同意させた。それは、捕虜となる不名誉から逃れるための、昔からの部族間の約束事だった。捕虜となるかわりに、一介の領民として、人目につかない場所——大抵は山間部や森の奥だが、何代めかの王は郊外の離宮に住まったこともあった——で、ある程度の自由を許されて暮らしていく、というものである。捕虜となれば一定期間監禁された挙句に、戦犯として裁かれ、最悪の場合には処刑される。しかし〈静かなる降伏〉であれば、生命と普通の暮らしを全うすることができる。

領地を与えてくれたイスランへの恩を忘れてはいなかったヤーシャの民が、二人を保護してくれることになった。十日後に王宮から撤退したときには、ルディルンに付き従う者は数えるほどになっていた。彼らは未明にイスリルの都を出発し、ウルグ川をさかのぼって、カルケ森を北上した。ところが、ヤーシャ族の領地まであと半日というところで、不意打ちをくらった。

木々のあいだから飛来した矢が次々に、ルディルンの身体を貫いた。彼が落馬するのを見ながら、危険を知らせようと口をあいた刹那《せつな》に、ファーラとお付きの者ももんどりうって地面に落ちた。なおも飛び来る矢をよけつつ、ルディルンを助け起こそうと駆けよったが、王はすでにこときれていた。

亡骸《なきがら》から身を起こしたときには、レイレディンの軍に囲まれていた。

あれは、夏であったか、秋のはじめであったか。血の臭いがカラマツの香わしさを汚《けが》していた。大地は昨夜降った雨でぬかるんでおり、ルディルンの血は吸いとられることなくあたりに広がっていった。木の間にレイレディンの乗馬姿を見たと思った直後、矢の飛来する音と共に、肩と背と太腿に衝撃を感じた。前のめりに倒れかかったところへ、泥が跳ねちり、喚《おめ》きをあげて襲いかかってきた歩兵の剣がひらめいた。彼は転がりつつ剣をぬいて一人を切りあげ、もう一人の足を横払いに払ったが、あとは一方的に切り刻まれ、泥の中に伏した。そのとき考えたことを今もしっかり覚えている。この泥の中には、太ったミミズがいるだろうか、何匹とって食べられるだろう、と……。

ガルガードが〈星読み〉の挑戦に対して口をひらこうとした。オーヴァイディンはその肩をおさえて、にこやかな作り笑いを浮かべ、両手を広げて近づいていった。思いつきの悪い癖がまたひょいと頭をもたげ、あやつを少しからかってやれ、とつついたのだ。

「やあやあ、実にすばらしい演奏だった！　一度聴けば決して忘れない曲を、よくぞ披露してくれた。ここにいる者も、子どものとき以来のいい経験になっただろう」

……泥に伏したヴュルナイを、死んだと判断し、レイレディンは去った。意識をとり戻したのは一月もあとで、ヤーシャ族の村の寝台に横たわっていた。罠猟師の夫婦が、矢をぬき、傷をぬい、薬布をあててくれたおかげで、――おそらく泥まみれだったことも感染症を防いだのだ、と二人は頷いた――一命をとりとめた。イスランの白琥珀《こはく》が、胸の上で輝いて彼を励ました。だが、すっかり傷がふさがるには一年を要し、ひきつった傷をかかえながらもとのように動ける体力を得るのにさらに一年を要した。

そのあいだ、リルルの三番めの子カンカートが玉座に座ったが、直後に戦死した。ヴュルナイから見れば、しなくてもいい戦をコンスル辺境にしかけたのだった。カンカートはお調子者の一面ももっており、おそらくレイレディンにおだてられ、焚きつけられたのだろう。レイレディンの思惑どおり、彼はうまい具合に死んでくれたというわけだった。

まんまと玉座についたレイレディンへの復讐心と憎悪が日ましに膨らみ、糾弾《きゅうだん》せずにはおかないと勇んで都イスリルをめざしたのが、ルディルン殺害後二年と半を過ぎた頃であったろうか。部族長議会でレイレディンの罪を暴露し、玉座の正統性を問うつもりであった。ところが、とある町で〈星読み〉の歌う歌に出くわした。いつのまにか、ヴュルナイは大悪党にしたてあげられ、汚名をきせられ、ルディルンとファーラの殺害者となっていた。人々はそれを疑いもせず、子どもたちの頭には、「いい子でいないとヴュルナイが来る」と刷りこまれている始末。屈辱と憤怒に震え、復讐と汚名返上の熱い思いを抱いてさらに歩を進めようとしたそのとき、天地がひっくりかえった。

——あんた、何言ってんのさ。どこの山奥にひっこんでいたのやら。

レイレディン王のことを尋ねた彼に、宿のかみさんは馬の手綱を手わたしながら呆れたのだ。

——レイレディン様はこの前の冬に亡くなったよ。風邪をこじらせてね。あんたも気をつけな。病魔を誘うような青い顔してるよ。

では、では、今はどなたが王に？

——えっとね。ルディルン様のいとこ殿のお子で、まだ年若いお方だよ。名前は忘れちまったよ。ああ、でも、魔道訓練所では一番のできだった魔道師様だってさ。これからは、魔力のあるお方が王になるって部族長議会が決めたんだってさ。

手綱を握って、呆然と歩きだした背中を、あんた、そっちはイスリルへの道じゃないよ、とかみさんの声がかすめたのをかろうじて覚えている。糾《ただ》すべきレイレディンがあっさりこの世を去った？　あとを継いだのは十五のひよっこで、魔道師の卵だって？　イスランの夢も、未来への歩むべき道も、国としての理想も、語られずにどこへいってしまったのだ？　断ち切られたその先にあるのは、一体なんだろう。虚無の穴か、闇の淵か、混沌の坩堝《るつぼ》か。ふらふらと道なき道を行き、いつのまにか手綱もはなし、——馬はひとりで宿に戻ったのだろう——森の中の養蜂家や狩人や木こり、タヌーク飼いの一族にまじって、何年を過ごしたか。そのいずこかで、イスランの白琥珀を失った。ないとわかったとき、慌ててあちこちさがしたが、やがてあきらめた。道は断ち切られるのだ。突然、ある日、大斧が落とされる。

不思議なことに、目的を失っても、人は生きていけるものらしい。魔道師の寿命のままに、本来丈夫な質《たち》もあるのか。平気で人をあざむき、傷つけ、殺し、楽しむようになりながら、気まぐれに部族の争いに加担したり、エムバスを拾ったり、銀鉱山でしいたげられた人々を見て、山ごと買いとって――書類一つを書き変えてだましとった――まともな賃金を払いつつ、おのれの財を貯えたりしてきたのだが……。

オーヴァイディンは〈星読み〉に歩みより、その肩を抱き、オットガの杯をおしつけた。

「いやいや、珍しい曲を聴かせてもらった、本当に！　皆、いたく感動している。さすが、稀代の歌い手だ！　なに、喉のためにもう飲まぬと？　明日は仕事がないのだろう？　一杯といわず、三杯はイスリルの男の面目にかけて干さねばなあ。よしよし、いい飲みっぷりだ！」

必死に断ろうとするのへ、二杯三杯と飲ませて、さんざん耳に心地好い言葉を吹きこむ。侮辱に敏感で世辞に弱い〈星読み〉は、たてつづけの酒にたちまち酔っ払い、ガルガードの無礼も忘れはてた。

そろそろ頃合か、とオーヴァイディンはその肩を叩き、耳元に口を寄せてささやいた。

「さっきの曲だがね。あんたが歌ったのは嘘八百だ。……ヴュルナイは今も生きておるよ」

無数の星がまたたいているような頭にその意味が届く前に、彼はその場をさっさと離れた。

エムバスが辛抱強く待っているのへ、宿へ戻って飲みなおすぞ、と声をかけたちょうどそのとき、マッキエ族の居並ぶ方が何やら騒がしくなった。どうせまた、酔った者同士の喧嘩か、とふりかえったオーヴァイディンは、常ならぬ気配に眉をひそめた。

一族の末席には、ルギ族の長やペタルク周辺の少数部族の長たちも席を与えられていたのだが、そのうちの一人を、黒に金の刺繍《ししゅう》のある装飾上衣《キアトウーシ》を着た数人が拘束しようとしていた。けたたましくまくしたてて抵抗しているのは、その衣装からしてロブロー族の女長《おんなおさ》だろう。片や、黒に金の服の方は、魔道師を取り締まる憲兵たちだった。女族長はつかまるまいと腕をふりまわしている。憲兵たちは魔力を封じる銀鞭を取りだして、それ以上暴れたら有無をいわさず連行する構えだ。

「エムバス。あのご婦人が誰か知っているか？」

「直接会ったことはありませんが、多分、ハルファリラ族長でしょう。あんなにたくましい体つきの女長は他にはいないかと」

「ふむ。……ロブロー族のハルファリラ……ハルファリル……？」

「彼女は男名で呼ばれる方を好んでいるようですね」

かすかににやりとした。

ハルファリルと呼ばれたい女族長は二十歳にはまだ届かぬであろう年の頃か、身の丈はオーヴァイディンと大して変わらないが、肩幅腰幅があり、俊敏な動きをしているところをみると、武芸の訓練も怠りないようだ。

「長にしては若いな」

「親が長だったとか。彼女は一人っ子で、幼い頃から造船技術と族長教育をたたきこまれたようですよ。常に公正で誠実であれ、誉《ほま》れ高いロブロー族であれと教えられて育ったとか。大嵐の日に、造船所を護ろうと奮闘して、大波にさらわれた四人のうちの一人が父親だったそうです。その後まもなく母親も病で亡くなったと。きかん気で誇り高く、統率者としての資質を備えているとなれば、若くして族長と認められるのも当然だろうと大方は言っています。親の七光だと口さがなく言う者もいますがね。港湾地帯では有名な話です」

「……彼女は魔道師ではあるまい？　なぜ魔道憲兵隊が出張ってきているのだろう」

二人で首を傾げているうちに、ハルファリラはとうとう後ろ手に縛りあげられてひきずっていかれた。魔封じの銀鞭はその腰をかすめただけだったようだが、これは異様な光景だった。ハルファリラは黒髪をふり乱し、罵詈雑言《ばりぞうごん》を吐きちらしている。一方の捕手方は、一般人を逮捕することに、何らかのひけ目を感じているようで、いつもの横柄さが伝わってこない。幌《ほろ》つきの二人乗り馬車に彼女をおしこめると、自分たちは馬にまたがってだく足で広場を出ていく。族長たちは何やら意見を交わしながら、それを見送っていた。

「先に戻っていてください」

エムバスはそう言いすてると、群衆に紛れこんだ。

宿で待つこと一刻ほどで、エムバスは戻ってきた。影のように歩き、人々に紛れて、一部始終を見聞きしていた者たちの話を拾って、

「どうやら冤罪《えんざい》のようです」

と彼なりの判断を示した。オーヴァイディンはすでに寝仕度をすませ、半分寝台にもぐりこん

だ状態だったが、冤罪、と聞いて片目をあけた。

「穏やかではない話だな」

「逮捕劇そのものが穏やかではありませんけれどね」

寝台のそばに椅子を持ってきて腰をかけ、大きく息をついてからそう言うと、長靴を脱ぎながら語りはじめた。

「ロブロー族はこの頃、新型の小型船を売り出したそうで、それが当たって財力を高めたということです」

ロブローは団結力の強い、ペタン湖沿岸に住む総勢千人ほどの少数部族だ。古くから、はしけや川舟を作る技術を独自に有しており、ロブローの舟といえば沈まないと評判をとっていた。

「脚が速く、操舵性も良くなって、運搬量も従来の二倍ときて、引く手あまたとか」

イスリル国内を流れる河、湖、内海が、どれだけ物流に貢献していることか。岩塩やカラン麦を運搬する船を一隻もつことが、荷駄《にだ》人足たちの夢でもある。オーヴァイディンはまだ片目はつぶったまま、ふむ、と気のない返事をしていた。

「次々に造船して、次々に売れ、再来年の夏まで予約でいっぱいだとか。おもしろくないのがマッキエ族のマクマーマクで」

ペタルクの商売を一手に握っているつもりのマクマーマクであれば、それは喉に刺さる魚の骨だろう。すべての富が彼のもとに集まってこなければ気がすまないのだから。何となく見えてきたぞ。

「ロブロー船には魔法がかけられている、と中央に告発したそうです」

「魔法をかけても違法ではない」

オーヴァイディンは身体を横にして、肘枕をつくった。

「そうです、ただし、魔法がかかっていると周知させて売却すれば、です」

「もちろん、ハルファリルは否定したのだろう?」

「すべてロブロー族の技量がすぐれているためであって、魔法などかけていないと騒いでいたらしいですね」

「それで、魔道憲兵が出張ってきたのか」

「彼女をイスリルに連行し、部族長議会で裁いているあいだに、ロブロー族の事業をマッキエが買収してしまうでしょう。ハルファリラが戻ってきたときには、ロブロー族に残されているのは、落ちた評判と朽ちた船くらいなものでしょうね」

「部族長審判で賂《まいない》が横行すれば、ハルファリルの生命もどうなるか、だな」

「宰相ジルナリルにも大枚が渡されたらしいですよ。事実上の裁判長は彼女ですから」

失われるのは女長の生命だけではないな、とオーヴァイディンはぼんやりと考えた。すぐれた造船技術も——彼女が主張しているように、決して魔法などかかっていないとして——葬られることになるのだろう。ふむ。まあ、今にはじまったことではない。レイレディン亡きあと、この国の行方を定めるのは、欲と金だけになった。

「いいんですか、オーヴ」

数呼吸黙っていたエムバスが、爪先を見つめながら呟いた。何が、とは聞けないオーヴァイディンである。聞いたらまきこまれる。渦巻く陰謀からは遠ざかっているのが身のためだ。

エムバスが顔をあげた。乏しい蠟燭《ろうそく》の灯りにも、その両目が潤んでいるのがわかって、オーヴァイディンは慌てて目をつむった。

「彼女を救いましょうよ。ロブロー族千人の将来もかかっているんですよ。オーヴ！　寝たふりをしてもだめですよ」

肩をゆすぶられて、肘枕が崩れる。

「わたしたちならできますよ、オーヴ！」

「わかった、わかった」

「本当に？」

オーヴァイディンは壁をむいて上掛けを鼻までひきあげた。

「わかったよ」

「……オーヴ？」

「少し考えさせてくれ」

「何を考えることがあるんですか。自分が閃《ひらめ》いたときには、あとさき考えずに人をひきずりこむくせに。自分勝手も大概になさい。これは、人一人の生命がかかっていることなんですよ」

「何十人、何百人の生命を奪ってきた。今更一人だろうが千人だろうが、どうということはないさ」

「わたしを救ってくれたのに？」

「そのあときみもわたしを助けてくれた」

「わたしを何度も救ったじゃないですか！　お互いに、と言えば言えるけれど、自分の生命もかけてくれたじゃないですか」

「きみとわたしはかけがえのない友人同士。ハルファリルはそうではない」

「冤罪なのに？」

「……」

「ヴュルナイも冤罪で汚名をきせられたのに？　百年たった今なお、大悪党として歌われているというのに？」

「復讐する相手はもういないのだ、エムバス」

「だからずっとすねたままでいるんですか。普通の人間だって十年たてば成長して、おとなになるっていうのに、あなたは百年たってもそこで足踏みしている。汚名を晴らすことが無理でも、同じような不条理にあっている人たちを助ける財力と魔力とひねくれた知力はもっているのだから、それを活かそうとは思わないのですか」

「わたしはもう眠い」

エムバスが黙った。息を殺して目を閉じていると、足音荒く出ていった。扉が大きな音をたてて閉まった。あおりで蠟燭の灯りも消え、真っ暗闇になった。

オーヴァイディンはゆっくりと仰向けになり、闇の中に目を凝らした。エムバスは背中から矢をうけたことはない。信頼していた相手から、剣をむけられたことはない。冤罪などは、汚名などは、実のところどうでもいいのだ。

多くのものが、あの裏切りによって断ち切られてしまった。イスランの鮮緑の瞳が見据えていた未来への道も閉ざされ、もっと深いところにある彼自身の何かもえぐりとられ、奈落の底に落ちていった。

イスランからは、国の行く末まで託されたが、今の国のありようを、一介の魔道師がどうして変えられようか。王は権力に座して満足し、宰相は富の塔を築き、部族長たちはおこぼれにあずかるための謀事にいそしむ。落雷の魔道師たる王より強力な魔道師でもあらわれて糾《ただ》さぬ限り、この図式は変えられぬ。さらに不思議なことに、権力の頂点に立った者は、限りなく欲深くなる。おそらく頂点の首をすげかえたところで、何も変わらないだろう。一旦《いったん》できてしまった賄賂《わいろ》でつながる道は、迷路となって入りくんで、どうにも壊すことができなくなってしまっているのだ。

――そのせいで、不条理に泣かねばならない者が大勢出るのではないか？

知ったことか。

――ではなぜシャロー族に加担した？　ペタルクを救うために戦った？　どうでもよいのであれば、スースリンが蹂躙《じゅうりん》するままにすておけばよかった。北の民がイスリルを席巻《せっけん》していたら、今よりよほど風通しが良くなっただろうに。

それは……自分でもわからぬ。

——暴力をふるいながら暴力を否定する。まさにおまえ自身の矛盾と重なるな。まったく……この世は矛盾だらけだ。整合性などこの圧倒的な混沌の前では——

——何を他人事のように分析しようとしているのだ。これはおまえのこれからに関わることだというのに。

わたしにこれからなぞない。流離《さすら》い、流され、風に吹かれて漂泊《ひょうはく》するのみ。

——百年も生きてきて何一つなしえぬ。その生命、分けられるものなら必要としている者に分けてやればよかろう。

できるならな。

——おい、目を閉じるな。

もう眠い。

——目を閉じるな。死ぬぞ。

何を馬鹿なことを。それに、生きようが死のうが、もうどうでもいいような気がするのだ。眠らせてくれ。

目蓋《まぶた》が下がり、大きく一息吐いた。すると、闇の中に突然白光がひらめいたと思うや、胸の中央に激痛が走った。かっと見ひらいた目に映ったのは、彼を貫きとおす一本の杖だった。白琥珀の光を放つそれは、大昔、王宮の石畳を鳴らして、イスランの存在を知らしめた笏《しゃく》であった。

——イスランがおまえを裁く。イスランがおまえを断罪する。イスランがおまえに刑を科す。

それは嫌だ！　それだけは絶対にうけいれられない！

オーヴァイディンは両手で笏を握りしめた。自分を寝台に縫いとめている、指三本分より細いそれをひきぬこうとした。美々しい浮彫りを施した象牙《ぞうげ》色の笏は、ますます輝きを増して、彼の目を焼いた。渾身の力をふりしぼっても笏はぬけず、白光は胸から全身へと浸潤していく。彼は冷汗と激痛と歯ぎしりと無念の思いを友として、魔力の棲まう深淵へともぐりこみ、やりすごそうとしたが、イスランの光は頭を抱えて縮こまる彼を貫いたまま、容赦なく闇を切り裂いた。

闇に染まった身でありながら、これほどの光を放つことのできるイスランの力に、忘れかけていた畏怖と敬意がよみがえった。そしてその畏《おそ》れゆえに、痛みをも忘れて気を失ってしまった。

翌朝遅く目覚めると、胸の王笏はあとかたもなく、激痛もすっかり消えていた。残っているのはオツトガをしこたま飲んだがための頭痛くらいなものだった。寝台から起きだして板窓をあければ、春の太陽はすでに高処へ昇り、すがすがしい大気とかすかな花の匂いが流れこんできた。

再び寝台に腰をおろし、頭を抱えた。呻いているのは宿酔《ふつかよい》のせいだ。目蓋の裏で光っては闇を呼びこむ琥珀色の稲妻《いなずま》のせいではない。

弱き者によりそえ。イスランの遺言に彼は四度誓ったが、百年以上過ぎさった今、誓いは襤《ぼ》褸《ろ》きれ同然の有様だ。彼には、荒野に立てられた四本の杭と、その杭にまきつけられた襤褸が見えた。ちぎれちぎれて、かろうじて紐のようにからみついている。いや、一本だけは、わずかな模様と色彩が見てとれようか。

オーヴァイディンは息もせずにしばらくのあいだ、その模様を凝視していた。銀の雪に青の枝の影。はるかな冬のあの日、イスランのシーオルの中で嗅いだ香りがよみがえってきた。冷え冷えとした背中にぬくもりも感じる。彼は目をしばたたいて、窓から射しこんでくる光の帯をじっとながめた。どれほどのときが過ぎたのだろう。光の帯のむきが変わった頃、大きく息を吐いた。それからひどく静かに、ゆっくりと、立ちあがったのだった。

身仕度をすませ、合切袋《がっさいぶくろ》にすべての持ち物をつっこむと、大股に敷居をまたぎ、階段を鳴らして食堂へおりた。エムバスは一晩長椅子で過ごしたらしく、冴えない顔色でぼんやりと座っていた。

そのむかいに腰をおろして、残り物でいいから何か出してくれと厨房《ちゅうぼう》に叫び、水差しからぬるい水を杯に注いで一気にあおった。麦粥とチーズの欠片《かけら》が卓におかれる。もっと腹にたまるものはないかと尋ね、形崩れしたピロッカなら残っているというので、それを三つ注文した。三つもない、二つしか。なら二つでいい。ただし、しっかり温めなおしてくれ。

ピロッカを待つまもなく、麦粥をあっというまに平らげ、チーズに嚙みついた。その様子を黙って見ていたエムバスは、表情一つ変えることなく立ちあがって出ていった。しかし、その目尻がわずかにゆるんでいたような気もする。

ようやく出てきた熱々のピロッカは、皮が破れており、歪《いびつ》で、中の挽肉《ひきにく》と玉葱と小豆《あずき》の詰め物がかたよってはいたものの、肉汁が口の中で広がり、小豆の素朴な味わいが心をなごませた。普段なら二口で片づけてしまうこの揚げ饅頭《まんじゆう》を、ゆっくり咀嚼《そしやく》して楽しみ、仕上げに二杯の香茶で腹を落ちつかせる。

亭主には過分な心づけを渡して宿の外に出れば、エムバスがすでに、二頭の馬の手綱を握って待機していた。彼は黙ってその手綱をうけとった。馬上に身をおくと、蒼天が近くなった。

4

イスリルへの道は数多《あまた》あれど、馬車の通れる道となれば大街道一本だろう。西の玄関口のペタルクにおろされた他の国々からの物品は、この道とネヴ川を通って、イスリル内陸部に運ばれる。街道には荷馬車がひしめき、騎馬で、徒歩で、行き交う人々も少なくない。

春の陽射しとかすかな花の香り、森の湿った土と芽吹きの匂いが漂う中では、せわしなさも半減しているようだったが。人ごみをかきわけて進みつつ、幌《ほろ》つき馬車が通らなかったかと尋ねていった。幌つき馬車は珍しい。とりわけ高貴なお方か、囚人が乗るものと決まっている。尋ねるたびに、人々は指をさし、興奮もあらわにして推測を声高に口にし、あるいは乗っている者は何者なのか、と逆に質問してよこす。オーヴァイディンはそれには答えず、馬を走らせる。およそ半日の距離があいていたが、少しずつ縮まってきているようだ。

長い春の陽が傾いてしばらくした頃、街道筋の小さな宿場町で馬車に追いついた。共同井戸のある広場の隅に停まっているのに、エムバスがいち早く気づいたのだった。大きな銀柳が枝を垂らしている下で、御者がちょうど馬を車からはずそうとしていた。馬からおりたばかりの四人の魔道憲兵が、それを見守っている。オーヴァイディンは素早く四人を値踏みした。

男女二人ずつ、うち三人はまだ二十代か。三十代半ばとおぼしき一人は、見るからに格が違った。憲兵隊の外套《シーオル》も上等の毛織物で、姿勢が凛《りん》として、いかにも指揮官である。そも、魔道師軍団成立後しばらくは、私心をおこす魔道師は皆無だった。戦《いくさ》つづきで悪心をおこす暇もなかったと後世の者は結論づけたが、実際はイスランと深い絆で結ばれた魔道師ばかりだったので、誘惑にかられることはありえなかったのだ。

魔道師たちが賄賂《わいろ》をうけとり、私腹を肥やし、権力を求めるようになったのは、イスラン亡きあとである。いわゆる「野の魔道師」たちが軍団に入るようになってから、その傾向は顕著になっていった。ルディルン王はこれを取り締まるために魔道憲兵隊を設立した。彼のおこなった施政の中で、唯一まともな判断だったと陰口をたたかれたが。軍団との癒着を防ぐために、魔道師ではない精鋭部隊が抜擢《ばってき》され、銀の鞭をふるうこととなったのだ。

この指揮官も、そうした矜持を信念とかためて、その道一筋に歩んできたものと思われた。下馬した手綱をエムバスに託すと、オーヴァイディンはゆっくりと彼女の方に近づいていった。足音にふりかえった指揮官は、屈託のない笑顔を見せた。

「何かご用でしょうか」

オーヴァイディンの足が一瞬止まった。彼女の両目が火瑪瑙《めのう》のように深緑と金赤に輝いたからだ。オーヴァイディンは目がくらみ、珍しく何も言えなくなった。

彼女の笑顔が困惑にとってかわっていく。

「もし……？　具合がお悪いのですか？　……職人さん？　剣士さんかしら……？」

首の後ろで束ねている黒髪が夕陽に波うっている。横に少し幅がある輪郭《りんかく》はしっかりした顎につながっている。細くて長くて眉尻がきゅっとあがった眉、とおった鼻筋も、強い意志をあらわしているようだ。その一方で、表情豊かな大きな唇と火瑪瑙の輝きの目は、空想好きではつらつとした少女を彷彿《ほうふつ》とさせる。

さっきの笑顔がもっと見たい、と思った。金の花が咲いたような笑顔だった。愛想笑いであれなのだ、心からうれしそうに笑ったら、とてつもない幸福感に包まれるだろう……。

エムバスの咳払いに目をしばたたき、なんとか自分をとり戻した。

「ああ……ええ……わたしはオーヴァイディンと申す者です」

「わたしはセルラ。ご用はなんでしょう」

セルラ。いい響きの名ではないか。半呼吸もぼんやりしてから、ようやく声をふりしぼった。

「わたしオーヴァイディンは、そこの馬車にとらわれておるロブロー族長のハルファリルに用がありまして。会わせてはもらえませんか」

次にどんな説明をでっちあげようかと考えながら話す。話しているうちに自然に背筋がのびて両肩も後ろへひらいた。すると、それまで無防備だった憲兵たちが、身構えて鋭い視線を投げかけてくる。

「何人たりとも護送中の囚人に面会させるわけにはいかない」

セルラだけはゆったりとしたまま、しかし断固とした口調で答えた。

「わたしはハルファリルの管財人で、族長の指示を至急仰ぐ必要があるのです。ご存じないかもしれないが、ロブロー族は造船所をいくつか経営しており、このたびのことはその造船所があげる利益を狙った某マッキエ族の長《おさ》、マクマーマクの陰謀であるらしいと。ならば我々も造船所を守るために対策をたてねばなりません。指示をもらうだけでもいいのです、話をさせてください」

「あなたの言い分は真実かもしれないし、そうでないかもしれない。どっちでも同じこと。わたしは上から命令をうけて任務を遂行するだけ。規則は曲げられません。それに、あなたは彼女の名前すら正しく認識していない。そのような者をどうして信用できましょう」

オーヴァイディンは心もち顎をあげ、半眼にしてセルラを見据えた。

「これはこれは、異なことを！　彼女がハルファリラ、とまるで能天気なシジュウカラの鳴き声にも似た名で呼ばれるのを嫌っているのをご存じないか。せめて男名で呼ばれたいと、これは仲間うちではあたりまえの話だ」

自信に満ちていたセルラの眉が、ほんの少し曇った。エムバスが後ろから追いうちをかけてくれる。

「普段は短くハルとだけ呼んでいる」

セルラの火瑪瑙の瞳がちかっ、と光った。

「わかりました。失礼なことを申しあげましたわ。あなたを信用しましょう。でも！」

一歩馬車に近づこうとしたオーヴァイディンの前に立ちはだかった。

「規則は規則。面会はできません。たとえあなたが彼女の一族の命運を握っておいでだとしても、多分に同情はいたしますが、わたしの立場では応じることはできません」

　二人は睨みあった。背丈は彼女の方がほんの少し高いようだ。彼女の目には、無理を通そうとする中年の――初老にはまだ間があるように見えていると思いたい――くたびれた男が映っている。その男の方でも、憲兵隊の一指揮官を値踏みしていた。彼女は職務に忠実な、いまどき珍しいカタブツであるらしい。その中核をなしているのは、悪をゆるさぬ心、断固として正義をおこなう信念だろう。お役人によくいる賄賂次第の輩《やから》にはあてはまらない。芯が自立していて、その先で燃えているのが、火瑪瑙の炎なのだろう。賄賂は逆効果だ。金袋を出したとたん、侮蔑の表情を浮かべて背をむけるにきまっている。

　カタブツだが、とオーヴァイディンはそっと息を吐いた。非情だろうか？　そうは思われない。試してみよう。

「彼女を解放しろとか、都につれていくのはやめてくれとか、そんなことを言っているのではないのですよ、セルラ。ただ話をさせてくれと申しているだけ。それも、あくどい罠にはめられて、一族の財源を奪われかねない事態を回避したいがためなのです。考えてみてほしい。あなた方が彼女を都につれていったら、どうなるか。部族長議会では、おそらくマッキエが根回しをして、彼女を有罪にしたてあげるでしょう。宰相ジルナリルもこれに一枚嚙んでいる方に、わたしはそれこそ金貨百枚をかけますね。即日、彼女は吊るし首にされ、部族の財産は死肉喰らいの獣どもにむしりとられ、骨も残らなくなる。ロブロー族は離散し、凍土の肥になるばかりだ。そうならないようにするための話しあいくらいは、彼女にさせてやってもいいのでは？

ロブロー族を救うために、わたしと彼女が何をするべきか手を打つのは犯罪ではないはず」

「……あなたの言うことはもっともです。本当に、そう思うわ。でも、前提があやまっていたら？　本当に彼女が罪を犯していたとしたら？　魔道師として認められていないのに、魔法を使っていたら？」

「ところが、それを証明するのは憲兵隊でも魔道師軍団でもなく、部族長議会だ。組織そのものが機能しない仕組みになっている。そしてその機能しない隙間からこぼれ落ちていくのは、マッキエのような富裕の民でもヒダルのような武力を有する民でもグリルのような権力の座にある民でもなく、地道に商売をし、物を創造し、今日明日の食に頭を悩ませる貧しく弱い民ばかりだ」

凍土を掘る幼い手。馳鹿《タヌーク》の糞を得るため、爪も割れ、血のにじむ手。昔の夢がよみがえってきて、彼は恐怖と怒りをおさめるために一息ついた。

「セルラ。あなたはキルナダ族のようだ。規律を重んじ、正義を信条とする。だから考えてほしい。これは……一体誰のための正義だろう、と」

大きめの唇がひき結ばれた。視線はオーヴァイディンに注いだままだが、彼女が見ているのは目の後ろにあるものだった。オーヴァイディンは一息ついてからささやき声で懇願した。

「わたしたち三人の話しあいに、同席してくれてかまわない。何を話したか、記録してもいい。そうすれば、あなたの信条に傷がつくことはないだろう。でなくば、たまたま夕食が一緒になった旅の者同士の会話としてもいい。頼むよ。ロブロー族千人の命運がかかっているんだ」

大きく息を吸ってから、ようやく彼女は答えた。

「そこまで言うのであれば……いいでしょう。ロブロー族千人のために。ただし、夕食のあいだだけ。あとは一切接触を許しませんから」

オーヴァイディンは国母にしたような優雅なお辞儀で礼を示した。

セルラの合図で馬車のかけ金がはずされ、扉があけられた。オーヴァイディンとセルラが交渉しているあいだに、夕陽は森の梢《こずえ》のむこうに沈み、水色の空に一番星が輝く刻になっていた。狭く暗い箱から飛びおりるように地上に立ったハルファリラは、淡い紫の光の中に幅広い肩をそびやかした。

「やあ、オーヴ。相変わらずごちゃごちゃしゃべるのが得意みたいだな」

オーヴァイディンはにやりと笑いをかえした。彼等の会話はもちろん筒抜けだったのだ。そして、やりあっているあいだにハルファリラには考える頭と時間が与えられ、微塵《みじん》もとまどいを見せずに、スティッカーカル同様、役者顔負けの演技をしようとしている。

「しゃべるのがわたしの仕事。物事を整然と並べてみせるのが、ね」

そう答える彼に、エムバスもつけ足す。

「そうでなければ管財人などつとまらん」

ハルファリラの腕——日々木槌《きづち》やなたをふるっているせいだろう、丸太ほどもある——を臆することなくセルラがつかまえた。

「話は宿に入ってから。席についてから食事を終えるまでよ」

ハルファリラはおとなしく頷いた。

「あんたには感謝するよ。泣く子も黙る憲兵さんってわけじゃなさそうだ」

「恩情という言葉は知っていますよ。わたしだって、二児の母ですし」

オーヴァイディンは二人のあとにつづこうとしていたが、あ、と呟いて立ちどまった。頭頂に小さな雷を落とされたような気分だった。エムバスが彼の肩を抱いて歩かせながらささやいた。

「残念だな、オーヴ。人妻では口説けない」

「おもしろがっているな、エムバス」

おのれの頭頂をなでながら、歩を進めてぼやく。だが、失恋したとは思いたくない。それに、百年の経験を身につけた男となれば、

「なに、うつくしき花を愛《め》で、天上の星に憧れるのは、許されることであろうさ」

と、立ち直りとひらき直りが早い。

囚人護送ということで、宿には他の客はいなかった。長卓の中央にハルファリラを座らせ、その両隣をセルラと部下の男がかためた。むかい側にオーヴァイディンとエムバスが並び、あと二人の憲兵は戸口近くの小卓で見張りをする。

貸切りにするために、高い宿賃を払ったのだろうが、主人は貧乏くじをひいたと感じているらしく、無愛想だった。蠟燭《ろうそく》も極力節約して、長卓に二本きり、冷える春の宵《よい》の暖炉には細い薪が三本きり、自棄《やけ》気味に置かれた大皿には薄っぺらな豚肉と玉葱《たまねぎ》の冷えた炒めもの、籠の中

のパンはきっかり人数分、飲み物は変な臭いのする水だけという有様で、贅沢《ぜいたく》が許されるときに贅沢できないのはとても我慢のならないオーヴァイディンとしては大いに不満だった。すると、エムバスが察して席をたち、戻ってきたときには葡萄《ぶどう》酒の水差しと太い蠟燭を五本もさした頑丈そうな燭台《しょくだい》を両手に抱えていた。

オーヴァイディンは喜んで七つの杯を満たした。遠慮する憲兵たちに、オットガほど強くない、ほとんど水みたいなものじゃないかと笑いとばせば、昨夜来の馬車護衛に内心うんざりしていた彼等も頷いて口をつけはじめる。豚肉をつついているうちに、新しい料理が運ばれてきた。

「わたしのおごりだ。どんどんやってくれ」

湯気のあがる生乳たっぷりの濃いスープ、タヌークの肉に香草をまぶして焼いたものへ、三種の野イチゴのこってりしたソースを添えたもの、そしてもちろん中身がぎっしりつまった手のひら大もある揚げパン《ピロッカ》。とまどっていた憲兵たちも、葡萄酒のもたらすほろ酔い気分に背中をおされて、目を輝かせてむさぼりはじめた。

「さて、と、仕事の話だ、ハルファリル」

腰から取りだしたナイフでタヌークの肉にソースをかぶせながら、オーヴァイディンは切りだした。ハルファリラはもぐもぐやりながらも、居ずまいを正す。

「そうだ、仕事の話をしよう、オーヴ」

「ロブロー族所有の造船所だが、みすみすマッキエ族に奪われるのははなはだおもしろくない」

「〈青ブナ通り〉の先にあるのは、スタルビの織物商の注文をうけて、もうじき一隻仕上がりそうだ。さっさと仕上げて渡すことはできると思う。〈灯台下〉と〈引き潮湾〉の造船所は、すでに一隻ずつ受注ずみで材料も手配ずみだが、まだとりかかっていない。こちらはおそらく引きついだ者に報酬が支払われるだろう」

どこにどんな財産を保有しているのか、それとなく語った。しかつめらしく表情をとりつくろっている内側で、彼はにやりとした。この女性は頭がいい。機転もきく。これはおもしろくなりそうだ。

「〈青ブナ通り〉、〈灯台下〉、〈引き潮湾〉、これらの設備総額でいくと……銀貨《ヴュジ》一万枚でとんとん、というところか」

管財人らしからぬあてずっぽうをすると、

「他に資材置き場があるのを忘れていないか？　〈引き潮湾〉の造船所脇と、〈杉林〉の東側の」

「むろん、それらも入れての話だ。いや……もう少し多くなるかな？」

それに対して、ハルファリラもまた真面目な顔で、深緑の目をきらめかせながら応じた。

「できればマッキエや宰相に取りあげられる前に、売却してほしい」

「一万五千ヴュジで売れれば、働き手にもいくばくかの一時金を分配できると思うよ。任せてくれ。一族の行き先も至急手配しよう」

「マッキエと宰相が目をつけた財産に、横合いから手を出して買収するような怖いもの知らずがいるかな？」

「あてはある。任せてくれ」

オーヴァイディンが片手を胸にあてると、かげっていたハルファリラの眉が明るくなった。

「それから、あんたたち一族の住居だが、こちらはどうしようか」

ハルファリラが千人分の住まいのうち、思いだせる限りを片端からあげ、エムバスが羊皮紙の切り落としに記しはじめた。その間ずっと、セルラはじめ憲兵たちは、耳をそばだてながら飲食をつづけていた。オーヴァイディンとハルファリラの会話があくまでも事務処理的なものにとどまったので、口を出すこともなかったのだ。

腹も満ちて酔いも深まった頃、ようやくハルファリラの口述が終わった。一括して述べることもできたのを、故意にだらだらとつづけたのは、憲兵たちの気のゆるみを待ってのことだろう。会ったばかりだというのに、不思議にオーヴァイディンは彼女の考えを読みとることができた。彼女もまたオーヴァイディンの考えを感じとれるようであった。

横目でセルラの様子を見れば、一昼夜通しての護送の疲れもあいまって、さすがの指揮官も壁に背中をつけて半眼となっていた。とはいえ、何かあったら俊敏に行動する構えは、身につけているはずだ。

オーヴァイディンは上半身を乗りだして小声で尋ねた。

「ハルファリル、これは確かに冤罪《えんざい》なのだな？」

「わたしたちは自分の腕に誇りをもっている。魔法など使ってごまかすつもりはないよ」

ちらりとまたセルラをうかがう。二人の話は耳に届いているかもしれないが、規則に反するほどではないと判断しているらしい。

「あんたの生命を助けたい。こちらもわたしに任せてくれるか？」

「〈青空通り〉の北小路に、〈金緑の葉亭〉という革細工と雑貨の店がある。そこで〈双子の魔女〉を求めてほしい。きっとあなたの役にたつ」

〈双子の魔女〉、というのは、金貸しや税吏がよく使う、桁数の多い計算尺と、細かい数字を書けるように工夫された携帯用のペンのことだ。だがオーヴァイディンはそれがそのものであるとは思わなかった。ハルファリラが彼のことを、いもしない管財人や計理士だとは信じていないように。

「わかった。さっそく訪ねよう」

オーヴァイディンは立ちあがった。そこではじめて、ハルファリラは追いつめられた人間らしい、不安をあらわにした。彼にすがるような視線をむけ、

「わたしの不名誉はぬぐわれるか？」

と聞いた。その声がわずかに震えている。生命より名誉を重く考える若者の、純粋さよ。オーヴァイディンは喉元にかたまりを感じ、無理やりのみくだしてから頷いた。

「難しいかもしれん。賄賂でかためられた謀略だ。部族長議会の場でいくら無罪を叫んでも、相手にされないのが落ちだろう。だが、必ず手を打つ。冤罪は必ず晴らす。そして、あんたの自由も勝ち取ろう。約束する」

「わたしたちで必ず救いだす。心を強く持って待っていてくれ」

エムバスもしっかりと保証した。

二人は宿を出て夜気にあたった。熱くなった額に、春の夜の冷たい風が心地好い。空には〈蜂の巣〉が黄金の光の粒となって燦然と輝いている。近くの林の中から木の実をかじる小さな音が聞こえてきた。リスだろうか、ネズミだろうか。

「エムバス、ここに泊まるか？　それともすぐにペタルクに戻るか？」

「聞くまでもない、オーヴ。明日の朝一番に、ハルファリラの言っていた革細工屋の扉を叩きましょう」

そこで二人は、納屋から新しい馬を引きだし、弱い向かい風の中、再び街道を駆けていった。宿の主人と馬の代金のことで交渉するのはわずらわしかった。このまま心地好い酔いに風を感じて行きたかった。宿の主人は怒るだろうが、厩《うまや》の桟に吊るされた小袋に銀貨五枚が入っているのを見つければ、機嫌を直すだろう。

翌朝一番に、というわけにはいかなかった。〈青空通り〉の北小路は入りくんでいて、件《くだん》の店をさがしあてるのに時間をとられたからだ。馬がやっと通れるような隘路《あいろ》の奥まった一角に、ぶ厚い革で作った扉の店をようやくさがしあてたときには、日の出から一刻も過ぎていた。

扉の前には青銅の看板が下がっていて、木槌で叩くようになっていた。エムバスが二度、三度と鳴らすと、閂《かんぬき》がはずれる音がして、扉がひらいた。

出てきたのは腰の曲がった老婆で、〈双子の魔女〉を求めたいと告げてもなかなか通じない。

何度か聞きかえしてようやく納得がいったとみえた。店の奥の誰かに何かを叫ぶと、十三、四歳くらいの少年が脇腹をかきながらあらわれた。店から離れながらぶっきらぼうに言う。

「案内してやるよ。前金は下級銅貨《タン》一枚。馬はおいとけ」

鳥の巣頭ににきび面、多少がに股の少年のあとを男二人がついていく。小路は汚物に埋めつくされ、ときどき二階の板窓があくと、降ってくるものに用心して足を止めなければならなかった。汚臭に耐えてしばらく進み、小さな広場に行きついた。少年の指示のままに、共同井戸の茶色い水で足元を洗い流してから、他の家と同じ、漆喰《しっくい》と木の柱の変哲もない一軒に案内された。こちらの扉はすでにあいていて、誰でも入れるようになっていたが、少年は首だけつっこんで、

「ポーポス、サナー、客だ。上客だぜ」

と怒鳴るや、オーヴァイディンに片手をつきだした。

「後金、タン一枚。それから馬の保管料にもう一枚」

エムバスが目玉をぐるっとまわしてから、汚れた手のひらに言われるままをのせてやる。少年ははずみをつけてから駆け戻っていった。ここで出し渋ると、あとあとどんでもない目にあうことを知っている二人は、黙って敷居をまたいだ。

室内は外から見て予想した分の二倍は広く、天井の梁《はり》から下がっている夜光草の光に、実に様々ながらくたが青白く照らしだされていた。刺激臭が漂っていて、エムバスがたてつづけにくしゃみをした。オーヴァイディンも手の甲で鼻と口をおさえながら、足の下でじゃりじゃり

いっているのは一体なんなのだろうと考えていた。

壊れたふいごの陰から、タンポポの綿毛がからみあったような頭をした丸い顔が半分だけのぞいた。大きな目は、興奮した猫のようにまっ黒で、たるんだ目袋が濃い影をつくっている。

「何がおいり用かね、お若いの。ほれ薬か、強壮剤か、それともダニよけの香水かい？」

いひひひ、と笑う声は七十をこえた老婆らしかった。すると奥の扉が音をたててひらき、長身で痩せているもう一人の女が手をふりまわし、喚《わめ》きはじめた。

「あたしの客だよ、ポーポス。こびるんじゃないよっ。大体なんだって、いつもいつもあんたの名前が先に呼ばれて、あたしはあとなんだいっ。あたしの方が先に生まれてんのにさっ」

こちらは漆黒《しっこく》の直毛を首の後ろで束ねている。その毛先は腰の下まで垂れていた。狐のような顔には血の気がなく、ハリエンジュの刺《とげ》のように細い目と薄い唇の持ち主だった。

「毎度毎度言ってきかせてんのに、ちっともその頭には入らないらしいねえ、この消し炭頭。あとから生まれた方が姉なんだよ」

丸顔の方ががらくたの陰から立ちあがって嘲《あざけ》ると、そこからはもう、互いの言うことなどおかまいなしでやたら早口の罵詈《ばり》雑言《ぞうごん》を浴びせあう。

「なるほど。〈双子の魔女〉、か」

「あれは一体何語ですか？　はじめて聞く言葉のようだ」

「東海岸地方の言葉かな。カリンカルの辺境の方言だろう。……クーシャキーシャハルファリル！」

雄鶏同士の決闘さながらに、今にもつかみあいをせんばかりだった二人は、ぴたりと動きを止めた。背の高い方が油断なく目だけ動かして尋ねた。

「あんた、カリル族の言葉、わかる、なのか?」

同じ仕草で丸顔の方も聞く。

「あんた、ハルファリル、知っている、なのか?」

オーヴァイディンはにやりとした。

「今更イスリル語が片言のふりをしなくてもいいと思うのだが?」

二人は同時に腕をおろした。そのあたりのがらくたをまたいで近寄ってくると、卓と椅子から小間物を払いおとし、オーヴァイディンとエムバスと自分たちのために場所を作った。

腰をおろして落ちついて相対すると、七十過ぎに見えたポーポスも、目を吊りあげていたサナーも、そう装っているだけだとすぐにわかった。肌には皺《しわ》一つなく、手の甲には血管も浮いていない。ポーポスの目袋は、明るいところで見たら作り物とたちまち看破されるだろう。

「お会いできてうれしいよ、ご婦人方。わたしはオーヴァイディン、こっちはエムバスだ。ハルファリルに頼まれて来た」

二人とも、おそらく実際は四十はいっていまい。オーヴァイディンは自分に近しいものを感じた。人の目をあざむき、真実の姿を隠そうとする。隠した真実は、きっと何より大切なものなのだ。

「あたしはサナー。こっちはポーポス。ハルファリルには恩がある。あたしたちを本当の力に目覚めさせてくれた。彼女が直接来ないということは、来ることのできない何かがおきたということだろう？　助け手がいる、そうだろう？」

「彼女は逮捕された」

「彼女は逮捕されるような人ではない。何があった？」

見た目はひどく違うのに、ポーポスの声はサナーと全く同じに聞こえた。双子ならではの不思議をおもしろく感じながら、オーヴァイディンはこれまでのいきさつを詳しく語った。造船所の件で相談したことも余さず話した。

「彼女があんたをここによこしたってことは、あんたが何者であれ信用しているってことだ。……今のところはね。そしてあたしたちは彼女のためにできることはしようと思っている」

「造船所の売却と、ロブロー族の安全を確保するのが急務、と理解してよいのかな」

全くそのとおり、と頷くと、サナーが言った。

「あたしの本業は医者で、ポーポスは薬師だ。二人ともペタルクの養成所で免許をもらっている。それでも、本業の方には魅力を感じなくてさ、ここんところはもっぱら薬草学と金勘定にいれこんでいる。要するに、ハルの本当の管財人ってことさ。それであんたに言えるのは、彼女の財産はロブロー族の財産に等しいってこと。つまり造船所と資材と千人のロブロー族が彼女のもてるすべてだ。新しい船の売りあげは、働きに応じて分配され、予備として残ってんのはわずかだよ。次に注文がきたら、資材を仕入れてとんとんってことだね」

ポーポスがあとをひきとって、

「問題は二つ。売却する相手がいない。全財産背負って避難する場所がない」

「その二つともわたしにあてがある」

オーヴァイディンは自信たっぷりに頷いた。

「とある人物がいる。ちなみに名前をヴュルナイとしよう」

サナーは片眉をあげ、ポーポスは鼻を鳴らしたが、黙ってつづきを待った。

「カルガ山地に大きな銀鉱山をもち、長い年月堅実な業績をあげている。良質の銀鉱石を良質な労働体制で算出し、イスリル王国建国以来の既得権で貿易をつづけている。そのヴュルナイであれば、ハルの造船所と資材所を買いあげることなど朝飯前だ」

「マッキエが上買いしようとしても売らないという保証はあるのかい？」

「もちろん。第一に、価値の二倍の金額で買わせよう。第二に、このヴュルナイと交渉は不可能だ。何者でどこにいるか、誰も知らない。わたしとエムバス以外は」

「まさしくヴュルナイ、悪霊ってわけかい」

エムバスが口をはさんだ。

「本人が聞いたら気を悪くするかもしれない。壁に耳あり。くれぐれもご注意を」

今度は姉妹そろって鼻を鳴らした。オーヴァイディンはかまわずつづける。悪霊呼ばわりされたいとは思わないが、今更、であろう。

「ロブロー族にもその銀鉱山に行ってもらおう」

「なんだって？　高い造船技術をもっている連中を、あんた、侮辱するつもりかい？」

「高い造船技術を坑道の安全確保に応用してもらうのだよ、ポーポス。そうかっかとしなさんな。竜骨を組みあげる技能と計算力で、山を支える梁と柱ができるだろう？　いわば山の背骨を組みあげる。何も、銀を掘りだせと言うんじゃない、むしろ技術を生かせと言うのだ」

「それに、彼の銀鉱山を掘り進めているのも、誇りある技術者たちだ。尊敬に値する給金をうけとっている」

再びエムバスが援護してくれる。双子姉妹は顔を見あわせ、言葉にならない会話を交わしたようだった。二呼吸後に同時に言った。

「じゃあ、その計画で進めよう」

まるっきり一人の声に聞こえるな、と感心した。

「問題が一つあるよ」

サナーが指をたてた。

「造船所の権利書と営業許可証が政庁に保管されている。マッキエにそいつを握られたら、いくら高額で買いとったとしても、無駄になる。やつがそいつをもとに売買契約書を作って、ハルファリルの生命とひきかえに署名させてしまったら一巻の終わりだな」

「ふうむ」

オーヴァイディンは腕組みをした。しばらく斜め上の天井を凝視してから、エムバスに話しかけた。

「……モルモーデンはペタルクに来ているかな？」

エムバスの唇の端が、笑うのをこらえてぴくりとした。

「春ですからね。とっくに出撃準備を終えているかと。今日、明日には出港するかもしれませんね」

腕組みをほどいたオーヴァイディンは、二人に説明した。

「ずっと昔、海賊と懇意《こんい》にしていたことがあってね。連中に頼めば、政庁内に忍びこんで権利書の一つや二つ、易々とさらってくるだろう。泥棒、掏摸《すり》、詐欺《さぎ》師といった前身の者ばかりだ」

二人はぱっとまた顔を見あわせ、それなら、と同時に言った。

「十ばかり、他に盗ってきてほしいものもあるんだよ！」

同日の午後は、海賊モルモーデンが潜伏している常宿をつきとめ、旧交をあたためあったあと、頼みごとをした。政庁に忍びこむ仕事には法外な対価を要求された。ただもう一つの、より大きな仕事の方の提案は、非常に海賊を愉快がらせた。そのおかげで、ただでひきうけてもらえることになった。

その足でスティッカーカルの住居まで行き、細々と打ちあわせをしたあと——ほとんどオーヴァイディンからの一方的な指示だった——ようやく宿に入って軽く夕食をすませ、泥のように眠った。

翌日は三ヶ所の造船所を馬で見回り、ロブロー族全員を集めて話しあいをした。ロブロー族は頑固ではあるが、辛抱《しんぼう》強く説明をくりかえして納得させれば行動は早い。こうした場面では、目をくらませるオーヴァイディンの話術より、エムバスの低い声で語られるゆっくりした話しぶりの方が信頼される。あらましはオーヴァイディンが語り、行動を促す部分はエムバスが語った。渋々ながらも納得した人々は、すぐさま荷造りにとりかかった。持っていけるものや、紛失しては困るものだけを荷車に放りこみ、駄馬と御者をつける。それがすめば、めいめい家に戻って家族を伴い、銀鉱山へと出立するのだ。資材置き場の資材は、海賊モルモーデンの手下たちが、夜陰に紛れて他の場所に保管してくれることになっていた。

帰りは〈引き潮湾〉から海岸沿いに、ゆったりと歩を進めた。波は穏やかにうちよせ、西陽が水平線の真上に浮かび、あたりは茜《あかね》色に染まっていた。海も鈍い金を溶かしたように輝き、二人とも馬上にあって、海に漂う藻屑《もくず》さながらだった。

小さな岬の根本を乗りこえようとしていたとき、はるか南の方に黒雲がわだかまっているのに気がついた。いや、雲ではない。もくもくと次々に拳《こぶし》の形に立ちあがっているのは、煙に違いない。硫黄色のものもまじっているところを見ると、火事になってまもないのだろう。

二人は岬の頂上へ馬を躍らせた。丘の上からは、南にあるペタルクの市街地と、市街地から直接つながっている港が一望できた。ちょうど海風から陸風に変わろうとする刻で、煙は西になびいたり東に吹きつけたりと、大蛇さながらに身をくねらせている。火の粉が舞い、蛇の舌のような炎も垣間見えた。

燃えているのは、町ではなく、一群の商船だった。港に接舷していた大型の、鈍足の、二隻か、三隻か。

オーヴァイディンは高らかに笑った。

「エムバス、海賊のすることとはケタが違うな！」

エムバスは渋面で答える。

「火をつけるとは聞いていませんよ」

燃えているのはマッキエ族所有の貿易船だ。

「穴をあけて沈める約束だった」

「彼等もそんなつもりはなかったろうさ！　お宝強奪の際に、カンテラでも転がしたんだろう」

「日暮れにはまだ間がありますよ」

「船底におりていくには灯りが必要だろう。あれは事故だ」

「一隻ならまだしも、複数の船で火災なんて、事故のわけがない」

「はじめの船の帆柱から火が移ったのだ。しかしよく燃えるなあ」

「オーヴ」

「そう睨むな、エムバス。あれはな、政庁の方の盗みもうまくいったという狼煙《のろし》だよ。それに、町に飛び火しないように刻限をちゃんと考えているじゃないか。大損したのはマッキエだけだ、保証する」

「そう願いたいですね」

「〈双子の魔女〉も今頃、権利書やら何やらを懐《ふところ》に、ロブロー族を追いかけているさ」

「顔を真っ赤にさせて怒り狂うマクマーマクが目に浮かぶようですが……」

「何、船の一隻や二隻、やつにとっては大した痛手ではなかろうよ」

「財産の四半分となれば大した痛手だと思いますがね」

「その損失の埋めあわせに、ハルファリルの造船所をものにしようとするだろうが」

オーヴァイディンは再び大笑した。

「権利書は見あたらず、造船所ももぬけの殻！」

「汚い謀略をめぐらせれば、しっぺがえしがくると思い知るでしょう」

ようやくエムバスの口角もあがった。

「それでがっくりきてくれれば、しばらくは世の中も平穏に近づくかもしれませんけどね」

「煙が黒一色になった。おお、火柱が見事だぞ、エムバス」

「やっぱりあなたは俗物ですね、オーヴ。人の不幸をおもしろがるなんて」

「今回に限り、だよ。相手が悪党なら遠慮はいらん」

「今回に限り……？　何度かあったような……」

「今行けば、沈む船が見られるかもしれん」

「野次馬にまざって？　やめた方がいいですよ」

焦げ臭さが岬の上にまで漂ってきた。オーヴァイディンはかまわず馬を走らせだした。エムバスも仕方なくあとにつづく。

「カンテラが転がったなんて話、信じませんよ」

「もちろん、カンテラが原因さ！」

肩ごしに言いかえして、オーヴァイディンは大笑いした。もちろん、そうだ。〈双子の魔女〉が調合した発火球は大層な威力らしい。今後、あの姉妹と海賊モルモーデンのあいだにどんな交渉事が発生しようと、彼の関知することではない。エムバスなら気をもむだろうが。

日輪は半ば海に没し、茜の空を煙が黒くたなびいていく。海はさらに暗い黄金へと沈みこんでいく。オーヴァイディンの馬の蹄の音が、まるで来る夜に跋扈《ばっこ》する魔物の笑いのように轟《とどろ》いていった。

5

スティッカーカルからオーヴァイディンへの報告

――書簡による――

何しろ手紙なんぞ、まともに書いたことがねえ。せいぜいが請求書くらいなもんだから、あっちこっちおかしくても我慢して読んでくれ。

なんで国母イスランが、都をこんな内陸の、川に囲まれた湿っぽい土地に定めたのか、おれにはさっぱりだ。ペタルクの方が湿っぽいにしても陽気だし、他国との風通しもいいし、都にはふさわしいと思うんだが、ああ、まあ、あれか。今回のように北からの異民族に侵入されにくいっていう点では、イスリルの方に軍配があがるかもしれんな。

早く本題に入れって地団駄踏んでるあんたの姿が浮かんでくるぜ。まあ、ちょっと、つきあえよ。あんたが人につきあうなんて、滅多にないことだから、否応なしにつきあわせられるってのは、いい気分だ。

イスリルは、あんたが暮らしていた頃はどうかわからないが、出陣前の戦士みたいな町だな。

ペタルクほど放埓《ほうらつ》ではない。それでも、華やかできらきらしている。何という言葉だっけ……ああ、そうだ、勇壮とか壮麗とか、そんな感じがする。王宮は青と銀に彩られて、天を衝く塔が十もくっついているし、驚いたな、冥府女神《リューール》の神殿は薄紅色の大理石でできている。リュールの神殿だぜ？　いやはや。しかしこの町は、まったく魔道師と学者むけの町だな。魔法の研究所、総合学院、植物園、演劇場、と、南島に配置されて、すぐそばには歓楽街が広がっている。なに、はじめてイスリルに来たわけじゃあないが、いつもは仕事だからな、こんなにじっくり散策したことはなかったわけよ。で、今まで気づかなかったことに気がついたってこと。文化施設の隣に歓楽街だぜ！　いやはや、参ったね。

北島はあんたもご存じのとおりか。あんたの住んでいた頃に、魔道訓練所なんてあったか？　王宮を取り囲んだ正規軍兵舎は、まるで魚の群れみたいだ。青い鱗《うろこ》をぴかぴか光らせてる。何がって、屋根だよ、屋根。

北島から二つの橋でつながって、北からの脅威に備えているのが黒衣島、その名のとおり、黒衣をまとった魔道師どもが闊歩《かっぽ》する地域だ。あんたも昔、黒衣を着て、魔道師軍団兵舎を行き来したのか？　ペタルク攻防戦でスースリン族を撃退した英雄が、住居を求めてるって先に噂を流しておいてよかったよ。そうでなきゃ、おれたち普通の人間は、島に一歩入っただけで、魔道師たちに取り囲まれていたところだ。

……冗談だよ。魔道師どもにだって下働きや御用聞きは必要だからな。黒衣がやたら多いけど、一般民もあくせく働いているぜ。

ああ、そいで、あんたの館だけどな、あんたの望んでいた場所を確保したぜ。あの悪名高いヴゥルナイの――驚いたぜ！　実在の人物だったんだ、本当に！――居館で魔道師軍団の本営だった大っきな屋敷だ。ヴゥルナイの死後、反逆者の館を買収するもの好きもいたらしいが、長くは住めなかったらしい。なんでも悪霊が出るとか、ヴゥルナイの呪いだとかで、住む者住む者、事故にあったり病気になったりで、験《げん》の悪さに誰も手をつけなくなったってさ。最後の持ち主が四十年ほど前に行方不明になってから、管理権は魔道師軍団に移ったって話で、軍団庁舎に赴いて不動産部にまわされて、いろいろと面倒な書類手続きを経てだな、ようやくオーヴァイディンの貸借物として認可されたよ。

まぁったく、あんたのわがままにどうしてここまでつきあってやるかね。自分で自分の気がしれないってとこだ。その口車にのせられて、一体どれだけ損をしたか。おれの時間を無駄にしたか。覚えているか？　キルナダ山脈の南、テイデルス王国との境付近に上等の胡椒がなるから買ってこいといわれて苦労して手に入れれば、この白いのじゃない、黒い方だとつきかえしたよな。コンスル帝国キンキアード、別名スノルヌルの町まで行って、ふっかふかの羽毛布団を持ち帰れば、今は置く場所がないからどこかにしまっとけ、だろ？　人の苦労を一体何だと思っているんだと、ときどき腸《はらわた》がにえくりかえるぜ。だがな、恩もあると自分をなだめるのさ。何たってあんたはおれの祖父様に銀山を任せてくれた人だからな。仕方がない、我慢してやるかとも思う、おれってなんて懐《ふところ》の広い人間なんだ！

と、まあ、それはともかくとして、おれたち一座総員で館中きれいにしたから、あんたが来る頃には家具もそろって、居心地好くなっているはずだ。四十年空き家だった家ってのは、廃墟と同じだな。蜘蛛《くも》の巣、ゴキブリ、ネズミの死骸に鴉《からす》の糞、煤《すす》に埃に破れ窓ってな。ああ、礼はいいぜ。おれたちはこういうのは慣れている。屋根と壁があるだけまだましだってな。だがな、どうしても入れない扉があって、ありゃ扉の恰好した壁なんじゃないかと思うんだが、その先は未知の世界だ。あんたの冒険用にとっておいてやるよ。

厨房《ちゅうぼう》に料理人を雇ったぜ。これもあんたの指示どおり、パッカードっていう婆さんだ。口やかましくて気の強い婆ァだが、一座の食事を朝晩ちゃんと作ってくれる。うまいんだ、これが。食道楽のあんたのおすすめだけあるね。

住んでみたら、居心地のいい館だな。広くて部屋はいっぱいあるし、あったけえし。あんたの部屋は最上階三階に設けたよ。寝台は明後日運びこむ。西の窓をあけりゃ、ウルグ川が眼下に流れている。東には魔道師軍団宿舎が軒をつらね、南には王宮の青と銀の塔が見える。まったくいい場所にあったもんだ！

さてさてそろそろ本題に入ろうか。しびれを切らしたあんたが、この手紙を屑籠《くずかご》に放りこまないうちにな。一座の者総動員してかき集めた話を、おれなりにまとめようかと思ったが、ちょいと面倒なんで、――手に余ったわけじゃないぞ。いろいろと、ほら、忙しいし、あんたの資金を移したり、家具仕入れに走りまわったり、な――聞きとったのを順不同で並べるから、整理して判断すんのはそっちに任せるよ。

宰相ジルナリルは九十歳をこした魔道師だ。イスランの力で魔道師になったヴュルナイたちの代よりちょいと若いらしいから、おそらく召集令に応じて魔道師になったんだろう。それからずっと生き残って宰相に登りつめたところをみると、魔力があって駆け引きも苦にしない質《たち》と思う。現王を王にしたのも彼女だ。イスランの妹のリルルの夫、ルネルカンドのいとこの子孫って、イスランの血筋と何か関係があるのか？　おれにはよくわからんが、グラスグーシはルネルカンドのいとこの子孫で、魔力は秀でている。そのへんはあんたの方が詳しいかもしれんが。とにかく、雷を落とす力はすさまじいらしい。同時に五つの雷を落とし、標的を木《こ》っ端《ぱ》微《み》塵《じん》にしたってさ。なんと、弱冠十三歳のときのことだ。圧倒的な魔力をもつ少年を都につれてきて、十七のときに王にした。ジルナリルはそんとき副宰相だったそうだが、王の戴冠後一月もしないうちに宰相に格上げになったってさ。二人のあいだには、暗黙の了解があるらしいぜ。ジルナリルはグラスグーシの好きなようにさせ、グラスグーシはジルが宰相でありつづけるようにする。強力な魔道師二人が、国を私物化しているみたいに思えるんだけど、おれの勘ぐりすぎか？

　王は今三十八歳だが、中身は歪《いびつ》にこりかたまって冷えた溶岩みたいだ。他人のことなぞ知ったこっちゃないって感じが伝わってくるぜ。例えばだな。これはおれたち芸人にはまったく噴《ふん》飯《ぱん》ものの話だが、夏至の祭に蛇使いを三組も呼んだそうだ。三組それぞれに蛇芸を披露させたあと、一番獰猛《どうもう》な三匹を戦わせるように命じたってよ。闘鶏とまちがえてるんじゃないか？大事な蛇は、戦わせるためにあるんじゃねえ。そう抗弁した三人の蛇使いたちは、牢に放りこまれそうになって、泣く泣く戦わせたんだと。王は、思ったよりおもしろくなかったとご感想をこぼされ、蛇使いたちには相応の代価を与えたらしい。だがな、そんなもんが代価になるわけがなかろうが。かわいい蛇が死んじまった蛇使いどもの恨みは深いところに残っていると、おれは考えるね。

ああ、それでな、十五、六まで王と一緒に育ったってご婦人がいてな、王宮の侍女頭みたいなことをやっているらしいんだが、化粧品屋になりすましたうちの役者にさぐらせたところ、おもしろい人物評を語ってくれたそうだ。四十を過ぎたご婦人ってのは、なんであんなにあけっぴろげになれるもんかな。しかもずけずけと物を言う。とにかく、うちのパッカードといい勝負の——おっと、その人物評の方だった。彼女にかかれば、ジルナリルは、

「金の亡者。金のある生活を求めて権力を欲し、権力を維持するためにまた金を欲し、泥団子状に太りながらはてしなく坂を転がり落ちていく」

だとさ。なかなかおもしれぇだろ？　で、王様のことはこうだ。

「見目良く、力有し、頭もいい。したが、下手に頭がいい悪党はたちが悪い」

おい、これ、王様のことだぞ。おまえさんのことじゃあないからな。

「さらにおのれは善人だと信じこんでいる。表は金ぴかだが、中身は骨だけ、骨の真髄にあるのは、おのれが心地好ければそれでよし」

おれもいろんな人間を見てきたが、話を聞くだけではどうも、人間のことをしゃべっているのかと首を傾げるぜ。つきつめれば王とは何ぞや、人間とは何ぞやって哲学的な考えをしなきゃならんのかもしれん。ま、そっちは学者に任せることにして、こんなのもあったってさ。

ヒダル族の領地が、飛び地でカルケ森ん中にあったんだって。その村長ってのが表敬訪問に来たんだが、禿《はげ》ででぶだった、と。謁見をすませたあと、王は、あんな見苦しい者を村長にしておくとはけしからんと仰せられ、領地を召しあげちまった。男四十を過ぎたら大抵は禿ででぶにならあ。自分はそうじゃないからって、そりゃあんまりだろ。ヒダルの族長が猛抗議して、反乱もおきそうな事態を、ジルナリルが大枚はたいてなんとかおさめたと、これは三年前のことだが、いっとき大層な緊張があったらしい。

それからな。宴の席で、招待した客に恥をかかせるのは恒例になっているぜ。某織物商が鹿肉と思って食ったのが蛇肉だったとか、若い魔道師が供されたのは焦げ焦げの料理だったとか。この魔道師は火の使い手で、ジルナリルに比肩する力をもつともてはやされはじめていたってよ。そんなふうに必ず一人は恥をかくんで、王の宴席に出席する者も減ってきたとかこないとか。ともかく、こんなつまらんことで大喜びしている王ってのは、一体なんなんだ？　ジルナリルはそのたび後始末をそつなくこなしているようなんだが、さっきも書いたように、金じゃ恥は雪《すす》げねえと思う輩《やから》だって多い。金をうけとっても、恨みは残る。どうもジルナリルも王も、そのへんがわかってない。権力ってのは怖いな、オーヴ。上がれば上がるほど、足元を見なくなる。何にもない頭上の天空ばっかりに視線がいって、靴でふんづけている石や、落葉の裏に這いずっている虫けらの存在なんぞ記憶にもなくなる。おい、こんなんでいいのか？　政治なんぞ興味もないおれだが、国の中枢部がこんなんでまずくないかと危機感を覚えるぜ。今のところは部族長議会が、なんとか諸事、政《まつりごと》をこなしているようだが、部族長議会だって賄賂《わいろ》まみれだ。もうわけがわからんぜ。

おっと、おれの意見なぞどうでもいいってな。わかったわかった。ともあれジルナリルと王は、金が必要ってことは明らかになっただろ？　いくらあっても足りないんだ。つけこむとしたらそこだな。あんたとおれは、銀鉱山の財産をそれこそ一山分もってることだし。

それじゃあな。そっちの用事がすみ次第来てくれ。あんたの前評判は上々だ。王宮に入りこむ道筋もつけておくからな。

あんたの親友　スティッカーカル

追伸
さっき、件の侍女頭から仕入れたほやほやの話だ。嘘か本当かはわからんぞ。
なんでも雷五つを一気に落とせる王の力ってのは、魔力増幅の力をもった帯をしめているからだってよ。帯がないときはせいぜい三つだってんだが、三つだってすさまじい力だな。王はこの帯ともう一つ、随分古びた首飾りを宝にしてるって話だ。そっちの首飾りはどこかで拾ったらしい。汚らしくくすんだ安物なんだが、それを拾った直後に玉座を手に入れたってんで、ずっと身につけているってさ。このへんからもつけ入る隙があるかもな。あんたなら、いくつか策を考えだすだろう。おもしろくなりそうだ。
それじゃあな。エムバスにもよろしく伝えてくれ。

——かくして初代皇帝が立ったのち、部族長議会の面々も皇帝の指名により選出されることとなった。彼らが最初に協議したのは、帝国法となる第一条であった。この草案はイスラン国母の手になるもので、王宮書庫の最も古い層から皇帝自らが発掘された由、保存の魔法がかけられていたのだろうか、百数十年を経てもなお、昨日書いたような状態であったという。ここに、その信憑性を疑問視するむきもあるが、皇帝が魔道師たちを統べる確固たる基盤となったという点で、高く評価されるべきものと考える……。

——歴史研究家　ヒーロンラールの遺稿より

6

イスリル王国の首都イスリルは、ウルグ川とショー川が南北を流れる要衝に位置している。部族長議会が唯一の決議機関であり、同時に執行権をもっていた時代、コンスル帝国の東進に対応するために、国祖イスランの提案に基づき築かれた。蛇行する二つの大河にはさまれた十数個の島と中洲を整地し、埋め立て、橋で結び、運河をひらき、西と東には街全体を護る壁をたちあげた。コンスル帝国との攻防戦をくりかえしながら、部族同士の争いを禁じて国力を養い、王をたてた。初代ルディルン王は、雪辱戦として対コンスル国土回復戦を企み、コンスルをさらに西へおしやった。

領土が広がり、部族が増え、都イスリルの人口も膨《ふく》らみ、――そうなるまでに、相変わらずの内輪もめや反乱、内戦、と沸騰するごった煮の鍋のような時代があったものの――今では南島に魔法研究所、冥府女神《リュール》神殿、総合学院、植物園、演劇場を擁し、北島には魔道訓練所、正規軍兵舎、王宮を構えた都市に変貌している。

北島の北、川一つをへだてた黒衣島の端にスティッカーカルが用意した館は、ウルグ船道《とりで》と北島を一望できる高台に建つ石造りの三階建てで、かつて魔道師たちが有事にたてこもる砦として造られた。内戦のおりには、随分役だったと語られ、また、秘密の抜け道があるとも噂されていた。建国当初はヴュルナイの住処でもあった。

オーヴァイディンはその三階の広い居室でくつろいでいた。ペタルクを発ってから七日たっていた。窓の外には雨が降っており、下級魔道師たちの住居や軍団兵舎、上級魔道師たちの館を鉄灰色にけぶらせていた。窓には湿り気や寒気を防ぐ一方で、陽射しと大気の香わしさをとりいれるために、透明に近い雪花石膏《アラバスタ》の板をはめこんでいたが、それは一枚で銀貨二枚の対価を必要とした。良いものは値がはる。安価なもので良いものもないではないが、大抵はそうだ。その逆は――高価なものがすべて良いとは限らない。

無骨な黒い石床をおおうのは、暖かみを感じさせる深紅色の絨毯《じゅうたん》である。南のネヴ山地を拠点とするポツリ族の男女が、三年をかけて織った。ネヴ高原でのびのびと成長した二歳の羊の毛だけを使っている。

寒々しく圧迫感のある壁には、糸吐き草《トルトタル》と綿糸をよりあわせたイスラン織をかけさせた。縦横ともに、彼の身丈の二倍もある三枚が、歴史を表している。一枚は国祖イスランとその夫君テイバドールが並んで立つ部族長議会の場面、一枚はコンスル帝国を追い払った国土回復戦の戦場、三枚めはイスランの三番めの甥レイレディンが王となった場面だ。これらは百年前に戴冠祝いとして織られたが、レイレディンに贈られることなく、とある村の納屋の隅におしこまれていたのをスティッカーカルがつきとめて、銀貨一枚で譲ってもらったのである。レイレディンも、その兄姉たちも、オーヴァイディンは好きではなかったが、タペストリーのすばらしい出来はそれとは別だった。朝に夕にと、この華やかな昔日をながめれば、荒《すさ》みがちな心も洗われて、生きつづけることもできようというもの。

琥珀《こはく》で縁どった暖炉は、常にかすかないい香りをもたらすし、寝台はゆったりとして柔らかすぎずかたすぎず、書き物机は明るく磨きあげたサクラ材、食卓兼応接用の円卓はふんだんに彫刻を施した黒檀《こくたん》、夏の輝かしい朝を思わせる蜜蠟《みつろう》の灯り、そして雨音も耳に心地好く響く静寂。これ以上の贅沢《ぜいたく》は必要ない。彼はゆったりと大きな肘掛け椅子に腰をおろして、旅の疲れを癒やしていた。

ふと思いたって窓際に歩みより、陰鬱《いんうつ》な外をながめる。ウルグ船道は黒ずんだ流れで足元に渦を巻いている。北島の波止場にもやう商船の数も、いつもの半分ほどか。島内に目を転じても、変化のない黒っぽい景色がつながっているだけだ。コンスル帝国の侵略に抵抗すべく組織された十人の魔道師たちの一隊が、やがて百人、二百人と増え、一個師団を形成するようになった。その者たちが全員、この黒衣島に住処を与えられ、有事には素早く出動できるように訓練された。国土回復戦のあとの領土拡張期には、千をこす魔道師が住んでいた。

イスランは魔道師を見出す天賦《てんぷ》の才をもっていた。人は皆、生まれながらに混沌とうごめく力を持っている。それを知って目をそらさぬ者、怖気づかぬ者をひきあげて訓練し、魔道師の力を発現させようとした。また、自然にそうした力を使えるようになった野の魔道師を集めた。それからオーヴァイディンのように尋常ならざる日々の鍛錬に耐えぬき、自らの闇に深くもぐって戻ってこられるようになった者に、さらなる闇の扉をひらいた。

イスランは魔道師たちの母だった……。

今、黒衣島にはどれほどの魔道師が住んでいるのだろう。もはや彼等はイスランに闇を拓かれた者たちではない。自力で、もしくは他の魔道師を師として魔力を得、鍛えあげた者か。それでも、オーヴァイディンから見れば、薄めた葡萄《ぶどう》酒に等しい。たまに例外があって、より強い魔力をもつ者があらわれ、宰相ジルナリルや王グラスグーシのように頂点に君臨する。逆の論法でいけば、強い魔力を持っていさえすれば、誰でも宰相や王になれる、ということだ。

鼻の奥でオーヴァイディンはふん、と嘲笑《ちょうしょう》した。かつての理想はどこへやら。いや、それだから仕事はやりやすい。ジルナリルもグラスグーシも欲という闇に操られている。欲というのはギャナギ草より厄介だ。中毒性が強く、抑制しづらく、乗っとられてもなかなか気づかず、気づいても脱けられない。特に金銭欲では価値見当に異常をきたし、権力欲では今以外の生活を断固拒否する心境に支配される。であれば、この二人を籠絡《ろうらく》するには、多大な賄賂《わいろ》と媚《こ》び諂《へつら》い、おもねり、阿諛追従《あゆついしょう》の限りを尽くすのが効果的だろう。ハルファリラを無罪にと説得するのもやりやすい。一応部族長議会の方にも手を打つか。有名無実とはいえ、長たちの中には頭ごしの折衝を快く思わぬ者も多いだろう。こちらにもマッキエの影響力を上まわるように賄賂をばらまけばよいか。

レイレディンの裏切り以来――彼の裏切り、というのは単に、ヴュルナイをなぶり殺しにしようとしたことだけではない。本復したヴュルナイが復讐を果たそうとしたときにはすでに冥《めい》界《かい》の住人となってしまっていたことも含まれている。早逝することで、払われた多大な犠牲を無駄にしてしまったことも裏切りで、王国としての基盤を築けなかったことも裏切りなのだ――、イスリルは礎《いしずえ》を失くしてしまった。再び礎を示し、この上に王国を建てるのだと高らかに宣言する高潔の士が出てくることはあるまい。一旦《いったん》賄賂と裏切りと謀略に染まってしまった国を浄化するには、それこそすべての民の首を入れかえねばならないだろう……。

扉があく音がして、彼ははっとした。窓の外を見ているつもりで、ついつい闇の中をのぞきこんでいたようだ。

入ってきたのは大きな籠に菓子包みを山盛りにした〈双子の魔女〉とスティッカーカル、エムバス、厨房《ちゅうぼう》のパッカードだった。パッカードとポーポスが、料理に入れる香草について早口でおしゃべりしあい、スティッカーカルが一方的に演劇の工夫についてサナーに蘊蓄《うんちく》を語っている。エムバスはいつものとおり、余計な口出しはせずに、扉をそっとしめ、暖炉に薪を足しにいく。

「オーヴ、これ試してみて。あんた、貴婦人には詳しかろうが」

卓に籠をおいたのはポーポスだったが、そう言ったのはパッカードだった。丸い腹と低い背丈の、六十を過ぎた婆さんだが、身ごなしは若者と大差なく、髪はまっ黒で腰も曲がっていない。そのまっ黒な髪というのが特徴的で、一目見たら忘れる者はいないだろう。くるくるとねじれて渦を巻く髪の束が、互いにからまりあってキノコの笠のように小さい頭にかぶさっているのだ。色で言えばスミタケだが、中身は――毒キノコだな、とオーヴァイディンはいつも思う。

その毒キノコが試してみろ、というので、

「これは、毒入りの焼菓子《ビスコーユ》か？」

とたんに女三人から非難の合唱を浴びせられる。

「あんたが作れと言うから貴重な研究時間を割《さ》いて作ったのに！」

「材料集めるだけでも一日がかりだったんだよ、なんてこと言うのさ！」

「石鹸だよ、石鹸！　やたら金がかかった最高級の、これまで誰も試したことのない、あんまり気持ちいいんで一度使ったらもう他のは使えなくなるという！」

包みを取りあげて匂いを嗅いでみる。

「焼菓子の匂いだが？」

つい、口に入れたくなるうまそうな香りだ。促されて別の一個を手にとれば、こちらはりんごの匂いがする。

包みそのものも、仕立屋の端切れを使っており、薄紅の花模様や水色のレース、濃緑のビロードなど、一つ一つが異なっている。リボンをほどいてあけてみれば、楕円形に整えられた薄紫、黄色、乳白色、薄緑といったなめらかな塊がおさまっていた。

「ふむ……これは……森の香りか？」

「青ブナの匂いがするだろ？　ところが青ブナは一切入っていないんだ。マンネンロウにサルビア、トウダイカバの皮が煎じてある。シャボン草にハマナス油、シロウツギの汁を五対三対二で混ぜて、なめらかさを出した。それがうまくかたまるようにするために――」

「サナー、サナー。講釈はパッカードにしてくれ。オーヴは今から仮装するんだから」

スティッカーカルが背負ってきた袋から古着を取りだしながらたしなめる。彼はオーヴァイディンに次々服をあてて、帽子《ツルバ》、貫頭シャツ《ムバーカ》、装飾上衣《キアトゥーシ》、長靴、外套《シーオル》を決めると、着がえるように命じた。オーヴァイディンが寝台の陰で着がえているあいだ、女三人は石鹼の成分についておしゃべりを再開し――あいだにパッカードが入ると、ポーポスとサナーは口喧嘩をしないようだ――スティッカーカルはオーヴァイディンのふるまいについて、演技者としての注意点を細々と語って聞かせた。

卓の前に出てきたオーヴァイディンを見た五人の反応はまちまちだった。パッカードは片眉をぴくりとして、「化けたね」と言い、ポーポスは噴きだし、サナーは「あらあら、まあまあ」をくりかえし、スティッカーカルは満足げに頷いた。エムバスは暖炉のそばで腕組みをしたまま、「戦士が商人のふりをしている」と冷静に評価した。

オーヴァイディン自身は姿を確かめられなかったが、スティッカーカルが、

「まさに、エムバスの言うとおりだ。これぞ思惑どおり！　そのいでたちと、香りも色もいい、これまで誰も手にとったことのない高級石鹼と、あんたの得意な口八丁で、王宮のご婦人方の話題を独り占めできるな」

にやにやしてうけあった。

「戦士が商人のふりをして、思惑どおりなのですか？」

「きみもだよ、エムバス。きみも、護衛なのに番頭のふりをするのだよ」

エムバスは険《けわ》しい目つきでオーヴァイディンをながめた。

「そのやたらぶかぶかした袖やら、派手な銀糸のキアトウーシャやら、背中に狐印をしょったシーオルやらは我慢するとしても」

唇を一旦閉じて歯噛みしてからつづける。

「その巻き布帽子《ツュルバ》だけは絶対嫌です」

春先のシジュウカラかヒヨドリなみに姦《かしま》しくしていた女三人が、突然黙りこんで一斉にエムバスに注目した。四角ばった彼の頭に、とぐろを巻いた丸帽子《ツュルバ》がのっているのを想像したのだろう。一呼吸後に笑いがはじけた。エムバスは彼女たちを横目で睨みながら尋ねた。

「……で？　わたしには何の説明もないんですが、一体何をもくろんでいるのですか？」

「ハルファリルを救うには、ジルナリルに賂《まいない》を贈ればすむことなんだが、せっかくイスリルに来たのだ、ちょいと遊んでやろうと思ったのだよ」

オーヴァイディンが再び着がえるために、寝台のむこうにむかいながら答えた。

「その遊びにあたしたちがつきあわされてさ。この分の時給もしっかり払ってもらうからね、オーヴ」

「とか言いながら、結構楽しんで実験したんじゃないか」

「お黙り、ポーポス。あんただって最初はぶつくさ言ってたわりに……」

「あんたたち。食ったら必ず寝てしまうクッキーを焼くには、何の草を入れたらいいか知ってるかい？」

〈双子の魔女〉の喧嘩をパッカードがさりげなく遮《さえぎ》る。二人は喚《わめ》きあうのを中断して、パッカードに答えようとする。

「じゃあ、あたしの厨房で説明しておくれ。年寄りにゃ、耳元で喚かれたって覚えられないんだよ」

見事に二人を従えて部屋を出ていこうとした。最後尾のサナーがふとふりかえり、スティッカーカルを呼んだ。

「あたしたちのよそいきも用意しておくれ」

「……へ？」

「あたしたちもついていくよ、王宮に！」

音をたてて扉がしまり、エムバスの表情がさらに険しくなった。

「……王宮？」

スティッカーカルがその腕に彼の着がえをおしこむ。

「もうわかったろ？　あんたたちは高級雑貨屋として王宮にのりこむんだよ。目玉商品が香玉石鹸、ってことで。あの双子姉妹が医師と薬師の知識を総動員して、金に糸目をつけずに開発した商品だ、ご婦人方の度肝をぬくぞう。臭いは消えるし、いい香りが漂うし、清潔になるって気持ちいいわあって評判になる」

コンスル帝国では共同浴場も完備され、人々は日に一度は風呂に入る。だがイスリルでは、その習慣がない。下々の者たちは、気がむけば泉や川で水浴びするが、王宮では滅多に風呂を使わない。せいぜいが腰浴、それも月に一度か二度の頻度である。海綿と石鹸を使用するが、シャボン草が主成分の石鹸は、きめが粗く、洗浄力が強すぎて肌を荒らすことが多いうえに、すぐになくなってしまう。それとて決して安価ではない。姉妹が作った石鹸は、原価を無視しているので、一個が上級銅貨《ドリ》一枚に相当する。石鹸一個にカラン麦二百食分の金を出す者などいないだろう。だがはじめは、カラン麦二食分くらいの値段に抑えて売るつもりだ。

オーヴァイディンはもとのくつろぎ服に戻って——リネンの立襟シャツにイスラン織のズボン、膝下まである毛織の長衣、わざわざ仕立てさせたもので二ドリ払った。山野をさまよい歩くときにはできない贅沢を、イスリルでは心ゆくまで楽しむつもりだ——椅子に腰かけると、手をふってエムバスに着がえを促した。

「この高級品を一下級銅貨《タン》で売るのだよ、最初はな」

原価の百分の一だが、気にするオーヴァイディンではない。

「試しにと買ったご婦人が、風呂に入るまではしなくとも、身体をふくときにちょっと使うとする。そうするとだな、いい匂いがしてくることになる。『あら、なに、その花の匂い』とか、『まあ、すがすがしい匂い。一体どうしたの』ご婦人方はこういうことには敏感だからな。我も我もと求めようとする。はじめは下働きのご婦人方からだな。やがて侍女や貴婦人方が、もっと上等な品をと注文するようになる。……おお、きみもいっぱしの雑貨屋番頭じゃあないか。うむ、腕っぷしの強そうな番頭だ。実にいい！」

着がえたエムバスは、陽光を浴びた近衛兵のように輝いて見えた。スティッカールが毛織の帽子を手わたす。ツュルバでないことに妥協して、渋々かぶってみせる。

「それで、なんなのですか。石鹼売りに、商人に見えない商人、とは」

「大評判になるだろう？　その石鹼が」

オーヴァイディンはにやにやした。

「そうするとな、王の側女たち――妃が五人もいるそうだ――の口から、石鹼の評判と、わたしの人となりと名前が王に告げられる。五人中五人が、必ず告げると思うね」

すぐに悟ったエムバスである。

「王に会って何をしようというのですか」

「スースリン族を退けた魔道師にして、石鹼屋！　いやあ、いいねえ。おもしろいだろう？」

「つまりは、王を面食らわせてやりたい、たったそれだけのために、この散財なのですね」

「王にも会ってみたいじゃないか。雷を落とす以外に本当に能なしの坊やなのか、この目で確かめてみたいじゃないか。話の通じる相手なら、ご婦人方を喜ばす石鹼百個を賂に、ハルの無罪を勝ち取る助けになってもらおうという、これは深遠なる計画だよ」

「遊んでいる暇があるとは思えませんがね」

「なあに、その陰でジルナリルを籠絡すればいいのさ」

「簡単にはいかんでしょう。ハルファリラの裁判は、明後日と聞きましたよ」

「だから、まずはその裁判を延期させればいい」

椅子の中で身じろぎしたオーヴァイディンの顔から笑みが消え、目に酷薄《こくはく》な光がちかりとまたたいた。

「部族長の半数が出席できないようにする、という手もあるが、それは最後の手段だ。暴漢に襲われる、腹を下す、病に倒れる……〈双子の魔女〉の手にかかれば毒殺も可能だが、そうするとあとあと恨みが残るし、内乱にもなりかねん」

独り言のように呟いた。部族長議会の決定権は半数以上の出席で発動するのだ。そこで決まらないときには、ジルナリルの決定が国の決定となる。

「まずはジルナリルを動かせばいいのだ」

「……ハルファリラは牢の中でどうしているでしょうね」

「ふむ。辛かろうな」

「それこそそちらに金を使ってはどうです？」

「おお、それは気づかなかった。スティッカーカル、行ってきてくれるか？」

「牢番に賂をやって、毛布とか食い物とかさしいれすればいいのか？」

「わたしが一筆書きますよ。励ましと、状況がわかるように。そうすれば少しは気持ちも楽になるでしょう」

エムバスが申し出る。珍しいことだ。常は、オーヴァイディンの判断に任せることが多いのに。オーヴァイディンは大きく頷いてから言った。

「わたしも今夜、ジルナリルに会うことにしよう」

それに対してエムバスは、厳しい顔で釘を刺した。

「会うのはいいですが、とりかえしのつかないことをしないように。衝動的に行動して、大ごとになってしまってはハルを救いだすこともままならなくなりますからね。いいですか、くれぐれも自重してくださいよ」

「肝《きも》に銘じるよ」

とは言ったものの、作り笑いと剣呑《けんのん》に輝く深い青の目が、言葉を裏切っていた。

ジルナリルの住居は王宮敷地内の別棟で、近衛も衛兵もいない。忍びこむのに造作はなかった。

寝仕度のすんだジルナリルが、燭台《しょくだい》を一つだけ持って、寝室に入ってきた。ゆったりとした長衣姿の見た目は二十歳そこそこの若さで、卵形の輪郭《りんかく》に黄金の髪、整った顔だちをして、実年齢と炎を操る魔道師と知らなければ男たちが小魚のようによってくるだろうと思われた。激務の昼を過ごしたであろうに、嘆息一つつかず、寝台脇に燭台をおく。その横顔に、オーヴァイディンは声をかけた。

「お初にお目にかかる、ジルナリル。わたしはオーヴァイディンと申す」

彼女がとびあがらなかったのは、ひとえに中身が老婆だったせいかもしれない。実年齢はオーヴァイディンより十歳ほど下、九十いくつだとスティッカーカルの書簡にあった。ことさらゆっくりとふりむいた彼女は、目を細めて闇を見透かそうとした。オーヴァイディンは背後のカーテンを引きあけ、わずかな外光を室内に招じた。

ジルナリルの寝室は簡素なものだった。あらゆるところから賄賂を吸いあげている女のしつらえとは思われない。これはむしろ、軍団所属の魔道師の兵舎だな、と判じる。石床にしいてある毛足の短い絨毯、長櫃《ながびつ》と卓と椅子が一つずつ、折り畳み式の書き物机が壁にくっつけてある。羊毛の寝具で統一されており、枕のみが羽毛だろうか。窓枠にはまっているのは透過性の少ない石硝子《ガラス》で、王宮の篝火《かがりび》がようやく届く程度だ。

ジルナリルは置いた燭台を再び取りあげて掲げ、彼の顔を確かめた。そのまま卓上に置くと、ゆらめいた炎は天井や壁に定まらない影を映しだした。

「オーヴァイディン……。ペタルク防戦の立役者か。まるでこそ泥じゃな」

オーヴァイディンはせせら笑って答えた。

「泥棒も強盗も詐欺《さぎ》も経験ずみだよ、ジル。戦《いくさ》もするし、畑も耕す。富者であり貧者でもある。あんたとまったく同類だ」

「人目を忍んで夜半におしかけるとは、一体何事か」

挑発に乗ってこないのは、さすがに年の功というべきか。若い女の魅力的な声で静かに問いかけてきたが、その背後にかすかな怒りと苛だちが感じとれる。

「春の夜は短い。単刀直入にいこう。……ハルファリルを無罪にしてほしい」

「ロブロー族の女長か。そなたとどのような関わりがあるのか知らぬが、それはできぬ」

「マッキエのマクマーマクとの約束は、達成されないぞ。彼からの賂はペタルクで消え去った」

ジルナリルの眉がわずかにひそめられ、両肩の力がほんの少しぬけた。

「意味がわからぬが」

「なんの、しらばっくれなさるな。ハルファリルを冤罪《えんざい》におとしいれ、彼女の財産を手に入れたら、その半分か三分の一をあんたに献上すると約しただろう。おもに造船所とその技術を、な。新型の貿易船を造りつづければ、あんたのところにも莫大な収入が継続して入ることになる。あんたにしたら、一時の賂よりもおいしい話だ。これで落雷王のふくれあがる欲求を満たすのに何の心配もいらなくなる、とそう思ったのだろう」

「侵入したうえに、とんでもないことを言う。そなたと話しあう気はない」

「いいや、聞いた方がいいぞ、ジルナリル」

イスランのもと、軍団を率いた魔道師の声で脅した。

「ロブロー族の造船所はすべて閉鎖された。技術者全員、家族ぐるみで姿をくらました。資材も運びだされて、新型船を作ることはできなくなった。それに、マッキエの貿易船が二隻、なぜか火災にあってな。港で沈んでしまった……おお、こちらの報は届いているか」

思わず拳《こぶし》を握ったそぶりを看破して、

「それゆえ、わたしから新たな提案をしよう。マッキエ族の穴だらけの申し出よりはずっといいはずだ」

「マッキエから提言の撤回はきていない」

「そりゃそうさ！　今頃どう言い訳しようかと頭を悩ませているんだろうから。もしくはいなくなったロブロー族を血眼になってさがしまわっているか」

　ジルナリルはふりむかずに寝台に腰をおろしたが、その手さぐりのゆっくりした動作には年老いた魔道師が透けて見えた。蠟燭《ろうそく》の灯りが彼女の金茶の瞳に映えて、剣呑な炎をちらつかせる。

「……ハルファリラの無罪、してそちらの言い値は？」

「マクマーマクと同じだよ。造船所のあがりの三分の一」

「馬鹿にするでない！　人のものを横からさらっておいて――」

「そっちこそ大概にしたらどうだ」

　すごみのある声に、ジルナリルははっと口をつぐんだ。

「為政者にあるまじき収賄、策略、謀略の数々。とばっちりをうけた者がどれだけ人生を狂わせられたか……」

　言いさして今度はオーヴァイディンが黙った。おのれが踏んできた道も似たようなものだった。正義を貫こうと心がけていた昔のヴュルナイがつい顔を出してしまった。

「……ハルファリルの生命を助け、冤罪であることを知らしめよ。造船所のあがりは馬鹿にならんぞ」

　ジルナリルはしげしげと彼をながめ、やがて口角をもちあげた。

「小娘一人。たかが小娘一人に、何をそう躍起になっておる？」

　もう少し若ければ、この「小娘」が言うことに対して彼もむきになり、ハルファリラを擁護するところだが、オーヴァイディンは大きく溜息をついてみせた。

「小娘一人の問題ではない、と言いたい。そして逆に、きみもわたしも大勢を屠《ほふ》ってきて、今更一人を救おうとするのか？　……とも思うしな。わたしにもよくわからんのだ。強いて言えば、冤罪にどやしつけられた、か。だが、事をはじめてみて、久方ぶりにおもしろい！　と感じている。だから、結果が出るまでこの遊戯《あそび》をやめる気はない」

「保証はあるのか？」

「保証？」

「ハルファリラを無罪にすれば、造船所が再開されるか」

「彼女の身柄が解放されれば」

「つまりは鍵は彼女がもっている？」

「そういうことだ。彼女が自由にならない限り、造船所はあんたの手には入らない」

ジルナリルの目に潤みが広がった。直後に両の手のひらのあいだに、炎の玉が生まれた。

「造船所の件がどうしてわたしの耳に入らない。おかしいではないか。そなた、わたしをたぶらかすつもりじゃなっ」

炎の玉は語尾が消え去らないうちに、彼女の手を離れ、オーヴァイディンめがけて突進した。その間、半呼気か。だが、彼の額をすれすれにかすめて天井と壁の境目に激突し、火の粉を散らしたあと霧散した。ジルナリルはわが目を疑ったかもしれない。が、老獪《ろうかい》な魔道師は、動揺を巧みに隠し、即座に二つめの炎玉で攻撃した。それもまた軌道をそれ、窓に当たってはじけた。

オーヴァイディンはゆっくりと立ちあがった。

「あんたの耳には入れないよう、マクマーマクが必死に隠蔽工作をしていると、どうして考えつかないのだ。長く権力の座にあると、細々とした他者の思惑など顧みるに値しないと思うようになるというのは、真実だな。自分の手でさぐってみることだ。間諜が買収されていなければ、わたしの言ったことが嘘ではないとわかるだろう。それまで裁判を延期しても、誰も文句は言わんと思うが……ああ、マクマーマクは激怒するだろうが、怒らせておけばいい」

呆然とするジルナリルの前にしばし佇《たたず》んで、首を傾げた。

「ペタルク戦でわたしがどのように戦ったのかも聞かなかったのか。それも些細なことだと思い違いをしていたか。やれやれ」

卓上においていた帽子《ツュルバ》を取りあげた。

「またお会いしよう。館に護衛を配置しておいた方がいい。自分を過信すると、火傷《やけど》する」

ツュルバをかぶり、彼女に背をむけた。宰相といったら、他に考えなければならないことやしなければならないこと、決断を下さなければならないことなど、数多《あまた》あるだろう。だが、正確な情報を手に入れる努力をおろそかにしては、すべてが簡単に覆《くつがえ》される。

部屋をぬけだして大股に廊下を進みながら、彼は首をふった。

「あんなものが、宰相、だと?」

自分の吐いた言葉が、腹の中にしみてくる。すると、膝が力を失ってへたりこみそうになった。片手で壁に手をつき、身体を支える。こんなことで衝撃をうけるとは、自分でも驚きだ。

これが、イスリルか？　これが、おびただしい人々が人生を投げ打って、コンスルを西へおしやり、部族同士で殺しあった果ての、理想の国なのか？

そう思ったとたん、腹の中で闇が渦を巻いた。彼の内臓をひき裂いて、外へ出ようと暴れる。火花が散り、紫電が走り、黄金の飛沫《しぶき》が飛ぶ。彼は歯を食いしばり、踏みとどまろうとする。頭蓋骨の中でも嵐が吹きあれ、彼を左に右にと横殴りにするが、目を閉じてあらん限りの力をふりしぼり、おのれの核をなす部分を護る。ああ、そうとも。あんな女、わが短弓一つで屠ってくれよう。魔道師の面汚し、イスリルの恥、害獣にも等しい。心の臓を一矢で貫け。さすれば汚濁《おだく》は決壊し、清流が流れこむ――わけはない！

奥歯を噛みしめ、拳を石壁におしつけ、瞑目《めいもく》して自分を叱咤《しった》する。あの女一人を排除したところで、一体何が変わろうか。連綿とつづいてきた、金権政治の一ヶ所に小さな穴があくのみ、その穴もやがて別の誰かの出現でふさがれる。弓を使うのは簡単だが、放った矢はすぐおのれにはねかえってくる。いっときの憤怒による魔力も暴力も、使ってはならぬ。瓦解《がかい》するのはジルナリルの権力、滅び去るのはわが身、残るのは旧態依然とした王国。抑えよ、抑えよ、抑えよ。堪えろ、耐えろ、我慢しろ。

渦は速度を徐々に落とした。嵐はおさまりつつある。

彼はゆっくりと目をあけ、石壁から拳をはなした。膝に力が戻り、目蓋《まぶた》の裏の紫電も暗黒に溶けて、ただの闇となった。

両の足でしっかりと立ち、静かに深呼吸をする。

ふん、とおのれを嘲笑《あざわら》う。百余年も生きつづけて、少しは強くなったかと思いきや、これしきのことで衝撃をうける。まったく、年をとればとるほど脆《もろ》くなる。経験をつめばつむほど怖いものが増える。若者のように、小さなことで一喜一憂しなくはなったが。思いがけない伏兵に脇を槍で貫かれたような気分だ。世の中、不思議があふれているが、おのれの心が一番はかりがたい……。

館の裏口近くでエムバスが待っていた。とうに雨はあがり、小さな星が雲間にまたたいていた。物問いたげなエムバスに、彼は首をふった。

「さてな。どうなるかは、明日にならねばわからんな」

不意に、ノバラの匂いを感じた。短い春もそろそろ終わりだろうか、と思った。

イスリル帝国法　第一章　第一条

皇帝は、人を魔道師ならしめる力を有し、
すべての国民と魔道師を統べる主人として君臨する。

7

オーヴァイディンが考えていたよりも早く、次の日には、ハルファァリラの裁判が延期になったと報せが入った。彼の腹にはまだ怒りの残響が小さく渦を巻いていたものの、それを聞いてまずは一安心する。しかしサナーはすぐさま、

「でも、いつ再開されるかわからないよ。オーヴ、もうひと押しした方がいいかもね」

と忠告し、その「ひと押し」のために、一行――オーヴァイディン、エムバス、それに〈双子の魔女〉――は、黒衣島から北島へとつながる橋を渡っているところだ。ショー川は増水がおさまり、雪どけの翡翠《ひすい》色が一筋だけ見てとれる程度になっている。広い橋の両側には露店が途切れることなく並び、食べ物や爪切り鋏《ばさみ》から、屋根石まで売っている。行き交う人々は皆、彼等一行に目を瞠《みは》り、足を止め、中には指さしたりもする。

陽射しは晩春ののどかさだが、風はまだ冷たい。街は駆け足でやってくる短い夏への期待に、どことなく浮足だっていた。

オーヴァイディンは雑貨屋の主人らしい衣装に身を包み、悠々と歩いているのだが、その巻《ツュ》帽子《ルバ》がまず珍しい。番頭然としたエムバスはエムバスで、巨体が目だつ。しかしその二人もか

すんでいるのは、〈双子の魔女〉がスティッカーカル一座の変装術を施すまでもなく、大変身を遂げたからだった。背の高い細身のサナーが、手製石鹸と風呂を使い、長い黒髪を高く結いあげ、リネンの貫頭《ムバーカ》シャツに黒の装飾上衣《キアトゥーシ》を重ね、耳飾り、胸飾り、腕輪に指輪と翠玉を飾れば、王宮の侍女かと見まごうほど。小太り老婆のポーポスは、それまで顔にはりつけていた何やら得体のしれないものを一つ残らず洗いおとし、綿毛色の髪を編みこみにして頭の周りに紅玉飾りと一緒にまきつけ、薄紅のムバーカに柔らかく織ったキアトゥーシをふんわりとまとって、紅玉をはめこんだ帯で腰を絞り、豊かな胸との対比を強調して、品のいい豪商の娘か若おかみというところ。二人並んで石鹸の入った大きな籠を抱え、微笑を浮かべて――エムバスによれば、「薄ら笑い《ピロッカ》」なのだそうだが――闊歩《かっぽ》する。いまや連日のことであるものの、店番も屋台主も、揚げパンを頬ばろうと口をあけた水夫や荷役夫も、手を止め、おしゃべりをやめ、彼女たちを見送るのだ。

「下手に刺激するのはどうかね」

サナーの言うことに相変わらずポーポスはいちいち反論し、サナーもまたそれに言いかえす。

「馬鹿言うんじゃないよ、こういうことはだね、手早く次策を実行するに限るんだよ」

「それこそ浅慮《せんりょ》ってもんじゃないのかい。窮鼠《きゅうそ》猫を嚙むってことわざを知らないらしいね」

にこやかにとりつくろいながらも、毒舌の応酬はいつもどおりだ。髪ふり乱し、唾をはきちらかさないだけましなのかもしれない。

二人が語っているのは、王宮に石鹸を売りつけに行くこの行為についてである。これで何度めだろうか。高級石鹸を売ってご婦人たちの歓心を買い、あわよくば王陛下からハルファリラ釈放の命令を引きだそうというのだ。

はじめは女中たちが集って一休みしている昼すぎに、勝手口からのりこんだ。サナーとポーポスが人変わりしたかのように愛想よく猫なで声で女たちの気をひき、見本を配った。胡散臭《うさんくさ》そうに渋々うけとった彼女たちの態度は、翌日訪れると百八十度転換して、我も我もと群がった。料理に匂いがうつってはたまらんと警戒した厨房頭《ちゆうぼう》がその騒ぎの中にのりこんできたが、そこはオーヴァイディンの口八丁と実演でうまく丸めこんだ。その石鹸で洗った手で食材を扱っても、匂いは残らないとわかった厨房頭は、渋々踵《きびす》をかえそうとした。そこへオーヴァイディンは、いかにも商売上手な雑貨屋らしく、よく落ちる泡玉とか、焦げおとしのへらだとか、短い時間で煮える鍋とかを、これも見本と称してただでくれてやった。

厨房に店びらきをした翌日には、待ちかまえていた侍女たちに、我先にと奥の小部屋に誘いこまれた。そして何日かしたあと、王の妾妃の一人に招かれた。一人が招いたと知れわたるや、次々に招待されて、今日などは三人の貴婦人——妃たちの妹、母、従妹——により高級な品物を見せる段どりになっている。

しかし、まあ……従妹、だって？

オーヴァイディンは内心首をふる。母親が一緒に王宮に住む、というのは何となくわかる。妹、というのもぎりぎり許容範囲……いや、少しははみだしているか。

王の親類縁者はむろんのこと、王宮に何家族が寄生しているのか、思い致す気力も失せそうだ。ジルナリルがこのために賂《まいない》をうけとっているのであれば、それも致し方なかろうと同情すらわいてくる。税金をつぎこんでも足りないのは当然だろう。

橋を渡りおえると、庶民の住む街並みが、ショー川の流れに沿って扇状《おうぎ》にあらわれた。どれも古びた石造りの集合住宅で、二階か三階建て、板や襤褸《ぼろ》布が、窓硝子《ガラス》がわりにはりつけられている。網の目状の街路を南下して大通りを横断すれば、そこから先は別世界となる。王宮づきの下働き、女官、政庁や宰相府に勤める人々の屋敷や小宅が色彩豊かに軒をつらねる。あちこちから上にのびる玉葱《たまねぎ》屋根が、陽光に輝いている。賂で太った役人が、金に飽かせて造った塔だろうか。王宮を模したそれを見た者は、感心するよりもむしろ呆れると思うのだが。

閑静な通りを進むと、再び大通りに出る。ここは目抜き通り、荷馬車や騎馬がせわしなく走りぬけ、徒歩の者は道の両側を川のように流れ、高級絨毯《じゅうたん》や家具調度、陶器、毛皮やイスラン織を扱う店が建ち並んでいる。大通りと濠《ほり》をへだてて、王宮が望める。

イスランがこの都を建築したとき、王宮に添えてある玉葱屋根の塔は五つほどだった。年を追うごとに増えてきたらしく、今は十数本がつきだしている。白亜の基礎石に青の縁どりを施し、銀の唐草模様がからみついている。王宮と一口でいうが、政務庁、書庫、武器庫なども併設されて、厩《うまや》、犬舎、馳鹿《タヌーク》小屋、洗濯場、革なめし場、染色織物工房が散らばっている。うっかり足を踏み入れれば、目的地に行きつく前に餓死しかねない。

むろん、イスランの時代から百年たって、大きく変化したものもある。濠を渡って使用人御用聞き専用門から入り、右手はるかに王宮正面をながめれば、斜めからの眺望でも、それは歴然としていた。イスランの時代には各部族に敬意を表すという意味で、切妻屋根の玄関が部族の象徴の浮彫りをした大扉で出迎えたものだったが、今は白亜の大理石の円柱と広々とした踊り場を備え、コンスル風の三角屋根で飾られている。あの大扉は一体どこへいってしまったのだろうと気にかかる。大理石の玄関の内部に残されていることを祈るのみだ。

裏手の庭には、池が満々と水をたたえ、カモや鵞鳥《がちょう》、アヒルなどが泳いでいる。戻ってきた白鳥の番《つがい》もゆったりと泳いでいる。池の周りでは鶏が餌をついばみ、豚舎の前では猫が陽なたぼっこをし、その猫に遊んでもらおうと小犬がちょっかいをかけている。庭の中央には井戸がしつらえてあり、厨房や洗濯場に必要な水を、力自慢の男たちが樽に汲みあげ、手押し車で運搬作業の真っ最中だった。怒号や泣き声、笑い声が飛びかう中を、腰を低くして通りぬけ、勝手口にたどりつく。

勝手口では衛兵さながらに番をしていたなんとか妃の侍女が、腕組みをほどいて、ついてこいと身ぶりで示す。厨房を横目に、長い廊下と入りくんだ階段を登りおりし、最後に螺旋《らせん》の石段を登った末に、敷居をまたげば、なんとか妃の妹御四人が塔の部屋で待ちかまえていた。十二、三歳から十六、七の少女が四人、目の前に色とりどりの布包みの籠を目にしたとたん、躾《しつけ》のなっていない小犬のように飛びついてきた。ポーポスが思わず籠をとりおとし、床に散らばったのへ、嬌声《きょうせい》をあげながら奪いあう。匂いを嗅ぎ、リボンをひっぱり、中身を出して肌にすりつける。

サナーは立ちつくしたまたちまちこめかみに青筋を浮かべ、ポーポスはおろおろと腕をのばして品物を守ったものか、やめろというべきか、判断に苦しんでいる。

叱責しようと息を吸ったサナーを、オーヴァイディンはかばうように前に出て退け、ポーポスにも顎一つで戸口の方に下がるように指示した。

侍女たちも、若い娘の貪欲さに度肝をぬかれて、呆けたように立っている。オーヴァイディンはそこへ、朗らかに声をかけた。

「いやはや、この勢い、活力、あなどっておりましたな」

侍女頭らしい婦人が、申し訳なさそうに両眉を下げて答えようとするのへ、有無を言わせずかぶせかける。

「だが、こう、床に落とされて散らばってしまっては、売り物になりません。すべて買いとっていただかねばなりますまい」

「でも……」

「お妃様に申しあげれば、銀貨の十枚や二十枚、心安く用だててくださいましょう。大事な商品をそこいらの駄菓子のように扱われては、心をこめて作った者もさぞや落胆はしましょうが、なに、気をとりなおして作り直せばいいだけのこと、そこはお気づかいなく」

嫌味たっぷりにお辞儀をする。この娘たちを相手にすることは二度とあるまいと思うから、言えるのだが。

「他にお声がけがもう二件ありましてな。そちらの方が残った籠の分で満足してくださればいいが。お支払いの方、なにとぞよろしく。それではわたくしどもはこれにて失礼をば」

身を低くしたまま後退りして部屋を出た。音をたてて扉をしめ、少女たちの声を遮断し、四人はげんなりと顔を見あわせる。

「狼とて食事の作法は心得ておろうに」

ポーポスが嘆息し、サナーが首をふる。

「獣と比べたら獣に失礼だわ。しかし……本当だ、虎や獅子の方がまだ礼儀正しいね」

オーヴァイディンは雑貨を入れた背負い袋をゆすりあげた。

「貸しを作ったといえばいえよう。頼みごともしやすくなったと思うことにしよう。さて、次は、あの姫君たちの母御のところだ」

溜息をつきつつ、のろのろと階段を下った。すると塔の下に小姓が待っていた。新米らしく、用を仰せつかったものの、上まで登っていいものか、待つべきか、判断に迷っていたらしいが、彼等を目にするやはっとした顔をして飛びついてきた。

「オ……オーダデン様でいらっしゃいますね……！　へ……陛下がお待ちです」

おや、おいでなすったよ、とポーポスがささやくのを後頭部に聞きながら、オーヴァイディンは残りの段をおり、少年のあとについて渡り廊下を渡った。布扉で仕切られた小さな入口を入ると、羊の原毛とヌバークの皮の貯蔵庫だった。少年はその狭い通路をつっきって反対側の布扉をくぐると、狭い階段を登りはじめた。このあたりはオーヴァイディンの記憶にない。おそらく、増築に増築を重ねたのであろう。天井にも壁にも、ところどころむきだしの梁《はり》や補強柱がのぞいている。小さな壁龕《へきがん》に夜光草が光って、一段一段が高さの異なる足元を照らしている。上から、あるいは横から、リネンや皿をもった小間使いが突然あらわれる。すれ違うにも、互いの身体がふれないように譲りあわなければならない。

わたしならこのようなものは造らせない、とオーヴァイディンは苦々しく思った、人の目にふれぬところで、好きなだけ陰謀をめぐらせとそそのかしているようなものではないか。

階段は下りになった。壁のむこうか足の下が厨房になっているのだろうか、くぐもった鍋や食器の音がかすかに聞こえる。やがて大きな弧を描く廊下に出ると、その音も遠のき、雑多な生活臭も薄くなった。

幅広く、天井も高く、床も磨きあげられた敷石となり、細長い窓が衛兵のように整列してつづく。他に人はおらず、靴音だけが響いた。廊下の端にたどりつくと、一枚扉のそばに一人の衛兵が番をしていた。少年が早口で彼等の名を告げる。衛兵は無表情に扉をあけた。少年は脇によけ、オーヴァイディンたちだけが室内に入った。

かつてはイスランの執務室であった部屋は、今は王のものになっていた。

部屋全体を見わたして、内心唸りをあげた。謁見の間、というには調度品が多すぎる。青ブナの長櫃《ながびつ》、コンスル風の浮彫りを施した小簞笥《だんす》、ノルサント彫りにうるしを塗った鏡台とおそろいの小卓が置かれているのだが、監視の対象を見失って途方に暮れている衛兵が立っているように感じられる。壁にはイスラン織のけばけばしいタペストリーが幾枚もかけられて、床には青銅や陶器でできた獅子、狼、ゴルディ虎の等身大の置物が腰をおろしている。

さらに、中央に据えられた玉座が大きな違和感を醸《かも》している。大男の玉座かと見まごうばかりに巨大で、金の縁どりに大粒の紅玉、碧玉、菫石、天青石などが埋めこまれたそれに、足をひらいて座っているのは、カマキリを連想させるひょろ長い男だった。年の頃は四十になるかならないか――魔道師であれば見た目はあてにならないが――、逆三角形の顔に太く男らしい眉、とおった鼻筋、唇も小さからず大きからず、アーモンド形の目がわずかに吊りあがってさえいなければ、好男子と思うところだ。こめかみにわずかなへこみがあり、眉間には縦皺《たてじわ》が刻まれている。癇癪《かんしゃく》をおこすと、青筋が立ち、縦皺が深くなる類の男だ。

イスランの時代には、壁はすべて棚で埋めつくされ、大卓や作業机、書き物机、側近や部族長や陳情者が座る椅子が二十近くあり、常にトウヒや青ブナの枝が窓辺に飾られて森の匂いをさせ、暖炉には赤々と火が躍り、数頭の犬猫がその前に寝そべっていた。

人々は小声で会話しながら歩きまわり、羊皮紙や書簡や地図を棚におさめたり取りだしたりしていた。イスランは財務官と相談したり、ある部族の不穏な動きについてルネルカンドと話しあったりしていた。ヴュルナイはどれかの椅子に座り、あるいはアーチ形の出窓に腰をおろし、金茶に染まった遠くの森や、川を行く船をながめながら、彼等の判断に耳をそばだてていたものだった。

その窓は、今では何の模様かわからない派手な色彩のタペストリーにおおわれて、室内には臭気をごまかすために焚かれたテイデルス産の高級香木の煙がくゆっている。こんなものが、と腹ばいになっている青銅のゴルディ虎を蹴とばしたくなって、横目で睨んでいると、玉座の隣に控えていたジルナリルが何か言った。おそらくそばへ来いと促したのであろう。

オーヴァイディンは歩みよると、玉座の前一馬身のところに跪《ひざまず》いた。ジルナリルが彼を王に紹介した。王はふんぞりかえったまま、にやにやとして、

「どうだ。余の蒐集品はすばらしいだろう」

といきなり言った。どうやら、足を止めたのが、珍しい調度品に度肝をぬかれたためと勘違いしたらしい。オーヴァイディンはおとなしく頭を下げた。

「まさしく、高価で得がたい宝ばかりでありまする」

追従《ついしょう》を言いながら、笑うと口が裂けたように見えるな、と考えている。カマキリというより、泥沼蛇《ウオルン》を細くしたようだ。ウォルンが笑うとしたら、の話だが。

王はそれで気を良くしたようだ。椅子の中で少し尻を動かし、背を立てる。

「妃たちが、とても気持ちの良くなる石鹸を売る雑貨屋、と騒いでおった。本来なら雑貨屋ごときに余の尊顔を拝ませたりはしないのだが、これなるジルナリルが、そなたはただの雑貨屋にあらずと申す。先だって、ペタルクを襲ったスースリン族を、わが王国軍がやっつけた、その中にそなたもいて、勝利に尽力《じんりよく》したとか。それは本当か」

「真《まこと》にもって、面映《おもは》ゆいことで……」

再び面《おもて》を伏せて謙遜の体《てい》をとりながら、実は蔑《さげす》みの色を隠した。言葉はその人の内面をあらわす、とはよく言ったものだ。この男はまさに世間で噂されているとおりらしい。この宰相にしてこの王あり、まったく納得のいく行動といえよう。長剣や落雷の魔力と同じように、この男は言葉をただふりまわしている。

「すると、そなたは雑貨屋なのか、兵士なのか」

オーヴァイディンは深く息を吸った。妃たちが騒ぐ石鹸屋が、実は兵士だと王に耳うちしたジルナリルの魂胆《こんたん》が見えた。脅しに屈してハルファリラの裁判を延期させられた腹いせに、王を使っておとしめようというのだろう。この王ならば、相手を愚弄《ぐろう》し、卑しめ、侮辱するに何の躊躇《ちゅうちょ》もしない――いや、一切の罪悪感なく、当然の権利として喜んでおこなうだろう。

「野にある者でありますれば、身すぎ世すぎの是非もなく、かような商いをば糊口の足しにしております」

謙遜を装って、故意に使用頻度の低い言葉で答えれば、せせら笑いが消えて、彼は身を乗りだした。

「……そなたは……何語をしゃべっておる？　どこの方言だ、それは」

オーヴァイディンの背後に控えていたポーポスとサナーが咳払いをした。笑いをごまかすためだろう。エムバスも噴きだすのをこらえているようだ。慌てたジルナリルが、横合いから口を出した。

「彼は、長いこと、シャロー族のもとにおりましたゆえ、そのなまりがぬけないのでありましょう」

「ほほう。シャロー族とな。うむ、余は聞いたことがあるぞ。なんでも三つ目の化物を飼う劣った民であるとか」

「ペタルクでの戦に参戦する前に、そのウォルンを使ってスースリン族とやりあったそうでありますよ」

「三つ目の化物を使って？　それはどのようにするのだ？　鞭で打つのか？　それとも歌でも歌うのか？　沼地ではさぞかし泥をかぶったのだろう。……ああ、それでか！　臭い消しの石鹼はそのために作ったのであろうな」

この王は、言葉は知らないが、変な方向に頭がはたらくらしい。とりわけ人を嘲《あざけ》るにおいて、事象と事象をくっつけて歪ませ、あたかも真実のように語るのだ。ここはしたいようにさせて、満足させればいい。こんな侮辱など、蚊に刺されたほどにも感じない。だが、と玉座の脚の下に、干からびた種がつぶされているのを目にして、みぞおちで何かが動いた。去年のプラムの種であろうか。半ば砕けて半ばつぶれ、埃にまみれてへばりついている。こんなものが、と思ったとたん、策略家の閃《ひらめ》きがこめかみに走った。

「畏《おそ》れながら」

卑屈な態度をかなぐりすてて、背筋をまっすぐにのばす。

「なんだ、文句があるのか」

「陛下はそれなるジルナリル宰相から、どのようなことをお聞きになっておられるのか、疑問でありますな」

背中で〈双子の魔女〉が息を呑む気配がした。エムバスは泰然として――いや、むしろ、これを待っていたのだろう、彼と同じように身を起こした。王は心もち眉間の皺を深くして、彼を睨みつけた。

「この余に物申すというのか、無礼者が」

「見れば、ジルナリルの言葉を鵜呑《うの》みになさっておられる様子。他の誰かに真偽のほどを確かめられたことはありますまい。しかし、ジルナリルの奏上の半分は偽り、つまり嘘に飾られておりまする」

「な……なんだと？」

王が歯をむき、ジルナリルが眉を険しくした。

「そちらこそ、ありもしないことを……何を言うのじゃ！」

「まず第一に、わたしを兵士と報告した、これは嘘ですな。第二に、スースリン族をやっつける戦略をたてたのはこのわたし。勝利のきっかけを作ったのはこのオーヴァイディンです。さらに。シャロー族の飼うウォルンは三つ目ではなく、シャロー族も決して劣った部族ではありませぬ。沼地に住む、ただそれだけで蔑視《べっし》……馬鹿にするのは王としていかがなものかと。彼等は賢く勇敢で、そうであればこそ、一つ目の荒々しい巨大生物を操ることができるのです。そうした正しい事実をお耳に入れようとしない宰相を宰相としておく、これは問題ではありますまいか」

王の目が吊りあがった。ジルナリルは口角を下げつつも、きわめて平然と弁明した。

「お心を乱すような仔細事は、お耳に入れない方がよろしいかと判断いたしましたので」

「雑貨屋一人の身上がどうしてお心を乱すことになるのか、よくわかりません。仔細事と判断した基準が奈辺にあるのか、聞いてみたいですな。これまでにも同じようなことがたくさんあったのではないですかな。陛下のお耳に入れずとも、あとで『こうなりました』と言えばいいと、陛下を軽々しく扱ったことが」

ジルナリルが口をはさもうとした。

「わたくしはそのようなこと――」

「例えばスースリン族。ペタルクを包囲したと、いつお聞きになりましたか。包囲に飽きて周辺地域を襲撃しはじめたのは、二月も前ですが。このような国家の一大事を、おそらくジルナリルは事後報告で片づけたのでしょう。いや、陛下がジルナリルを信頼なさっておられるその御心は、大変尊いものです。しかしジルナリルの方はどうでしょうな。陛下を軽んじているのではありませんか。いちいち面倒事は自分の手の中で処理してしまえ、とそういう癖がついてしまったのではありませんかな」

「オーヴァイディン、図にのってあることないことまくしたておって――」

「ああ、そうか！」

彼はもうすっかり立ちあがって、両の手のひらを打ちあわせた。意外に鋭い乾いた音が響き、ジルナリルも王も、内心びくりとした。エムバスに、あれほど軽挙妄動をたしなめられていたのに、とちらりと思ったが、もう制御できない。一気に城門を突破して、敵将に一槍つけなければ気がすまなくなっていた。

「これはこれは大変ご無礼を申しあげた！　大きな勘違い、思い違いをしておりました！　そうか、ジルナリルは陛下にそのようなことは求めていないのですな！　わかりました、わかりました」

「な、……なんだと？」

「この男は気がふれているようです、陛下。下がらせましょう」

「いやいや、このオーヴァイディン、いたって正気ですぞ。それに、どうやら正鵠を射たようだ」

「せ……せい……なんだ？」

「ああ、失礼、グリゴナール殿、いや、グランナール、いやいや、グースグース殿、でしたか。正鵠というのは、方言でもなんでもありませんでな。易しく申しあげれば、本当のこと、という意味ですが、あんたには難しすぎたようで」

エムバスが〈双子の魔女〉に逃げるように手ぶりで伝えるのが、横目に入った。王はあんまり驚いたせいで、細い目をやたら大きくして、顔を真っ赤にしている。ジルナリルは反対に青ざめて、しかしこちらはいつでもオーヴァイディンをとらえようという身構えだ。

挑発しようと思っていたわけではなかったのだ。だが、ことの成行きにオーヴァイディン自身が驚き、おもしろがっている。

「巷の噂の悪い方はあんたは絶対聞いていないだろうから、教えてやろう。歴代の王には庶民はあだ名をつけるが、あんたのは、『泥人形王』というのだ。『傀儡王《かいらい》』ともいわれるが、その意味はあんたには難しかろう。ああ、もっと下世話なのでは、『ジルの愛人』なぞというのや、『ジルのつばめ』なるものもあるぞ。いやあ、おもしろいなあ！」

「余……余が……ジルの愛人、だと？　なぜだ？　逆ではないか。余の愛人がジル、というのであればわかる気もするが――」

オーヴァイディンはほんの少し目眩《めまい》を感じた。問題にしているのはそういうことではない、と説明しても、納得してくれるかと心配してしまう。

「実は王宮に石鹼屋として入りこんだのは、こうしてあんたのご尊顔を拝もうという魂胆があったからだがね。先日、ジルと密会したときには、ジルの人となりがよくわかった。では、王国の頂点に座っている王その人はどんな男だと、俄然興味がわいたのだよ。ジルを手のひらで遊ばせている賢王なのか、それともただ祀りあげられてその気になっている馬鹿なのか」

「おのれ、好き勝手なことをわあわあと」

王のこめかみに、青く太いミミズのような血管がうきあがった。黄金の髪が王冠の下で逆だちはじめる。その周辺では、埃が焦げる臭いとぱちぱちはぜる音がする。

さて、わたしにできるだろうか。自分めがけて突然降ってくる雷を、そらすことができるか。山っ気がわき、さらに挑発する。

「会ってみてわかった。思った以上の愚王だった。これでは先人たちもうかばれまい。ジルナリルよ、よくぞこのような阿呆《あほう》を見つけてきたものだな。いや、故意に、なのか？　おのれの思いどおりに動かすには、阿呆の方が都合がいい。魔力があるだけの魔道師であれば、うまくおだてて玉座に座らせておきさえすればよい。あとはおのれの意のままに……待てよ、そうすると、あれか。もしかして、魔力が強いだけというのは……魔道師としての訓練も学習も施されていないということか！」

これは大きな弱点だったようだ。ジルナリルは思わずひるみ、王はとうとうかっと口をあけた。その直後、足元に強いしびれが走った。オーヴァイディンは半馬身も飛びのいたが、目の前に光の柱が立つのを見た。衝撃が部屋中を震わせ、白煙が埃と共に舞いあがった。腕で鼻と口をかばい、さらに後退する。玉座の前に仁王立ちになった王もまた、煙と石屑に息をつめ、目を細めていた。ジルナリルは玉座からとっさに遠のいて、陶器の狼の陰に避難する。

落雷の予兆を正しく把握すれば、避けることは可能ということか。いや、たまたま逃げられたというだけかもしれん、などと分析しながら、彼は嘲った。

「ほ、ほう。図星でしたか。これはおもしろい！　民が、部族長たちが、これを知ったらどんな反応をするか、見てみたいものだ」

いや、おそらく部族長たちは知っている。知りながら、金で縛られて彼を玉座にあげ、玉座にあげたあとはその力に怖れをなして口をつぐんだのだろう。

再び床にかすかな震動を感じたオーヴァイディンは、横にとびつつ手のひらを頭上につきだした。紫電をはらんだ魔力のかたまりが彼の魔法と衝突して、火花を発しながら四方八方に飛び散った。ばちばちと弾けとんで、王の高価な調度品に焦げあとを残していく。

「王国づきの魔道師にならんとする者は、魔道訓練所で力の制御を教わらねばならぬ。魔道師としての倫理を学ばねばならぬ。不文律だが、連綿と引きつがれてきたこの掟を、王たる者が破っているとは、いやはや！」

「次は逃がさぬ、わが威力を知れっ」

石床が砕ける。同時に光の玉が生まれる。オーヴァイディンはそれが、稲妻《いなずま》となって落ちてくる前に横から力を加える。光の玉は流れていき、タペストリーに衝突した。タペストリーは火を吹いて、ちりちりと焦げていく。

「憲兵隊も知らないのであろうな。知っていれば、あの堅物正義漢のセルラが黙っているはずがない。彼女は路にも眉一つ動かさない変わり者であるゆえ……ああ、憲兵隊の隊長の胸一つにしまっている、ということか」

「覚悟しろ、生かしては帰さぬぞっ」

今度はいきなり、四つの玉が浮いた。四つだと？　オーヴァイディンの手が翻《ひるがえ》る。うち二つはうまく王めがけて打ちかえしたが、あとの二つは落雷した。とっさに横っ飛びにとんだ。下肢にしびれが走った。横転しながら、王もまた玉座ともどもひっくりかえっていくのを目にした。

エムバスの手がさしのべられる。その頭の後ろに、火の玉が浮いた。しまった。ジルナリル。まにあわぬ。思わず瞑目《めいもく》したが、衝撃も熱さも襲ってこない。目をひらけば、火の玉はかき消えていた。

エムバスが彼の腕をつかみ、ひっぱりあげる。オーヴァイディンはエムバスの腰にあった肉用ナイフをひきぬくとふりむきざまにジルナリルに投げつけた。ナイフが肩につきたち、衝撃でジルナリルは狼の後ろに仰向けに倒れた。

「今のうちだよっ、早くっ」

〈双子の魔女〉が戸口で叫んだ。何と、彼女たちは逃げだしていなかったのか。走りだそうとした目の前に、糸筋ほどの稲妻が降ってきた。それは石床に小さなへこみを残しただけで消え去ったが、オーヴァイディンがふりむくと、ひっくりかえった玉座に半身をもたせかけ、王冠もどこかへ飛ばした王が、すっかり逆上して喚《わめ》きちらしていた。彼が喚くたびに、そこここで小さな稲妻が光った。

「オーヴ、早くっ」

エムバスが促し、戸口から戻ってきたサナーが彼の腕をひっぱったが、彼はふりむいたまま動かなかった。その目は、今しも立ちあがろうとしている王に釘付けになっていた。

そういえば、スティッカーカルの書簡に書いてあったな。王は魔力増幅の帯を締めている、と。ガウンを脱ぎすてたその腰に巻いてあるのがその帯か。何の変哲もない普通の帯に見えるが、華美を好む王であれば、かえって不自然だ。ならば、行きがけの駄賃に、いや、置き土産に、あの帯を使いものにならなくしてやろう。

自分の肉用ナイフをさぐって、王が最大の雷を生みだそうと口をあいた刹那《せつな》に放った。ナイフは脇腹をかすめるように回転して飛び、見事帯を切断した。王は一瞬息を止め、紫電をはらんだ玉がむなしくぱちぱちといって分裂した。

王はウォルンさながらのすさまじい咆哮《ほうこう》を発した。ずり落ちていく帯をつかみ、歯茎をむきだしにして玉座を乗りこえ、長剣をぬいて迫ってこようとした。

オーヴァイディンはしてやったりと笑みを浮かべ、サナーがひっぱるままに戸口にむかった。踵をかえしかけた視界のその隅に、何かがちかりと輝いた。

稲妻の光ではない。白金の、もっとやわらかみのある、覚えのある輝き。

思わず肩ごしに見やれば、それは王の襟からはみだした革紐の先で躍っていた。

なぜ、イスランの白琥珀《こはく》があやつの首にある?

エムバスが背中をおし、サナーとポーポスが両腕をぐいぐいとひっぱる。

——それを拾った直後に玉座を手に入れた……。

スティッカーカルの追伸がおぼろによみがえった。呆けたようになって、三人に導かれながら、記憶を必死にたどろうとした。

——どこかで拾った……安物……身につけて……。

もう一度ふりむこうとしたときに、すさまじい勢いで扉がしまり、しまった扉を長剣の刃が殴りつける音がした。衛兵たちは、どうしたわけか身体が動かせず、直立不動で目を白黒させている。扉もぴったりと閉ざされて、王の怒号がそのむこうで轟《とどろ》いている。

オーヴァイディンは三人にひきずられるようにして、王宮を脱出した。しかし驚愕が、こだまのように頭の中に響いて、いつまでもやまなかった。

イスリル帝国法　第一章　第二条

皇帝の在位は魔道師を生みだす力を有する期間とする。

力の喪失がうかがわれる際には、直ちに次期皇帝選出の探索を開始しなければならない。

8

すがすがしい川風が、身体にからみついていた王宮の臭気をとりさっていった。軽やかな陽光が、額と眉間に滞っていた曇りを払ってくれた。

イスランの白琥珀《こはく》が王の首に下がっていた、その衝撃は少しずつ悔しさに変化して胸の底にわだかまりだしている。しかし、まずそれはおいておかねばならない。すぐに追手がかかることは必至だった。憤怒の王とジルナリルは、魔道憲兵をさしむけるばかりか、正規軍の投入も躊躇《ちゅうちょ》しないだろう。

できる限りの速さで歩いて大通りを横断する。王をやりこめ、その自尊心を砕いてしまっただけではないとわかっていた。国随一と認められた王の魔法をはねかえし、玉座についている理由そのものを反故にしてしまったのだ。王の虚像を打ち砕いたといってもいい。爽快な気分はほんの一時で、来る混乱と騒擾《そうじょう》を考えると、後悔もわいてこないではない。

もっと若い頃であれば、こうしたおのれのあやまちや障害も、征服すべき敵の砦《とりで》に見たてて心躍らせ、はやったものだが、今は、面倒くささの方が勝る。あとさき考えず、衝動に身を任せてしまった。エムバスは何も言わないが、あれほど忠告したのに、と腹をたてているのが伝わってくる。

黒衣島の館に帰りつくと、スティッカーカルを呼んだ。ただならぬ大声に、芝居の稽古を放りだして駆けつけた彼に、すぐに館をひき払う指示をした。

「ここを出ろって？　せっかく大枚はたいて手に入れたのに！　あんたの趣味にあわせていろいろ整えたものが全部、無駄になるんだぜ？」

階段を登るオーヴァイディンの後ろについて、スティッカーカルが抗議する。

「おれたちの興行はどうなるんだよっ。イスリルで一儲けして名をあげようって、準備万端、期待満々、一座三十八人の努力はどうしてくれるんだっ」

オーヴァイディンは踊り場で足を止め、ふりかえった。冷酷な声で答える。

「生命が惜しければ、去ることだ。残ったら死ぬ」

あとは目もくれずに残りの段を駆けあがり、自室にとびこむ。スティッカーカルは納得いきかねる様子で喚《わめ》きつづけている。それにはかまわず、壁ぎわにたてかけておいた短弓と矢を五本、外套《シーオル》の裏ポケットにつっこんだ。踵《きびす》をかえして階段を駆けおり、両腕をふりまわしているスティッカーカルの肩をつかんで一階へつれていき、ポーポス、サナー、エムバスのそろっていることを確かめると、これからなすべきことを早口で指示した。

「エムバス、きみはわたしと一緒に来い。ハルファリルを助けだす。ポーポス、サナー、あんたたちは小型の舟を一艘、ショー川橋の南端につけて待っていてくれ。スティッカーカルはさっき言ったように、一座を逃がし、そのあとできたなら双子と合流しろ。待機するのは一刻。

それを過ぎたら、ウルグ川を北上し、カルケ森の洞窟に身をひそめろ。わたしたちを待たなくていい。いや、待つな。パッカードもつれていけ」

スティッカーカルがまた口をひらきかけたが、機先を制してサナーが言った。

「あたしたちはハルのために、すべてハルのために動いたんだ。もしも、彼女をつれてこなかったら、あんたを呪い殺してやるからね」

「ハルは必ず救いだす」

オーヴァイディンは確固たる口調で保証したが、ポーポスはあからさまにそっぽをむいた。二人とも、ここに至ってオーヴァイディンがしでかしたことを冷静に把握したのだ。唾を吐きかけられなかっただけましか。

憤懣《ふんまん》やるかたないスティッカーカルは、細い顔をどす黒くして、指をつきつけてきた。

「なんでいつもいつも……！　あんたは人の地道な働きを平気で蹴散らす。これだけのことをしたのに、まるでおれたちが便利な道具か奴隷でもあるかのように扱う。あれでなきゃだめだ、これでなきゃだめだとさんざん注文つけて、国中を駆けまわらせて、やっと調達した最高級の品々を、今度は顧みることもしないで投げ捨てようってのかい。よおくわかったよっ。堪忍袋の緒が切れた。金の問題じゃない。あんたとはこれを限りにしたいね。あんたと関わっていると、ろくなことがない。あんたの銀鉱山はあんたに返す。おれは管理者でなくなったっていっこうにかまわん。おれの一座、おれの芝居、おれの合唱隊が何より大事なんだ。だから、ハルを助けだしたらおさらばだ。もう二度とその顔を見たくない」

オーヴァイディンはこころもちのけぞった。いきなり頭を殴られたかのような衝撃を感じたのだ。墓穴を掘ったのはおのれだと、じゅうじゅう承知していたが、スティッカーカルにこのように宣言されると、足元の床が崩落していくようだ。

スティッカーカルは、踵をかえして手を叩き、一座の注目を集めてから命令を怒鳴った。下の厨房《ちゅうぼう》にパッカードを誘い、そのまま地下水路へと舟を調達しにいくポーポスとサナーの、いつもより調子の低い姉妹喧嘩が遠ざかっていく。オーヴァイディンはさすがにしばらく立ちすくみ、動揺をしずめなければならなかった。

一座の者たちが、あたふたと荷物をまとめて出ていきはじめる。

〈双子の魔女〉とスティッカーカルが、去っていく。

エムバスの促しで我にかえった彼は、大きく息を吸い、天井を仰いだ。それから気をとりなおして踵をかえす。階段脇の狭い廊下におり、つきあたりの壁にふれた。何かと何かがかみあう小さな音がして、壁は回転して隙間を見せた。二人は隙間を通りぬけ、壁をもとどおりにおし直す。

魔道師たちの砦であったこの館には、たくさんの隠し通路や隠し部屋が造られており、そのいくつかは脱出路ともなっている。オーヴァイディンは蜘蛛《くも》の巣が張り、ネズミの糞が散らばっている薄暗いその小部屋をつっきり、造りつけの簡易書見台の下にもぐった。台の脚のでっぱりをおせば足元の床がはねあがり、竪坑があらわれる。二人がはしごを数段おりて床に立つと、はねあがった床は静かにもとどおりに閉じ、あたりは真っ暗になった。古い黴《かび》や腐臭が強くなる。暗闇の中をオーヴァイディンは少しも迷うことなくつき進み、斜路を登り、曲がり、下っていったが、そのあいだ、足元はなめらかな磨き石だったり、土間だったり、ぎしぎし鳴る板だったりするのだった。

しばらくすると、小さな窓のある回廊にいきあたった。回廊は小さな扉につづいていた。扉から這いだして外に出たとたん、中天を少し過ぎた太陽が、せばまりあっている軒のあいだから射しこんできて、闇に慣れた目に涙がわいた。路地では野良犬が道端のごみを漁り、腰の曲がった老爺が勝手口に座って白く濁《にご》ってしまった目で何かを見ていた。

オーヴァイディンは路地を半ば駆け足で走りぬけ、さしかけ屋根のついた商店街――おもに、下町の人々の口を養う簡易食堂――を両手に見て大股に進んだ。

やがて、正面に赤い石壁の平たい建物があらわれる。建物の周辺は低く薄っぺらな土壁で囲まれている。吹けば飛ぶような土壁に見えるが、不可侵の魔法がかかっている。これを破ろうとする者は窒息して悶絶する。

門の隣には門番詰所が設けてあった。中で火床を横に、十六枡将棋をしているのは、二人の魔道衛士だ。いまどき牢破りなどという、愚かなことをする者などいないとたかをくくっているらしい。

オーヴァイディンはシーオルから短弓を片手で取りだし、矢を番《つが》えながら詰所の扉枠を叩いた。あけっぱなしの扉のむこうでは、二人の衛士がすっかりくつろいだ様子で茶杯を口にもっていくところだった。しかし、この不意の来客に勝負の邪魔をされてむっとして顔をあげた。

彼らには茶杯をおく間も、誰何する間もなかった。オーヴァイディンの短弓が一直線に飛び、肩を射られた二人は炉のそばにひっくりかえった。冷ややかな目で若者たちを一瞥《いちべつ》し、戸口脇にたてかけてある錆びた槍をつかみとる。彼らの生死などどうでもよかったが、これからハルファリラを救いに行くのだ、死人は出さないにこしたことはない。

堂々と門から敷地に入る。悪態と怒号が追ってきたが、少し離れると聞こえなくなった。草一本生えていない白々とした前庭を三呼吸でつめ、赤土壁の正面玄関についた。が、青銅の格子戸の前に本来いるべき番兵の姿がない。エムバスと二人で格子戸をあげ、薄暗い土間床の廊下を進むと、記録用の机を囲んで番兵たちが談笑していた。常であれば軽口の一つもたたいて仲間に入り、口八丁で煙に巻き、どうにかしてハルファリラの牢獄まで案内させるところだ。しかし今日はそんな気分ではない。時間も限られている。

怪訝《けげん》な顔をして彼を見るのへ、近づきながらつづけざまに短弓を発射し、錆びた槍を横にして放った。尻や肩を射られた番兵たちは、槍の重さで全員一緒に倒れた。その上へエムバスが躊躇なく机を倒した。これでしばらくは起きあがれないだろう。

壁にかけてあった鍵束を取りあげて先を急ぐ。石壁に青銅格子の小部屋がつづくが、人が入っているのは三つに一つほどか。入牢しても、大抵は賂《まいない》ですぐに釈放される。残されるのはよほど金がないか、よほど大きな敵をもっているか、よほどの大罪を犯したか。

オーヴァイディンは中に人がいるのを確認すると、誰であろうとかまわず錠をあけた。奥まった最後の一つに、ハルファリラがいた。牢内では聞くことのない喜びの声を耳にして、格子の前まで出てきていた。彼を見るや、やつれた顔に喜色を浮かべる。待ちきれない様子で足踏みをし、戸があくと飛びだしてきて、オーヴァイディンの腕に飛びついた。その肩をおして説明もせず、さらに奥へと誘《いざな》った。

捕囚がわらわらと反対側へ駆け去っていくのを見やって、ハルファリラはさすがに普通の釈放ではないと気がついた。立ちどまって、

「どうした、オーヴ、何がおこったのだ。火事か、反乱か」

と質したが、有無を言わさず腕をとって歩かせた。

つきあたりには閂《かんぬき》と鍵のかかった裏口が待っていた。エムバスが手早く開放すると、長いあいだ使われていないことへの不平不満にきしみをあげる。オーヴァイディンはその間を利用して、さっきの質問に答えた。

「そのどちらでもないが、ま、人災といったところか」

「人災？　どういうことだ」

それには答えたくない。歩みを止めそうになる彼女を促して、石段を数段駆けおり、青草が繁茂する狭い空地を横切って、魔法のかかった土壁の前にたどりついた。オーヴァイディンは草をかきわけて前かがみになり、手さぐりで大昔の痕跡をさがした。ほどなくそれは見つかり、しゃがみこんで四角く切られた壁の一部を取りだした。ちょっとした大型本ほどのかたまりを六つ、なんとか脇によけると、大男のエムバスでもどうにか通りぬけられるほどの穴があいた。

「驚いたな」

エムバスが呟き、オーヴァイディンはにやりとした。

「門衛の魔道師が代替わりするとき、ほんの半日だが、魔法が消える。前任者と後任の魔力がぶつかりあうのを避けるためだ。その隙にこれを作った。レイレディンの叛意が明らかになった頃のことだ。誰かが牢に放りこまれたときのために、と思ってな」

まさか百年後に役だつとはさすがに思いも及ばなかったが。エムバス、ハルファリラ、オーヴァイディンの順に薄い壁をくぐりぬける。切りだしたかたまりを元に戻してから立ちあがれば、下町の裏道がすぐ目の前にあった。幸い、こちらを見ているのは一匹の野良犬と指しゃぶりをしている汚い子ども一人だけだった。オーヴァイディンが川の方を指さすと、心得たエムバスがハルファリラを従えて先に立った。軒と軒が重なりあう暗い小路に入り、右に左にと走りぬけて、ようやく橋のたもとに出る。

橋梁の下の岸辺に、一艘の舟がもやってあった。夕方の光が、川面に映って刺々《とげとげ》しい金色を放っていた。橋の影が藍と漆黒《しっこく》のまだらにゆれている。

〈双子の魔女〉とスティッカーカルが彼等に気づいた。じりじりしながら待っていたに違いない、スティッカーカルが片手をあげて叫んだ。

「こっちだ、オーヴ！」

するとその声で、憲兵が橋の上でふりむいた。彼は仲間に大声で知らせ、銀鞭をふりまわしながら橋を渡ってくる。その姿を目にしたハルファリラが突然立ちどまった。

「どういうことだ、これは！　オーヴァイディン、これはどうしたことだ！」

「どうしたこととは何のことだ、さあ、早く。サナーとポーポスが待っている」

「人災、と言ったな？　何か大変なことがおきたから、わたしを救いだしたのだと思っていたが、魔道憲兵が出動しているなんて、わけがわからない。説明してくれ」

「そんな暇があるかっ！　走れっ、早くっ」

それでも踏みだそうとしないのへ、エムバスが説得した。

「話はあとだ。ともかく舟に！　牢に逆戻りしたくないのなら、さあ！」

牢。湿った不潔な土床と寒暖の差の激しい狭い部屋、ネズミや毛虫やナメクジの這う壁、濁った水と黴の生えたパンが瞬時によみがえったのだろう。ハルファリラははっとまばたきして、思わず土堤を駆けおりていった。

橋を渡るあいだももどかしく、憲兵の一部は、欄干《らんかん》から直接飛びおりてきた。オーヴァイディンが彼等と舟のあいだに立ちはだかる。両手には素早く拾った小石をいくつか握っていた。

「王を暗殺しようとした大逆、さっさと認めて投降しろ」

最初に橋から飛びおりた若い憲兵が叫んだ。さすがに二馬身のあいだをあけて、それ以上は接近しようとしない。だが、手柄をあげようと血気にはやった目は、貪欲さをむきだしにしてぎらついている。

「暗殺？」

舟に乗りこんだハルファリラが思わずふりかえった。オーヴァイディンは若い憲兵に嘲笑《ちょうしょう》を浴びせた。

「人聞きの悪いことを。王が怒って雷を落とそうとしたから、よけたまでのこと。暗殺とは、大それた」

「一体何がおこったの……？　何をしたの、オーヴァイディン！」

「いかなる理由があるにせよ、王に弓引いた大逆罪、罪は罪だ。おとなしく縄にかかれ」

「確かに、ちょっと遊びすぎたが……大逆罪を犯したつもりはない」

目の端で、せっかく乗った舟から陸にあがろうと、ハルファリラがもがいている。

「わたしは無実を証明したかったのに！　ぶち壊したってわけかっ」

ポーポスとサナーがひきとめようと、必死に腕をのばしている。エムバスは岸辺で彼を待っている。スティッカーカルはいつでも出られるように、櫂を構えている。

「わたしがあんたに頼んだのは、こんなことではなかった！　オーヴァイディン！　聞いているのか？　冤罪《えんざい》を晴らしたかったのに！　これでは最初から逃げていた方がずっとましだった！　何のために牢に入ったのだ、何のために、あんな屈辱的な……あんなみじめな……」

若い憲兵の左右に、さらに五人の憲兵が追いついてきた。油断なく銀鞭を持って、じりじりと迫ってくる。オーヴァイディンはその中に空しくセルラの顔をさがした。若いのが二人、経験豊富そうなのが四人か。これは手こずるかもしれないな、と思う一方で、急速に心が萎えていくのを感じていた。

「何もかも滅茶苦茶にしちゃって！　わたしの名誉、わたしの信用をどうしてくれるんだっ。わたしの苦痛、わたしの辛抱《しんぼう》はっ」

この若い族長が、これまで部族を率いるためにどれだけのものを犠牲にしたのかが、不意に頭に舞いこんできた。まさしく、それはどこかから飛んできて、短剣のように想念を寸断した。

彼は肩ごしにふりむいた。戻ろうとするハルファリラがエムバスに体当たりした。強靭な女族長の突進にもかかわらず、エムバスはびくともせず、逆に彼女を舟におし戻した。半ば尻餅をつきながら両手をふりまわす彼女に、ポーポスとサナーが寸時ひるんだが、二人のうちどちらかの手が扇《おうぎ》をかえすように翻《ひるがえ》った。すると、ハルファリラは芯をぬかれた蠟燭《ろうそく》のように、くたくたっと船底に倒れこんだ。

憲兵たちが間合いをつめてくる。オーヴァイディンは叫んだ。

「エムバス、かまわず行けっ」

エムバスの鋭い視線とオーヴァイディンの視線があった。エムバスはその刹那《せつな》にすべてを了解した。ほんのわずかに顎を下げて頷くと、舟を片足でおしだし、岸辺から跳躍した。彼の重みをうけとめた舟は大きくゆれて、あやうく浸水するところだったが、スティッカーカルの櫂さばきで無事に川の流れに乗った。ショー川はすぐに、黒衣島の西をめぐるウルグ船道におどり出て、北、東、西の三方向どこへでも逃げることができる。

それを見届けたオーヴァイディンは手のひらから小石を落とし、両手をできるだけ身体からはなして広げた。彼が跪《ひざまず》くと、その身体を若い憲兵の銀鞭が襲った。魔道師の魔力を封じるための鞭が額を切り、装飾上衣《キアトゥーシ》の縫いとり模様を小間切れにしたが、彼は微動だにせずに甘んじてうけた。若い憲兵の腕を押さえ、もう充分だ、と上官が制止しなければ、額の傷だけではすまなかっただろう。

　憲兵たちは彼を立たせ、銀鞭を使って後ろ手に縛った。橋の上や土堤の端から、たくさんの野次馬がこの捕物を見物していた。オーヴァイディンは唇を一文字にひき結び、傲然と胸を張って、暮れゆく空を睨みつけた。


　魔道師が罪を犯したとき、入れられるのは黒衣島の北に出っ張っている小さな半島の収容所である。魔道憲兵隊の庁舎のすぐ隣に建つ、純白の二階建て、罪人はその一階部分の監房におしこめられる。ひどく狭い一室には、寝台もない。純白の石床に毛布が一枚、おまるが一個あるだけで、窓もなく、高い天井に空気穴が小さくあいているのみ。銀線が埋めこまれている純白の石壁が三方を囲み、魔道師は魔力を封じられる。唯一の出入口である扉にも銀線がはりめぐらされ、日に二度、水と食べ物が窓からさしいれられる。

　その夜、オーヴァイディンは両膝をたて、壁によりかかってじっと戸口を凝視していた。足元の盆には水とパンが手をつけられずに残っている。額の切り傷の出血はじきに止まったが、激しく打ちすえられたときに肌で感じた、鞭が風を切る音がまだ頭の奥で鳴っている。目蓋《まぶた》に焼きついているのは、怒りわめくハルファリラの姿だった。彼女の声はスティッカーカルの声と重なって、彼をくりかえし糾弾《きゅうだん》した。〈双子の魔女〉たちも、彼を非難した。

　あんなはずではなかったのだ、と彼は声をしめだそうと目を閉じた。あんなふうに事態を転がす――転がるはずではなかったのだ。王に一目会って、人となりをじかに見て、好奇心を満足させ、王宮内を高級石鹸でひと騒ぎさせ、しゃぼんの企みがどうなるか見物しようとしただけなのだ。それが……おもしろがるだけではすまなくなった。

ジルナリルには幻滅を感じたが、王には——泥沼蛇《ウオルン》を玉座に座らせていた方がずっといい。少なくともウォルンであれば、無意味に雷を落としたりしないし、血税で所有欲を満足させたりしないだろう。ウォルンでなくとも、ウサギでも猫でもいい。いっそ玉座そのものを王にしたらどうだ？

再びわきあがってくる怒りに、白琥珀の光がひらめき、彼はうめき声をあげた。おのれの拳《こぶし》を頭の両側からおしつけ、この破滅の原因がなんであったのか、考えまいとした。しかし、解かれることのない謎は、嘲笑しながら頭の中をぐるぐるとめぐり、怒ったスズメバチのように執拗に彼を刺した。なぜ、あやつがイスランの白琥珀を手に入れられたのか。王国を託された自分ではなく、あんな……あんな、ろくでなし、でくの坊、空洞の人形《マトラルカ》が……。あれを手に入れて玉座にあるということは、あれがイスランの意図したことだというのか？　まさか！　それとも……いいや、そんなはずはない……イスランも雷を自在に操った。それゆえ彼を後継者に選んだのか？　馬鹿をいうな。彼を玉座につけたのは、ジルナリルだ。白琥珀を手に入れたのは偶然にすぎない。そうとも、そもそもレイレディンの反乱によって、イスランの遺志は霧散し、わたしの誓いも空しくなったのだ。それゆえ、白琥珀はわがもとから姿をくらまし——愛想をつかした恋人のように——二度とあらわれなかった。その後の白琥珀は、もはやただの古い宝石でしかない。

再び、白光が頭の中に響いて、銀鞭のように彼を打った。まるで内側から殴られたかのような痛みが心の臓に響く。記憶の断片が次々によみがえってくる。

はじめてイスランにまみえたあの日。天上の青と純白の雪と黄金の後光。香しく温かかったイスランの腕の中。

闇の種の殻から根を出し芽吹いた魔道師の力を、どのように育て、導き、制御するのか、イスランは辛抱強く、リルルは性急ながらも的確に教授してくれた、至福の日々。青ブナの葉は風に翻り、雨あがりの露は七色の光をまきちらしていた。

初陣の風が頰を刺したが、血気にはやる若いヴュルナイをおしとどめはしなかった。ルディルンやカンカート、レイレディンの傍らで、彼等の戦略に従って彼等の思いどおりに成果をあげた。祝宴ではじめて口にしてむせた蒸留酒《オットガ》の熱く辛い刺激を、今また喉元に感じる。

戦《いくさ》の手法を学びながら、戦の大気を吸い、雷や炎やはぜる空気や裂ける大地の震動を身体で覚えた。すべてはイスランの理想につながると信じて、イスランのために、大勢の敵を屠《ほふ》り、凱歌《がいか》をあげた。彼と仲間の雄叫びが城壁から国中に轟《とどろ》いた……。

――ヴュルナイ、来やれ。

あれは何の戦だったのだろう。敵を全滅させ、仲間の魔道師たちと手を組みあっては歓喜に浸っていたとき、イスランに誘われた。陣地から戦場であった野原におりた。よく晴れたすばらしい秋の日であった。イスランは、戦衣の上にシーオルを羽織っただけであったが、上等のイスラン織――当時は、糸吐き草《トルトタル》の織物と呼ばれていた――のズボンの脛《すね》に、草の実や虫がついても意に介さず、ずんずんと歩いていった。やがて敵陣の真っ只中に至ると、イスランは足を止めて周囲を見まわした。うち伏しているおびただしい骸《むくろ》の中、血や肉片がその身につこうとも全く気にする様子もなく、

――ヴュルナイ、これをどう思う。

と尋ねた。

――われらイスリルの力を誇りに思いまする。

少年魔道師は頬を輝かせて胸を張った。するとイスランはつとかがみこみ、彼の足元に横たわる一人の死人の顔を顕にした。それは当時のヴュルナイより若く、幼ささえ見てとれる少女の顔であった。うつろな両目が青空を映していた。驚きに半ばあいた口からは、育ちきっていない歯が白くのぞいた。少女の左肩から脇腹にかけて雷が走り、矢が肉をこそげとったらしい。焦げた肉片が隣の兵士の上にまきちらされ、その兵士もまた年端のいかない少年であった。

ヴュルナイは側頭部を殴られたように感じた。すると、それまで何とも思わなかった景色が彼めがけて迫ってきた。頭の半分、手足を削られた骸、腸《はらわた》のはみだした骸、裂けてまた閉じた大地に身体を半ばまで喰われた骸、全身焼け焦げた上に数本の矢が命中したままの骸。

震えはじめた彼を背後から抱きしめるようにして、イスランが言った。

――しかと目蓋に焼きつけておくのじゃ。よいか、これが、われら魔道師のなすこと。戦場であってもなくても、することは同じ。われら魔道師は、世の闇をひきうけて、さらに独り立つ者ぞ。したが闇の仕業におぼれてはならぬ。殺戮《さつりく》を誇らしく思うなど言語道断、そのような

者は闇に喰われてしまえ……。

……わたしは闇に喰われたのだろうか。

膝のあいだに頭を埋めて自問自答すると、レイレディンの死を告げられた瞬間に戻っていた。あのとき、とてつもなく深い淵《ふち》のきわに立っていたような気がする。憎悪のみが、死と無気力から彼をふるいたたせて生かす力であったのだが、その憎しみさえ、刹那に行き場所を失った。彼は足元に目を落とし、暗黒が口をあけているのを感じた。絶望にすべてを投げ捨て、暗黒の淵におのれ自身も投げ捨てた――はずではなかったのか。淵のきわを蹴ったつもりでいた。すっかり闇に落ちたつもりで、山野をさまよい、雨に打たれ、崖を転げ落ち、渓流に洗われ、そしてそれから……。

ああ、そうだ。もはや何も映すことはするまいと誓った目に、あの娘の笑顔が輝き、踏みとどまってしまったのだった。流れついた岸辺から山小屋に助けあげられて、最初に見たのがあの娘の笑顔だったゆえ、わたしは淵から遠ざかり、人らしいしばしのときを過ごしたのだった……。山野の暮らしも悪くはなかった。木を切り、獣を追い、犬とたわむれ、玉葱《たまねぎ》を掘り、小舟を操る。妻との生活は十数年つづいたが、やがて病が彼女を冥府女神《リユール》のもとへと連れ去り、独りになった。その後一月のあいだに、平穏な十数年の暮らしでも、その底辺で、決して満たされることのない渇望と、うしろめたさが機会をうかがっていたことに気がついた。何に対する渇望なのか、そして、懐っこい小犬のようにどこまでもまとわりついてきて、毒蛇のようにからみついてくるうしろめたさがなんなのか、考えたくなかった。考えないでいるために、山賊の仲間になったり、ごろつきどもをそそのかしてみたり、反乱軍に一介の兵士として身を投じてみたりした。〈北の海〉へ出て、海賊の生命を助けた。豪商を脅して財産を横どりし、書類を捏造《ねつぞう》して土地をぶんどったりもした。鉱山で働くスティッカーカルの祖父《じい》さんを管財人に抜擢したし、交易での儲け方を若い商人に教授したりもした。行き当たりばったり、変化を楽しみ、衝動に身を任せ、未来もなく怖れも夢もなく、ただただ過ごした日々。

エムバスと会ったのはそうした日々のほんの一片の出来事だった。その日も、うしろめたさの蛇にそそのかされて、彼を救いだした。少年は忍耐強く賢く、かつてのヴュルナイとイスランの関係が立場を逆にしてめぐってきたようであった。罪悪感から生まれた善意は、やがて愛情となり、友情に育った。

子どものエムバスが前歯の欠けた口で笑う。ああ、そうだとも。だからこそきみにはすべてを打ちあけ、この十数年を共に歩いてきた。何をしても、どんなになっても、きみがわたしを見捨てることはないとわかっている。だが、それと愛想をつかされることとは別物だと知っている。それゆえ、きみがそばにいると、わたしはあくどいことをそうそうできないらしい。白琥珀の輝きに錯乱して、自分でも思ってもみなかったことをしてしまったが、それでもきみはわたしを見捨てないでいてくれる。

少年エムバスのほころんだ顔を思い描いているうちに、眠りに引きこまれていった。

眠りは心の奥底の恐怖を夢に変えて彼を悩ませた。ルディルンとファーラを逃がそうと山中をさまよっているうちに、レイレディンの馬に追いつかれ、その蹄が脳天の上で宙をかいた。

ふりむくと、ひきつった偉丈夫はハルファリラになって、わたしの信頼を！　と激しくなじった。拳で彼の胸を何度も殴打し、冤罪は一生ついてまわるのよ、逃げ隠れしてどうやって生きていけるのよ、と泣きわめいた。ファーラだと思っていた人物がむっくりと起きあがると、ポーポスとサナーの二人になった。二人は同時に同じ声音で、あんたに人の人生を操る権利などありはしない、と冷ややかに宣言し、片手をひらめかせた。するとハルファリラはスティッカーカルに変じて、二度とあんたには関わらない、もうあんたの顔は見たくもない、とがなりたてて、肉用食卓ナイフで彼の胸を刺した。何度も何度も。彼はそれを黙って見ていた。夢であるがゆえに、感覚はないはずだったが、なぜかそのたびに激痛に襲われた。しかし彼はじっと耐え、〈豊かなる凍土〉の寒さやヒダルの民の仕打ちに比べたらずっとましだと考えていた。スティッカーカルはいつのまにかウォルンとなり、さらに雷王となって、光の柱で彼を打った。その胸で白琥珀がちかりとまたたき、暗黒の潮が腹の底からせりあがってきて、悲嘆と共に彼を呑みこもうとした。オーヴ、いい加減にしたらどうです、とエムバスの声が潮の前に立ちはだかった。モノはモノでしかありえない。たとえ魔力のこもった剣であろうと、運命を定められた槍であろうと、血の湧きだす杯であろうと。イスランの思いと白琥珀は別物だと、あなたが訣別しなければ。わたしがあなただったら、とうにこう言ってあなたを見限っているかもしれませんよ。

——百年生きてきて、これか？

と。

エムバスの声は彼自身の声に重なり、流離の年月が雲母の薄片となって蝶の羽のように舞った。ああ、それでも。あの年月もわたしには必要だったのだ。様々な無駄なとき、壁に爪を立てるときが。先のことを考えずに何かに浸り、無茶をやり、遊び、悪さの味を知ることが。ふれれば砕けちる雲母の薄片であろうとも、その石英のきらめきと黒曜石の暗黒は砕けちったのちにも、胸のどこかに残映をおいていく。

夢から現実《うつつ》へと移りながら、それでもその百年が少しずつ遠くへ去っていくのを感じた。不意に宙空へと浮かび、混沌と渦をなす過去を俯瞰《ふかん》すれば、それまでわからなかったことごとが、すべて細い白金の光で結ばれているのに気がついた。

と、漆黒に金の斑《ふ》の入った何かが、彼の注意をひいた。そうだ、心の端にひっかかったものの、仔細な出来事であり、ほんの刹那のことでもあり、そのまま流した、あれが、このように禍々《まがまが》しくしかもうつくしいものであったとは。手をのばしてすくいあげれば、それはポーポスとサナーの断片であった。

雷王と対峙した場面がよみがえってきた。雷を打ちかえしながら横転した直後、ジルナリルの火の玉がエムバスの後ろから飛来したあのとき。目をつぶった一瞬に、なぜか事態は反転した。火の玉はかき消え、エムバスの手が彼をひきおこした。

ハルファリラが川辺で半狂乱になり、エムバスにはばまれる。あのときも――舟に戻されながら暴れるハルファリラが、突然気を失って倒れた。〈双子の魔女〉の片手が扇をかえすように翻ったそのすぐあとで……。

石と金属がこすれあう音が響いて、オーヴァイディンははっと目覚めた。牢の中はほの明るく、また新しい一日がはじまったと告げていた。しかし彼は膝をたてて座りこんだままで、今すくいあげた真実を片手に握っていた。扉ががたつきながらあき、憲兵一人が頭をこごめて入ってくると、「出ろ」と短い一言を発した。オーヴァイディンは彼の帯がすり切れているのをぼんやりながめながら、握った真実の裏にあるさらなる真実をつきとめようとした。

「おい、出ろといっているのが聞こえんのか」

五十がらみの、いかにも生きることにくたびれたような憲兵の、落ち窪んだ目と、酒やけした鼻を見ながらゆっくりと立ちあがった。

——ハルファリルには恩がある。

サナーのかすれ声がはじめにそう言ったのだ。

——あたしたちを本当の力に目覚めさせてくれた。

それは、薬師と医師の力か、財産を扱う才であろうと聞き流したのだったが。

消えた火の玉。くずおれたハルファリラ。ひらめく片手。

憲兵のあとについて扉をくぐりながら、彼の握り拳がかたくなる。

〈双子の魔女〉だって？　魔女ではない。彼女たちは魔道師だ。

白壁に囲まれた廊下を、前後を憲兵にはさまれて歩く。彼の背骨に、イスランの稲光《いなびかり》が走り、イスランの雷が脳天を打った。足は前後に動いていたが、まばゆい光のただ中に浮かんでいるような心もちだった。

ハルファリラが、彼女たちを魔道師にした。

廊下から小さな別室に導かれる。機械的に従いつつも、オーヴァイディンはそれがどんな意味をもっているのか、さぐりあてようとしていた。

別室に入って行くと、別の憲兵二人を従えたジルナリルが、険しい表情でふりかえった。彼女はエムバスの肉用ナイフが刺さった肩の傷を保護するために、包帯で腕をつっていた。

部屋の壁も床も、魔法封じの銀線の入った石でおおわれていたが、憲兵はさらにオーヴァイディンの腰を銀鎖で縛った。彼はジルナリルの、妙に底光りする視線を平然とうけとめ、泥の中に紛れているひどく大切なものをさらに求めて思考を深めた。

ハルファリラが彼女たちを魔道師にした。

憲兵たちが彼の両腕をおさえ、ゆっくりとジルナリルが近づいてきた。

「肉用ナイフごときでは、息の根を止められないとは知っていたが」

と彼は顎をあげて嘲笑した。ジルナリルの右手にはしっかりした短剣が握られている。オーヴァイディンは彼女が何をしようとしているのか悟ったが、動揺を面《おもて》に出さなかった。

「後悔先にたたず、というわけじゃ」

ジルナリルは触れあわんばかりのところまで近づいてきて、嘲笑をかえした。瞳の中をぬめぬめした光が横切った。

「わたしをここで殺したら、これは殺人になるのではないか?」

「これは王からの命じゃ。それに、そなたを殺しても、罪には問われぬ。そなたはいつのまにやら脱獄し、川辺で刺されて水に投げこまれたことになろう。そなたを刺したのが何者かは永久にわからぬし、そなたの死体もクルーデロ海に吐きだされるか、沈みこんでそれきりになるか、魚に喰われるかするであろ。本来なら裁判で恥辱にまみれ、首を落とされるはずであれば、むしろこれは慈悲と思え」

オーヴァイディンはせせら笑った。

「とんだ理屈だな。あんたらしい」

ハルファリラが、〈双子の魔女〉の、魔力を目覚めさせた。

「そうとも、これは慈悲よ。……その声、どこかで聞いた覚えがあるとずっと考えていた。寝床で傷を癒やしているとき、思いだした」

オーヴァイディンはぎょっとした。つとめて顔に出さないようにと思ったが、どこかにあらわれたらしい。ジルナリルはしてやったりとほくそ笑んだ。

「はるかな昔、わたしがまだ子どもだったとき、輝かしく軍団を率いる魔道師を見た。彼は命令を叫んでいた。活力に満ちて若々しく、その額には鮮緑の宝石をはめこんだ環があった。まるでイスラン国祖のもう一つの御瞳さながらに。彼はわたしの憧れだった。たとえ面差しが変化しても、目くらましに幻惑されても、凜々《りり》しい声は耳の奥にずっと残っていた」

さらに一歩肉薄すると、ゆっくりと腹に短剣を突き入れてきた。オーヴァイディンは思わず喘《あえ》ぎ、膝をつきそうになった。それを短剣で支えるようにさらにえぐりながら、ジルナリルは耳元でささやいた。

「あなたは死んだと思われていた。それが突然、よみがえってわたしの前にあらわれた。くたびれきって、歪《いびつ》になって。わたしの憧れを汚《けが》す権利は、あなたにはない。そうであろ？……ヴュルナイ」

短剣の切先が、黒い殻の記憶にぶつかった。イスランが割った闇の種の殻。魔道師の根がのび、芽が吹いたあのとき。

ハルファリラが、双子の、魔力の殻を割り、目覚めさせ、二人を、魔道師にしたのだ！

激痛と共に、真実の光が一直線に彼を刺し貫いた。憲兵たちが彼をはなして数歩退いた。その光は仰向いた彼の額から天上へとまっすぐに立ち昇り、遮《さえぎ》るもののない陽光の中をさえ走って、地上から天へと貫く光の柱となった。オーヴァイディンはまばゆいそのはるかな光に、形作るべき未来を知覚した。

心から喜んでなすべきことが、今、この瞬間に広がった。ああ、それなのに、ジルナリルの実に魔道師らしい憎しみと滅びへの憧れが、彼の腹をつき破って彼を切り裂こうとしている。

オーヴァイディンは短剣の柄を握っているジルナリルの腕を、左手でがっしりとつかんだ。歯をくいしばり、唇をめくりあげて、ジルナリルの濡れたような瞳をのぞきこんだ。野望を果たし、王国の頂点に登りつめ、登りきったその座を護るために汲々としている魔道師の目の中には、何もなかった。ただただ小さく黒い点が、何物をも映さず、深い海底をのぞくがごとくにあるだけだった。

ジルナリルは身をふりはなそうとしたが、オーヴァイディンの力はそれを許さなかった。彼は右手で腰にまきついている銀鞭をほどき、唸りをあげながら足元に落とした。憲兵たちが驚いて飛びのいた。

まるで恋人にするかのように、彼はジルナリルをしっかりと抱き寄せるとささやいた。

「きみの憧れであったヴュルナイの、大魔道師たるゆえんは、このような銀鞭ごときでは、その魔力を封じることなどできぬということだ。きみはそれを身をもって知るだろう」

それを聞いて、若々しいジルナリルの顔が突然老婆の顔になった。彼から逃れようと肘をつっぱり、身もだえするあいだ、その顔は老いたり若くなったりした。それを左腕でがっしりとおさえ、右腕で腹の短剣を一気にひきぬく。目もくらむような痛みに膝を折る前に、その切っ先をジルナリルの心の臓につきいれた。ジルナリルの目の中で漆黒が広がり、花ひらいた。おのれの傷口から噴きだした血が爪先を濡らすのを感じながら、彼は微笑《ほほえ》んだ。

「人の生死を弄《もてあそ》ぶ魔道師の宿命であれば、こんなときがくるかもしれぬと覚悟はしていた。殺す者は殺される。互いに殺しあって共に逝くのもまたおもしろいな」

何か言おうとしたジルナリルの胸から刃をひきぬいた。鼓動にあわせて血がほとばしる。オーヴァイディンは気力をふりしぼって彼女を床に横たえ、それに半ばおおいかぶさるように自身も倒れ伏した。徐々に生命のしるしがジルナリルの目から去っていくのをのぞきこみながら、作った笑みの陰で地団駄を踏む。

生きる理由をようやく手に入れたと思った直後に、生の城門の鉄扉が閉ざされた。突然の死。やるべきことが見えたのに。歯嚙みし、扉を叩き、喚いても叫んでも懇願しても、暗い運命は降ってくる。

ああ、そうだ。よくあることだ。断ち切られる人生など、珍しくもない。わが手でそれを多くの者になしたではないか。いつかおのれにも断罪の刃が落ちてくると知っていたのではないか。何を悔しがる。往生際の悪いことだ。それでも……それでも、神々よ、リュールよ、わたしは、まだ生きたい。生きて、ハルファリルの道を拓いてやりたい。手前勝手なのぞみであることは重々承知している。昨日のつづきの今日、今日のつづきの明日が来ることが、奇跡に近いともよくよくわかっている。世界は突然ひっくりかえり、暗転し、絶望すら感じないときがくることも。だが、リュールよ、ハルファリルは魔道師を作るのだ、イスランのように！　わたしにそのときを見せてほしい。魔道師、最も力のある魔道師が王座につくのではない。それではだめなのだ。魔道師を作る力をもった者が王座にあってこそ、イスリルの国は成りたつのに違いない。なぜかはわからない。だが、先ほど知覚したまばゆい未来はそこからはじまっていた。

魔道師を生む者こそが、玉座に座する。

リュールよ、われを望みたもうな。神々よ、われを地上にとどめたまえ。

耳が何の音をもとらえなくなり、目もかすんできた。大地の底からリュールの白い腕が彼の胴を抱こうとしていた。背骨に響いてくる死の足音を感じて、オーヴァイディンはぼんやりと考えた。リュールが地下からあがってくる轟きにしては、随分軽いな。

頰を軽く叩かれるのを感じた。誰かがそばに跪いて、何かを叫んでいるらしい。すでに耳には聞こえないが、心の臓の上の方で、黄金色の花がぱっと咲いた。

——しっかり、オーヴァイディン！　死んではだめ！　死ぬなんてゆるしませんからね！

耳は聞こえないのに、言葉は届いた。見えない目をしばたたき、彼はうっすらと笑みをかえした。すると、リュールの白い腕が大地の底へとそっと戻っていく気配があった。

——これで何度めであろ、ヴュルナイ。まあよいわ。わが腕に抱くべき者はあまたあり、わらわにもそなたにも時は十二分にあるがゆえ。また抱けるときを待つとしよう。

ああ、そう願いたいね、わが友よ。

神に対する不遜な物言いは、とがめられることがなかったらしい。リュールは去った。彼は胸の息をすべて吐ききって、気を失った。

9

目覚めたとき、雨の匂いを嗅いだ。そのためにオーヴァイディンは、黒衣島の館のおのれの寝台に横たわっているのだと錯覚した。数呼吸後、そうではないことにようやく気づき、恐慌をきたして起きあがろうとしたが、腹部の激痛で呻きをあげるのが精一杯だった。

そこは銀線の入った部屋、つまりは再び魔道師の牢内であった。免罪されたわけではなく、とどめおかれているということか。もちろん、そうだ。何を期待していたのだろう。冥府女神《リユール》が去ったように、彼への断罪も去るはずだと思ったのは、熱がなせる妄想か。

枕に頭を預けて、逃げだすにはどうしたら良いかと考えているうちに再び眠ってしまったらしい。次に目蓋《まぶた》があいたのは、夜であった。

夜光草の青白い光に、セルラの顔が浮かびあがった。彼女の後ろには二人の憲兵と、魔道医療師が控えていた。雨音が強くなっており、夏の雨のもたらす、何か心騒がす匂いが漂っていた。

「牢内といっても」

気がつくと、思考のつづきを口にしていた。

「ここは死刑囚の獄ではないらしい」

数人の入る余地があり、窓があり、何より寝台に横たわっている。

「重篤《じゅうとく》な怪我人らしい口のきき方はできないの？」

セルラは叱ったが、目元はやわらいでいた。

「……口がまわらない。何日たった？　何があったのだ？」

「それだけ話せれば充分よ。今日はあなたの話なぞ、聞きたくもない」

セルラが笑いを含んだ口調で辛辣《しんらつ》に答え、医療師に合図した。医療師は長い髪を太い三つ編みにして腰まで垂らした初老の女だった。丸っこい腰をかがめて上掛けをはぎ、彼の腹の傷に手をあてて呪文を唱える。今では珍しい治癒の魔法をものする魔道師のするがままに身を任せていると、痛みがましになり、身体の奥の組織がくっつきあって生きかえる感覚があった。

「……驚いたな。まだこんな魔法を使える魔道師がいたとは……」

「あと三度ほど施法すれば、完治しますよ」

初老の女はそううけあうと、薬を調合してきますとセルラに断って出ていった。セルラの部下二人は、彼の背中に枕を二つあてがって、少し上体が立つようにしてくれた。それから三人は椅子に座り、しばらく雨音に耳をすました。

やがてセルラが肩をゆすってから口をひらいた。

「一昨日、あなたが逮捕されたと聞いた。憲兵隊は一つの家族のような仲間意識があってね。事件があれば皆が知ることになるの。中には賄賂《わいろ》で動く者も多いけれど、その逐一が皆の耳に入る。それにしても……やったわね！」

ああ、この笑顔！　何にたとえようか。大輪の花、輝く太陽、われながら何とも陳腐な表現ではあるが……。

「やった、とは？」

「あの孔雀《くじゃく》王の羽根を焦がしたっていうじゃないの！　目にもとまらぬ速さで落ちてくる雷球を打ちかえしたって」

「……見ていた者はいないはずだが……」

「隠し通路がいくつも通っているらしいわね。一部始終をのぞいていた小姓が興奮してしゃべっていたそうよ。さも自分の手柄のように自慢気に、女の子たちの前でね」

オーヴァイディンは呻きをもらして枕に沈みこんだ。王宮では秘密もない、か。小姓がもう少し賢く、少女たちの歓心を買うことを最優先にしなければ、高値で売り買いされたのかもしれない。その場合は、王の権威もさほど失墜しなかったかもしれない。喜んでいいのか悪いのか。

「ともかく、快哉《かいさい》を叫んだ──もちろん、心の中でね──者は、少なくなかったということよ」

「きみは……忠誠を誓ったのではなかったのか？　……王と、国に」

セルラの頬がしまった。

「誓ったわよ。国を護り、王のために生命をかけると。でも、その誓いはむこうが破った」

「……？」

「あなたよ、オーヴァイディン。あなたは反逆罪で裁かれ、罪を言いわたされ、しかるべき罰を下されるべきだった。王は国民の生命に責任がある。わたしたちの誓いは、ただただ捧げる一方的なものではないわ、知っていると思うけど」

オーヴァイディンは思わず微苦笑を浮かべ、その拍子に喉の奥に違和感を覚えて咳きこんだ。

「王は……国を、民を護る責任があり、部族長議会を通して公正公平に裁断を下しっ……て、あれか？　表向きはそう書かれているが、いまどきそれをもちだすとは……」

「いまどき、だから、省みなければならないのでしょ。あなたが牢に入れられたまでは、法にのっとっていると思っていた。でも、ジルナリル宰相が殺害の王命をうけたと聞いて、もはや王は法の埒外に立っていると明らかになった。これを阻止せねば、わたしたち憲兵の筋も歪曲されていく。わたしたちは、正義を基盤に立っているのだから」

正義とな。そんな単語があったことすら、忘れていた。

「自分たちが正しいことをしていると自信をもって言えたから、罪人を捕らえることができたの。少なくとも、わたしとこの二人はそうだわ。紹介する。コッドコッティとヘンラホンよ」

痩せぎすの砂色の髪をしたのがコッドコッティという二十代後半の男で疲労感をぬぐいされば、さわやかな好男子と思われる。どことなくくだけたふうに片手をあげて挨拶した。ヘンラホンの方は生真面目そうな小柄の女性で、愛想笑いのようなものを一瞬浮かべただけだった。二人とも、有能な憲兵なら必ずもっている鋭い目をしており、きっとこの部屋から出て数日たったあとでも、室内の様子――横たわったオーヴァイディンの顔色から、窓柵にぶら下がっている夜光草の束や風の吹き方、匂い、石床に落ちている微細な埃まで——をしっかり覚えているに違いないと思われた。

「でも、その礎《いしずえ》がゆらいでしまったら、わたしたちは権力の走狗《そうく》にすぎなくなる。それで、あなたの殺害を止めようと駆けつけたのだけれど」

セルラはあらためて苦いものを呑みこんだような表情をした。

「手遅れになるところだった。ジルナリルはことされていたし、あなたも血まみれで横たわっていた。買収されて加担した憲兵を逮捕し、あなたをここに運びこみ、——遠くへ動かすことは無理だったので、同じ獄内の軽罪人用の房に移したのよ——魔道医療師を呼んで応急手当をした。宰相の遺体は王宮に送りかえしたわ。大騒ぎになったでしょうね。きっと、誰が王にそれを告げるか、今もまだ協議中だと思うわ」

今度は咳きこまずに笑うことができた。

「あなたには悪いのだけれど」

セルラは彼の手をそっと叩いて、言い含めるようにつづけた。

「あなたも死んだことにしてある」

一呼吸ののち、彼は頷いた。

「それがいい。そうすれば、王の溜飲《りゅういん》も下がるだろう」

「憲兵隊の管轄下において、あなたの死体は魔道師の墓地に葬られたことになっている」

「死人になるのは慣れっこだよ」

どういうことか、とセルラはしばしとまどったらしいが、

「しばらくのあいだだけよ」

とそのまなざしは先を見据えた。

「あなたが生きていることを誰かがすぐにかぎつけるでしょうから」

「治るまでの時間稼ぎ、か」

「そればかりではないわよ。あなたを生かしておきたくない者がもっと他にもいるでしょう。しかるべき時が来て、正しい裁きが下せるようになるまでとどめおくということ。はなはだ不本意ではあるけれど」

そう言いすてて立ちあがるセルラを見あげながら、オーヴァイディンは「正しい裁き」の下せる日が来ると本当に彼女は信じているのだろうかといぶかしく思った。

「頼みがあるんだが、いいかな？」

「できることなら」

「わたしの友……エムバスという大男を呼んでくれ。おそらくこの近くでうろうろしていると思う」

三日月のような眉が片方だけもちあがった。

「考えておくわ」

彼等がそろって出ていくと、オーヴァイディンはすっかり疲れてまた眠りこんだ。訪れた夢は、脈絡のないものばかりで、目覚めたときには忘れてしまっていた。窓際に外をむいて立つ

誰かの気配があった。

「エムバス」

「……」

「エムバス、怒るな。悪かったよ」

「……」

「ゆるしてくれ。……そしてお願いだ、ハルファリルを呼び戻してくれ」

「彼女は安全な場所にいます。呼び戻すのであれば、それなりの理由を正直に告げないと。あなたの復讐のために利用されたと、かなり憤慨していましたから」

そう言いながらも、エムバスは寝台の方にゆっくりと歩みよってきた。そばに立ってオーヴァイディンを見おろし、

「あなたがそんなに弱っていないなら、一つ、ぶん殴っているところです」

「殴っていい。わたしは阿呆《あほう》だった」

「今でもそうでないことを祈りますよ。それで……今度は一体、何をやらかそうというのです？」

「王を玉座から引きずりおろすのだ。王国の仕組みを新しくする」

反逆罪で告発される考えを正直に吐露した。エムバスは平然として、

「思いつきでふりまわされるのは、たくさんですよ？」

「熟考した」

「そんな余裕は今までなかったでしょうに。身体が治ってから、頭をはっきりさせて考えてください。王国をひっくりかえすのは、きっと誰でも賛成しますがね。やり方がまずいと混沌の坩堝《るつぼ》になってしまいます。自分一人でなんとかできると思うのは、大いなる思いあがりでしょう」

さすがにそこまで言われると、ぐうの音も出なかった。

思いつきなのか、単なる阿呆の閃《ひらめ》きなのか、と自分でもいぶかりながら、ハルファリラの持つ力について語り、計画を語った。推測と、実行できそうなことと、未来の展望を語るのに、一刻あまりを要した。語りおえるとぐったりとして寝床に沈みこんだ。

エムバスはそのあいだ、彫像か門衛のように微動だにせず、じっと耳を傾けていた。オーヴァイディンの声が途絶えてもしばらくそのままでいたが、やがて身じろぎして窓の方へと歩みよった。鉄格子のはまった小さな窓の外は真っ暗闇で、相変わらず雨が音をたててふっている。その闇を鋭い目で凝視しながら、エムバスは呟いた。

「……今は、もっともらしく聞こえます。あなたの言うことは、いつもそうだ。人はそれに操られ、運命を変えられてしまう……。決めるのは本人だとあなたは冷たく言い放つが、その気にさせてしまったあなたの責任は宙に浮いたままだ。あなたはそれを負おうとしなかった。わたしはそのことにうすうす気づきながら、あなたをたしなめる義務を避けた」

「……義務……？」

「友人ならば、そうあるべきでしょう。真の友人ならば。……あなたがこれからしようとして点に、あなたは少しも頓着しない。人を自分のおこした竜巻にまきこんで、自分は無事に着地のです。しかし、それにまきこまれた者たちが、『ああ楽しかった』『満足した』ではすまない

「あなたは必死なくせに、諧謔《かいぎゃく》的な楽しみもやってしまう、それはそれであなたらしいと思ういたのだが、もしかしたらそうではないのだろうか。

厳しい口調で命令されるのは、いつも死にかけているときだ。今は復活しつつあると思って

「黙りなさい。余裕綽々《しゃくしゃく》だなんて、体裁を繕うのも大概にしなさい」

「必死なんかでは――」

「考えてみてください。あなたはあなたなりに必死だった。ハルファリラを救い、王の鼻をあかし、ジルナリルの暗殺の手をかわした」

「全体……？」

「わたしはわたしの判断で動きます。今までは、あなたが喜ぶようにと、あなたが満足するようにと、それを第一義にしていました。しかしこれからは、全体にとって何が最善かが第一義になるでしょうね」

彼はふりむいて寝台横に戻ってくると、椅子をひきよせて腰を落ちつけた。

「あなたが必要とすることを用意した、という点ではね」

「これまでだって、進んでわたしを助けてくれていたはずだが」

いることを、わたしは進んで助けますが、覚えておいてください、わたしはもはや傍観者ではいられない」

するものの、まきこんだ人々がどこに吹きとばされようと、ふりむいてみようともしない。要するに、ひどく自分勝手だということです。そしてそれは、グラスグーシ王とどのくらい違うかといえば――」

エムバスは広げた手を顔の前で合わせた。低く鈍い音が響いた。

「合わさった手のひら同士、です」

突然、ジルナリルに刺された傷が痛みはじめた。医療魔道師のおかげで傷口はあらかたふさがり、痛むはずもないのに。呻きで返事をすると、エムバスは冷ややかに頷いた。

「長年のつきあいだったスティッカーカルが、あなたに愛想をつかした。また戻ってくるだろうと思うのは、あなたの甘えですよ。財産もいらないとあの業つくばりに言わせたのだから、本気でしょうね。戻ってきてほしかったら、口先ではなく、心から誠実に説得すべきです。それでも響くかどうか……。ハルファリラを呼び戻せとさっきあなたは言いましたけれど、お断りです。こちらも、あなた本人が話さなければ。彼女の信頼を得、サナーとポーポスの疑念を払うには、着地点をきちんと教え、その立ち位置で何が見えるか、どんな気分になって何を希望にできるのかを示さなければ」

「手とり、足とり、か？　人生、そんな甘いもんではないぞ」

「百年生きてきたあなたはそう思うでしょうね。自分より弱い者によりそうことのできない老人になりはてて」

そう、どれほどの嵐にまきこまれようとも、おのれ一人で乗りこえてきた。エムバスはその考えも読みとったようだった。

「一人でよじ登った断崖ではありませんよ。そう感じているとしたら大きなまちがいだ。竜巻の渦にもまれて、見えなくなっているものがたくさんあるはず。あなたが名前も顔も思いだせない——脇役だと軽んじて、覚えようともしなかった——多くの人々の善意や助けがあったからこそ、登れたんですよ。あなたによりそってくれた人は、イスランだけじゃないんです」

傷がずきずきする。

「この世に生きている大抵の人が、あなたより若い。経験も体験もはるかに少ない。スティッカーカルでさえあなたの半分、ハルファリラであれば、たったの二十年、です。その彼らと自分を同等において、侮蔑したり嘲《あざけ》ったり、冷ややかに見下したり、それがイスランの望んだあなたなのですか?」

言いつのって熱くなった自分に気がつき、エムバスは深呼吸した。オーヴァイディンは歯をくいしばった。傷が次第に耐えがたい痛みになってくる。冷汗がしみだし、目玉の後ろが絞られてひきつり、吐き気と目眩《めまい》が襲ってくる。

「あなたがやろうとしていることに、力は貸します。しかし、絶対譲れないと思った点では断固阻止します。あなたのために。他のすべてのために」

唇をひき結び、目をかたく閉じて拳《こぶし》を握るオーヴァイディンを、エムバスはしばらく見つめてからそっと肩にふれた。が、すぐに手を引いた。この緊張を拒否とうけとられたとしたら心外だ。

「……またあとで。あなたには考える時間と休む時間が必要らしい」

静かにエムバスが出ていったあと、オーヴァイディンは身体を横にして、少しでも痛みをやわらげようとした。背を丸め、両膝を腹にくっつけ、呻きと共に呼吸し、ふくれあがる疼痛をやりすごそうとした。しかし夜はひきのばされたかのように長く、闇は次第に深く濃くなっていった。

獣の唸りを発しながら、脂汗をまきちらして、とうとう起きあがった。歯をむきだして腹をさぐり、傷ついた箇所を確かめる。傷はふさがっている。にもかかわらず、目が回るほどの痛みは、傷のあった内部から発している。かがみこんで見れば、何と、そこからかすかな光が漏れでているではないか。

彼は毒づきながら寝台をおり、小卓に手をついた。たった一歩踏みだしただけで、脳天に火花が散る。ほとんど視界がない中で、手さぐりで長持の底にあるはずの帯をさがす（服はきれいに洗濯され、繕われているようだった）。帯の付属物に肉用ナイフをさがしあてると、寝台に戻ったが、尻餅をついたとたんに赤い稲光《いなびかり》が走り、あとは漆黒《しっこく》の闇……。

意識をとり戻したのが、数呼吸後なのか、数刻後なのか判然としなかった。ただ寝台に斜めに横たわり、相変わらずの闇を見つめていた。気を失ってよかったのは、そのあいだ激痛を感じなかったことか。窓の外の雨音がやみ、かすかな涼風が夜の終わりを告げるように、一本の糸となって流れてきた。すぐにまた、痛みがぶりかえしてきた。

彼は指先にナイフをさぐりあて、それこそが命運を左右するもののように握りしめた。起きあがることのできないまま、寝巻の前をはだけ、右腕をもちあげる。なんてことだ、畜生。腕一本満足にあがらんぞ。震えて力が入らない。また目がくらみ、視野がせばまる。どうせ気を失うのであれば、この痛みのもとを断ってからにしたい。ありったけの意志の力をふりしぼって、ナイフを光の源につきたてた。激痛のおかげで、刃物が身体に入っても、さらなる痛みにひるむことはなかった。つきたてた刃先をそのまま奥へとねじこみ、何やらかたいものに当たったところで、左指を入れた。円みのある下級銅貨《タン》ほどの大きさの何かをつまみ、そろそろと取りだす。白光を自ら放射するそれは、まぶしくて直視することができなかった。しかし、オーヴァイディンには、何であるのか、指にふれた瞬間にわかっていた。

　様々な疑問がひらめいては忘却の淵《ふち》に落ちていく中、彼は身体中から力をぬき、これまでに感じたことのない大きな安堵にくるまれて、再び気を失ったのだった。

「まったく、あなたときたら！　本当に信じられないことをする」

　狭い病室の床を行ったり来たりしながら、セルラはホウセンカの種のように、ぽんぽんと非難の言葉をはじけさせた。

「一体自分を何様だと思っているの？　切り刻んでも死なない祝福でも与えられた特別な人間？　それとも誰かがきっと助けてくれる重要人物？　今度やったら医療魔道師なんか呼ばないで、放っておくことにしますからねっ」

　オーヴァイディンは腹を見おろしながら、くすりとした。

「切り刻まれても死なないのは、祝福というよりむしろ呪いだろう。重要人物だったら、もうこんなところにいないしな」

セルラは立ちどまると、壁際に立っているエムバスに片手をさしだした。

「彼の肉用ナイフをちょうだい。もう一回、その腹に穴をあけてさしあげるわ」

エムバスはにやっと笑ったが、腕組みはほどかなかった。

オーヴァイディンは寝台の上でのびているところを、朝になってから発見された。ナイフは腹につきたち、彼の手がやわらかくそれを握ったままだった。護衛は扉の外に直立不動で不寝番をしていた。それらを総合して、彼が自分でやったと判断された。血まみれの左手に握られているものに気づいたのは、医療魔道師がせっせと手当てをしている最中にやってきたエムバスだった。彼は血をぬぐいとって、ひらかせた拳の中からあらわれたものに革紐を通し、オーヴァイディンの首にかけてくれた。イスランの白琥珀《こはく》は、まるで数十年の歳月などなかったかのように、胸元で輝いている。

目覚めたオーヴァイディンは、すべて自分がやったと証言したので、事件性はないとあらためて確認されたが、セルラの憤懣《ふんまん》はおさまらない。

「ナイフが刺さったままのあなたを目にしたときのわたしの気持ちがわかる？　まるで地面が逆さになったようだったわよ」

「ナイフをぬいていたら、わたしは死んでいたよ。出血多量でね」

「それでも自分でやっただなんて……！　信じられない暴挙だわ」

「しまった……！　王の暗殺者にやられたと言えばよかった！」

「わたしが一瞬、誰を犯人だと思ったか教えてあげましょうか？　エムバスよ」

ありえない、とオーヴァイディンとエムバスが異口同音に答えた。セルラも頷く。

「あなたの彼への信頼を聞いていなかったら、の話よ。……まったく！　死ぬ思いをして取りだしたっていう、その石、せいぜい大事にすることね。ああ、腹がたつ。この忙しいときにっ」

「随分苛々しているとは思ったが、何かあったのか？」

セルラは長い眉尻をこれ以上できないというほどに吊りあげ、彼を睨みつけた。石にされるか、凍りつくかと息をつめているあいだに、大股で部屋を出ていった。音をたてて扉がしまってから、砂色の髪の部下——コッダコダインだか、コッディゴーだかいう名前の——が教えてくれた。

「ジルナリル宰相が亡くなったことを、やっと王が知ったのです。王宮にいくつも落雷があったので、相当怒っているものと思われます。王は軍と憲兵隊と部族長議会に間諜を数十人送りこみ、その間諜もこちらに情報をもらし、こちらからの間諜も信用できるかできないかという有様で、これから何がはじまるのか誰にも把握できていないのです。もしかしたらあなたの生存も知られるかもしれません。この場所も、誰がかくまったかも」

それを聞いて、オーヴァイディンは起きあがろうともがいた。

「まだ起きてはだめです。今日一日は治療をうけて、休まないと」

「セルラに迷惑をかけてはいられん」

「ぼくらは大丈夫です。少し前から考えていたことがあるんです、わが部隊には。それに、全体の様子がどう動いていくか見極めないうちは、無闇な行動は控えた方がいい。あなたは休んで、しっかり傷を治してください。手負いは足手まといになります」

「……手負い？　足手まとい？」

何のことだ、と考えているあいだに、コッドコッティ――そうだ、その名だ――は軽挙妄動は厳に慎むように、と憲兵らしい口調でエムバスにも念をおし、手をひらひらさせて――こちらははなはだ憲兵らしくない動作だ――出ていった。

オーヴァイディンはしばらくのあいだ扉をながめていた。やがて、胸元に戻ってきた白琥珀をそっとつまみあげ、ほのかな白光を見つめた。ずっと彼の腹の中にあったのだろうか？　それとも、落雷王の首にかかっていたものが、彼を見つけて帰ってきたのだろうか。以前なら、ためらうことなく後者だと断言しただろう。だが、深いが細い裂け目をまたぎこした今では、――百年もその縁で躊躇《ちゅうちょ》していたとは、自分でも呆れかえる。一体何を怖れていたのだろう――白琥珀が彼を発見して帰ってきた、とは考えられなくなっていた。

では、と胸の上に手を落として天井をぼんやり見あげる。これは今までどこにあったのか？　呑みこんだ覚えはない。呑みこむはずもない。昔日の記憶をたどるうちに、小さな違和感が刺《とげ》のように彼をさした。

もう一度白琥珀を持ちあげて目を凝らす。形も輝きも記憶にあったものと寸分たがわぬが、以前は白光の下にカラマツの小枝が沈んでいたのではなかったか？　古代の銀色を宿してひそやかな約束を歌っていたのではなかったか？　しかしこれは確かに、イスランの白琥珀だ。とすれば、約束をかかえた銀の内包物はどこへ行ったのだろう？　もしかしたら、と一つの可能性に思いあたる。王の胸に閃いていたものがよみがえってきた。こちらがエムバスの叱咤《しった》で目覚めた使命感であれば、あちらはどこにあっても変わらず輝きつづけるイスランの願い、というわけか？

影のように佇む《たたず》エムバスに視線を移し、ゆっくりと再び琥珀に戻した。彼はおのれの腹にナイフをつきたてたが、その前にエムバスのふるった善意のナイフが、白琥珀をもたらす最初の裂け目をつくったのかもしれない。

オーヴァイディンの口元にかすかな笑みが広がった。エムバス。かけがえのない友よ。おのれの外側をおおっていた灰色の殻が、ひびわれていくのを感じた。年月を経るにしたがって、魚の鱗《うろこ》さながらに重なりあって、鎧《よろい》ともなっていた殻が、はがれて深淵《しんえん》に落ちていく。その小気味良い感触を楽しみながら、まどろみに引きこまれていった。

その後もう一度治療をうけた。体調はいまひとつで、傷の内側が痛むし、数歩歩いては立ちどまらなければ進めない状態だった。夕刻前に、扉を護っていたセルラの腹心二人が、慌ただしい使いの報せでどこかへ行った。別の憲兵が扉の外に立った。夕食のとき、さりげなく尋ねると、憲兵隊隊長が王命によって解任されたという。部族長議会を通さないこの決定に、憲兵隊全体が深く憤り、対策を練っているそうだ。それをきいて、逃げだす好機が訪れた、と思った。今逃げなければ裁かれるだろう。そしてその裁きが、公正かどうかは疑わしく、たとえ公正であってもオーヴァイディンには全く不利だ。王を傷つけたかどでまちがいなく断罪され、その後のジルナリルの暗殺の意図についてはうやむやになるだろう。結局、首を切り落とされるのはオーヴァイディンであって、あの迷惑男は玉座にとどまりつづける。

彼は寝台から身を起こし、エムバスが用意した粗い毛織の服を、ふうふういいながら着こんだ。さっきためしに歩いたときよりは、楽だ。そう思いたい。長靴をはき、魔道師がつけるような漆黒の外套《シーオル》を羽織った。窓辺におきっぱなしの夜光草を隠しにつっこみ、エムバスに頷いた。

エムバスは扉を叩いた。何度か叩いてようやく隙間ができたが、見張りの憲兵は気もそぞろで、廊下の誰かと早口で語りあっている。エムバスは実力行使をするかと、横目で尋ね、オーヴァイディンは首をふり、耳を傾けた。

「――憲兵隊長にマッキエの族長を……」

「マクマーマクはうけたのか」

「――激怒してシーオルを床に……退出……」

「部族長議会は何といっている」

「――半数以上が――残ったのはヒダルと……」

「大変なことになった！　これはまずいぞ」

「それればかりではない！　魔道師長にご自分のお気に入りの魔道師を……」

「なんだって？　そんなことが許されるのかっ」

「——長が異議を唱え、将軍たちも……したが……雷が落ちて……」

「雷が落ちた、だと？　どこに？　まさか……」

「魔道師長が……」

そこまで聞いたオーヴァイディンは扉を大きくあけた。

「申し訳ないが、話を聞いてしまったよ」

ふりかえった二人の目は、興奮と動揺でゆらいでいた。

「憲兵隊の存亡に関わる大事件だ。一人でも多くの人間が必要になるだろう。行った方がいい」

二人は顔を見あわせた。

「わたしは囚人じゃあ、ない。暗殺されかかった魔道師で、今の話の隅っこにちょいとひっかかるだけの証人みたいなもんだ。だから護衛がいる、と引きついだはずだがね」

「ま……確かに、そう引きついだ」

「ならば行きなさい。魔道憲兵隊と魔道師軍団が王によって好きにされるというのは、尋常ではない。由々しき事態だ、行って皆で力をあわせなければ」

「しかし……」

「わたしなら、ここより安全なところに身をひそめるから心配ご無用。騒ぎがおさまったのなら、セルラのもとに出頭しよう。リュールの名にかけて、誓うよ」

リュールの名にかけて誓われれば、信じる他はない。片方が、行け、と手をふった。

牢番の台所の勝手口から、野菜屑同然に掃きだされた二人は、激しく降る雨の中、エムバスを前にして歩きはじめた。真夜中に近い刻限だった。半島と黒衣島を結ぶ橋の方へは行かずに、ウルグ船道に面した西の突端方面に進んだ。憲兵庁の角張った建物と建物のあいだは広い街路や空地、林や広場で占められ、普段ならば夜であっても篝火《かがりび》が焚かれ、不寝番が立つ。しかしさすがに、このような晩には歩哨の姿も見えず、野良犬一匹うろついてはいない。

毛織の二重の頭巾はまだ雨を通さなかったが、足元に川のように流れる水の方は、古くごわついた憲兵の靴を中まで濡らしてしまっていた。西の丘についたときには、二人ともすっかり凍えきって、震えていた。真っ暗闇の中、濁流となって下っていくウルグ川の、地鳴りにも似た轟音《ごうおん》が聞こえてくる。オーヴァイディンは足を止めて息を整え、のろのろとシーオルのポケットから夜光草の束を取りだした。

身体のきかないこの有様はどうだ、まるで大長老のようではないか、と自身を内心嘲りながら、たちまち雨にしおれていく光の中で、目印をさがした。魔道師たちの黒い墓石が立ち並ぶ左手奥、より川に近く、少し低くなった斜面に、トウヒの大木が生えている。若かりし頃でも大木だったが、闇の空に大きく枝を広げた様は、かつての記憶の二倍はあった。そのトウヒの根本近くに、大きな墓石が傾いている。誰のものか、いつ頃からそこにあるのか、知る者はいない。碑銘も刻まれておらず、ただ長年の風雨にさらされて色あせ、苔むしている。

オーヴァイディンは手さぐりで、傾いた墓石の側面をさぐった。百年近く過ぎさった今でも、かつて施した機構が動くと信じて疑わなかった。雨音の中、呼吸三回分も待っただろうか。どこか足の下で石にされた獣が目覚め、這うような感触が響いてきた。また二呼吸待ったのちに、墓石はゆっくりと横倒しになり、四角く切られた穴があらわれた。この土砂降りの中にも、下からたち昇ってくる水と黴《かび》と正体不明の古い臭いは、しっかり嗅ぎとれた。エムバスは腕で鼻と口をおおい、入るのか、と目顔で尋ねた。

「もちろんだとも！」

誰も聞く者がいないとわかっているので、オーヴァイディンは愉快そうに大声を出した。エムバスは胡散臭《うさんくさ》そうに横目を使って、彼を信用していないことを示した。

「こういう古い密閉空間には、悪いものがたまっていると、あなたが教えてくれたんですよ」

「大丈夫だ！　大丈夫！」

オーヴァイディンはそううけあうと、夜光草を穴に投げ入れた。狭い石段が数段、灯りに光って見えた。エムバスが渋々足を踏み入れて闇の中におりていった。やがて二馬身下で火口の小さな赤い点がひらめき、カンテラに金の光が入った。

「ときどき思うんですが」

オーヴァイディンがそばに立つと、エムバスは辛辣な口調で言った。

「わたしは利用されているみたいですよね、それも冗談半分に」

「なぜそのように思うのだ？」

エムバスからカンテラをうけとって先に立ちながら聞く。

「今、わたしが倒れないかどうか、見極めてからおりてきたでしょう」

「気のせいだ」

「いや、確かめたはずです」

濡れた石壁のどこかにさわると、頭上で墓石がもとに戻る地響きがした。その拍子に、頭上の岩天井からぱらぱらぱらと水滴が降ってきた。

「……確かに大丈夫そうではありますがね」

自然石を粗く削った通路は、有事の際に魔道師砦《とりで》——いまやオーヴァイディンの館になっている——から逃れるために造られた。敵が砦を陥落させたときは、都イスリルの終焉のとき、とあの頃は誰もが考えていた。イスランとその一族を逃がすためにも、忠実な魔道師たちは生き残らねばならない、と。幸い、そのような事態は襲来せず、砦も陥《おち》ることなく、通路はもっぱら魔道師たちの夜遊びや密会に使われた。ヴュルナイ自身も、通路の機能保全と称して何度か使用したのだった。

地下水がしみて湿っぽく、暗い場所を好む小動物の気配が漂う中を、かつては一駆けで通りぬけたものだった。今日はゆっくりとたどって、やがて広い別の通路にいきあたる。昔は大岩を切りだして組みあげる魔道師や、大地を楽々とうがつ魔道師もいたのだ。彼等の仕事ぶりは、百年たった今でも立派に機能していることを示していた。

エムバスは、人の背丈三人分も幅のある地下道のとば口に佇んで息を呑んだ。

「魔道師軍団が半島と黒衣島を行き来するために造られた」

とオーヴァイディンは説明した。

「橋を落とされても、ウルグ川やショー川に出られるように。この頭の上を川が流れている。このような地下道が、黒衣島と樫衣島《かしころも》、北島を結んであと四本通っているんだよ。そのうちの一つは、わが館の地下水路に直結している。ほら、スティッカーカルが逃げるときに使ったのだ」

「頭の上は、川、ですか」

エムバスがすっかり感心して呟いた。広い通路は三馬身ほどで階段となり、休み休み登っていくとつきあたりは板戸にふさがれていた。閂《かんぬき》が渡され、さらに錠前もついていたが、オーヴァイディンが右端下の樫板を軽く蹴ると、這ってくぐりぬけられる程度に破れた。

「少人数ならばこれで充分」

くぐりぬけた先は、今はもう使われていない魔道師の兵舎だった。土台は石だが、大部分は木造で、掲げたカンテラにあらわれたのはおどろおどろしく映る蜘蛛《くも》の巣や腐った木っ端、簡易寝台の残骸などだった。それでもほっとしたのは、湿気と水から逃れられたせいだろうか。歩を進めるたびに床板が悲鳴をあげる。二人は足元に気を配りながら玄関にたどりついた。外は再び土砂降りだった。

「このままここで火を焚いて過ごしましょうか」

「いっそのこと、まるごと焼いてしまえば暖かいだろうな」

と冗談を口にして、しかし二人は震えながら再び街路に出た。無人の兵舎をいくつかとおりすぎ、石壁に護られたましな兵舎を横目に、こそこそとしばらく歩いて、やっと館にたどりついた。その頃には風も吹きあれて、短い夏の夜まで吹きとばしていくのかと思われた。

厨房《ちゅうぼう》の勝手口から忍びこんで、不思議なことに、ほんのり温かい感じのする炉に薪をくべ、シーオルと長靴と毛織の装飾上衣《キアトゥーシ》とズボンを脱ぎすてた。下着で肌をこすって震えていると、物音でパッカードが寝床からおきだしてきた。

「あんれ、まあ」

と彼女は呟いた。ここでがみがみやられたらたまらん、と首をすくめる。しかしパッカードは何も言わずにどこかへ消えたかと思うや、すぐに戻ってきて、二人の足元に着る物を積みあげ、身を翻《ひるがえ》して鍋の音をたてはじめた。一旦《いったん》はスティッカーカルたちと共に逃げたものの、ほとぼりがさめたと一人判断してまさに昨日、戻ったのだと話しながら。

二人は無言で――しゃべろうとしても、歯の根があわない――一つ一つ服を身につけ、さらに火をかきたてた。まもなく、葡萄《ぶどう》酒と薬草と木の実の匂いと共に、熱くした飲み物がさしだされた。二人はただ頷いて一口すすり、舌が焼けるのにもかまわず二口、三口とすすった。やっと礼が言えるようになったのは、杯が空っぽになってからで、その頃にはようやく身体があたたまり、強い眠気におそわれた。彼らは夢も見ずに翌日の昼すぎまで眠りつづけた。

おまえの腹の中で
目覚めた闇の狼を
いかに飼い馴らすか
それが真の魔道師の
腕の見せ所
狼は不意をつき
おまえの知らない獣と変じ
おまえを喰い殺そうとする

——『魔道師に捧げる書』巻の三
詩篇 一〇一一 より

10

「生きかえらせろっ」

王は怒鳴った。王宮づき冥府女神《リユール》神官につめより、翻《ひるがえ》って小姓の胸ぐらをつかみ、伝令役をつとめた神官見習いの頬を張り、

「生きかえらせろっ。生きかえらせろっ」

と喚《わめ》きちらす。彼の長靴の底がたてる乾いた響きが、その声と重なって小部屋を満たした。

ジルナリルの亡骸《なきがら》は、中央の石机に横たえられていた。すっかり老婆となった顔で、半ば口をあけ、その魂はすでにリュールの手にあるものとわかるのだが、それでも王は生きかえらせろ、と無茶を言ってきかなかった。

「陛下、一旦《いったん》リュールがその腕に抱いた者は、王の命令でも戻ってくることはありません」

王宮づきの神官は、声が震えていないことを願いながら奏上した。いかに王といえど、リュールの下僕に手をかけることは許されていない。しかしそのような禁を意にも介さない王であれば。

「生きかえらせろっ」

くるりと踵《きびす》をかえした王は、神官の前に立ちはだかってくりかえした。その手がもちあがっておのれの首を絞めるだろうか、それとも突然雷を落とすのだろうか、剣を閃《ひらめ》かせて腹を裂くだろうか、と想像した彼は、つい、口走った。

「わ……わたくしどもにはそれをなすことはできません。できませんが……できる者もいると聞いております」

自分でも一体何を言っているのだろうと思いながら、その口は止まらなかった。

「魔……魔道師の中には、そうしたことをする者がいると……」

「誰だ、それはっ」

「そ……存じません。されど、魔道師長であれば、把握しておりましょう」

「では魔道師長を呼べっ」

神官の手の合図で、見習いがばたばたと駆けだしていく。

「…やつの骸《むくろ》はどこにある」

再び身をかえして王は長剣を鞘ごとぬいた。その先をジルナリルの朱に染まった胸にむけて尋ねた。

「ジルナリルを殺し、おのれも死んだという、あの野郎はっ。この剣で切り刻んで魚にくわしてやらねば気がすまぬっ。あやつはなぜ共に運ばれてこないのだっ」

「宰相閣下は王宮の管理下にありますれば。されど殺害者は魔道師でありますれば、魔道憲兵隊の管理下となります」

「そのほう！　憲兵隊は一体何をしておるのだっ」

つきはらって入室すると、指をつきつけて一喝《いっかつ》した。

苛々とジルナリルの亡骸のそばを行ったりきたりしていた王は、恰幅《かっぷく》のいい初老の男が落ち

憲兵隊隊長の方だった。

王宮の敷地内に設けられたリュール神殿棟の、勝手口に近い小部屋に、先にやってきたのは
「何をしている。早く、憲兵隊隊長をここへ」

ぼうっとつっ立っていた小姓に、神官が声をかける。

「仰せのままに」

「憲兵隊隊長も呼べっ。調査など時間の無駄だっ。あの石鹼屋の死体を引きわたさせよっ」

王の目尻が吊りあがり、逆三角形の顔がますますカマキリめいた。

「どのような経緯で、互いを殺しあったのか、でございましょう。ジルナリル殿はご自分の剣で殺《あや》められたというではありませんか。獄内に剣をもちこんだのはなぜか、誰がそれを許したのか、厳しく問い質《ただ》されることになると思われます」

「……何を調査するというのだ」

王の目が一瞬泳いだ。

「死人でも、調べることはございましょう。なぜこのようなことになったのか……しかも現場は監獄内であったというではありませんか。魔道憲兵隊がとことん調査するでしょう」

「死人なのに、か？」

正規軍の将軍であってもおかしくない威厳をもった隊長は、ゆったりと直立して、

「仰せの意味がわかりかねますが、陛下」

顎の張ったいかつい顔だちだが、広めの眉間には明るい何かを蓄えている。頬に薄い髭を生やし、髪も薄めではあるが、平然と言いかえす口ぶりには経験豊かな余裕がにじみだしていた。多くの人間を見てきた神官の目には一筋縄ではいかない男が映っていた。法の遵守と恩情の天秤を持ち、賄賂《わいろ》をうけとる隠しもあるが、どの賄賂でもうけとるわけではない、と決めている男。

「ジルナリルを殺した男の死体を引きわたせ。あやつは宰相の仇ぞ」

「オーヴァイディンです、陛下。ジルナリル殿が殺そうとし、反撃されて相討ちとなった男は、歴《れっき》とした魔道師でした」

怒れる落雷王に対して平然と言ってのける。

「ジルナリル殿が存命であれば、彼女の供述をとるところですが、もはやそうもいかず。しかし彼女の命をうけた憲兵、衛兵、牢番を順次取り調べておるところで、オーヴァイディンの亡骸の状態とも照らしあわせねばなりません」

彼がにやりとすると、頬の薄い髭が、獅子の毛並みが逆だったかのように動いた。

「取り調べは無用だ」

王の周りで、目に見えるか見えないかほどの紫電が走り、大気にかすかな焦げ臭さが漂った。神官の腕の産毛がちりちりいい、髪の毛の根本がかゆくなる。

「死体を引きわたせ」

「陛下。魔道師軍団は陛下の指令下にありますが、魔道憲兵隊はすべての魔道師の支配の枠外にあると定められております」

「だからどうした」

「軍団と憲兵隊はしばしば混同されますが、全く別物。われらは魔道師の犯罪を摘発するのがつとめでありますゆえ、死体引きわたしには応じられません」

「なんだと……っ。誰にものを言っておるっ」

隊長は手にもっていた銀鞭で、おのれの腿をぴしりと打った。

王がびくりとし、紫電の気配が去った。

「陛下も魔道師であられましたなあ。さてはて、それでは法の下ではどのような順序になるのか。王の地位が魔道師の上にありますれば、陛下は王として罪を暴かれるか——罪があるとして、ですが——あるいは、魔道師の立場が凌駕《りょうが》して、われら憲兵隊の名のもとに断罪されるのか……」

「ふ……不遜であるっ。反逆罪に問われたいかっ」

「おや、痛いところをつかれましたか？」

「そ……そのほう、昨今噂にのぼっておる反乱の徒の一味であろうっ」

「われらは法の下で動くのみ、ですが。陛下は想像力たくましくあられる」

「法の下、だと？　銀貨一枚で囚人を売りわたす配下の者をもちながら、それを言うか」

「それは一般論でしょうか、陛下。それとも今度《こたび》のジルナリル殿のなされたことでしょうか」

王は少しばかりのけぞった。こめかみに青筋が浮き、顔が真紅に染まる。

「そ、そ、そのほうを、罷免するっ」

隊長は眉間をひらいた。

「おっと……それはそれは……」

「憲兵隊のすることに口をさしはさむ権限がないとしても、隊長を指名するのはこの余であるっ」

慣習によって王が指名する形ではあるが、これまでは他の政事同様、部族長議会と宰相の決定に従ってきた。それを一存で覆《くつがえ》す。国王の権威が絶対的であれば、そうしたことも重きをなすであろう。だが、宰相を失い、後ろ盾を失った王の言うことなど、鼻で笑われて終わりだった。

出ていけ、消えうせろ、とおよそ王らしくない命令を発したものの、その言葉には恐怖と焦りも感じとられた。憲兵隊隊長は嫌味ったらしく憲兵の礼をして、薄ら笑いを浮かべた。

「よろしかろう。部族長議会が何というか、はたまた憲兵隊全体がどう思うか、ゆっくり考えなさるがいい」

捨て科白《ぜりふ》を残して、悠然と部屋を出ていく。

彼と入れかわりに入室してきたのは、愛妾のカレンレーカだった。背がすらりとのびた二十歳過ぎの彼女は、ルリヂシャの目と秋の木の葉色の髪で、常に男たちの注目の的である。王の

機嫌が悪いときでも、彼女が手をのばせばたちまち落ちつきをとり戻す、と噂されていたのだが、今日に限っては、

「なんだ、何用だっ」

と噛みつかんばかり。その形相にひるんだ彼女は——そもそも、死人の横たわる部屋なぞに来たいとは思わなかったのだろう。手には飾り用の手巾《ハンカチ》を握りしめ、いつになくおどおどとして
——もごもごと呟いた。

「陛下にお願いの儀がありまして……」

「宮で待ってはおられんのかっ。ここはそのほうの来ていい場所ではないぞっ」

「わたくしもそう申しましたの。ですが、陛下の母君も、他の女たちも、是非お願いに行ってくれと……そうしなければ、わたくしたち、とてもとても暮らしていけませんし」

「何の話だっ」

苛々とまたジルナリルの周りを行ったり来たりする。

「ですから……いろいろ不自由で……新しい衣装も作れませんし、敷物も新調しませんと……化粧品も残り少なくなっておりますし……あの香り高い石鹸も必要ですし……」

「石鹸、だと?」

声が裏がえる。カレンレーカはそれにはかまわずにつづけた。

「どうかジルナリル様にかわるお方を早急にお決めくださいまし。王宮の金庫番が、宰相の許可なく支出するわけにはいかぬと、けんもほろろですの。かわりが見つからないのであれば、

あの金庫番の首をはねておしまいになって。そうすれば、ずっと風通しがよくなりましてよ」

寝屋でカレンレーカに愚痴るとき、首をはねてやる、とは思いどおりにならない者への口癖であったが、どうやら彼女はそれを本気にしているらしかった。王は渋面を濃くして、何と答えようかと沈黙した。その一呼吸のあいだに、扉から黒長衣の男二人が入ってきた。

「おお、待ちかねたぞ、魔道師長！」

救われた、とばかりに手まねきをする。カレンレーカが身もだえしながら、

「でも、陛下……」

と訴えた。彼女を追い払うために、王は答えた。

「好きにしろ！　必要な分だけ持っていけ！」

このようなところから一刻も早く逃げだしたかったカレンレーカは、ぱっと喜色を浮かべると、貴婦人の礼をして飛びだしていった。

「よくぞ来た、魔道師長！」

「使いの者からあらましは聞きとりました、陛下。死者を生きかえらせたいとのおぼしめしとか」

「話が早いな。気に入ったぞ」

「その方面に力のある魔道師をつれて参りました。フークルフークと申す研究者です」

魔道師長が身体を引くと、その陰に隠れるように立っていた小柄な男が、用心深く進みでた。頭巾を静かに脱いだ顔は、艶々とした麦酒色で若々しかった。

「……まだ子どもではないか！」

「これなるフークルフーク、見た目は十四、五歳ですが、実際はおそらくあなた様の倍は生きておりましょう」

王はまじまじと少年を見おろし、なるほど、と呟いた。

「若返りの法でも見つけたのか」

羨望のまじった声音に、少年は少年らしからぬしかつめらしい頷きで答える。

「若返りの法はいまだ見つけてはおりませぬ。われは昔からこのように変わらず、それゆえ軽んじられることも多くありまする」

王は噴きだした。

「なるほど！　物言いが年寄りじみておる！」

「様々な研究をし、学術論に詳しく、助けになると存じます。では、わたしはこれで」

「多忙なのか、魔道師長」

外套《シーオル》を翻した魔道師長は足を止めて肩ごしにふりかえった。

「ジルナリルが死んで四日たちました、王よ。各地で反乱の動きがあることを、まだ誰もお耳に入れていないのですか」

魔道師軍団を束ねている魔道師長は、大股で退出しながら、唾を吐くのをこらえた。各地で反乱、も事実だが、足元にも火がついているようなのだ。ジルナリルの死を知って、その地位につこうと画策する輩《やから》、魔道師長である彼を廃しようという動き、はては落雷王を追いおとし、玉座を狙ってうごめく者で、軍団もゆれている。ジルナリルという楔《くさび》が一本ぬけただけでこの有様とは。奇妙に曲がった楔であったが、おさえていた勘所はまちがっていなかったらしい。いまいましいオーヴァイディンめ。とんでもないことをしてくれた。

王はフークルフークにむき直った。

「聞いたか。反乱の様相があるとか。一刻も早くジルナリルを生きかえらせよ！」

「おそれながら陛下。人を生きかえらせる呪法は、いまだ確立しておりません」

王の眉間の縦皺《たてじわ》が深くなり、口元が怒りにひき結ばれた。

「なんだと？　そのほう、余に嘘をついたのかっ」

「嘘なぞと……生きかえらせることはできませんが、それに近いことはなんとかやれそうだと、魔道師長に申したまでで……」

剣の柄でその首をへしおらんばかりだった王は、手をおろした。

「それに近い、とはどういうことだ」

麦酒色のこめかみに、冷汗を噴きながら、フークルフークは両手をそっと喉の前に広げながら答えた。

「リュールの腕から死者を奪うことはできません。そんなことをしたら、大地がひっくりかえって、生者は闇の国に、死者は太陽の下に暮らすこととなるでしょう。しかしそれ以前に、リュールがそれを許さないでしょう」

「だからなんだというのだっ」

「リュールの隙をついて、死者に語る口を。それならば、できます。ほんの数呼吸、長ければ四分の一刻くらいは。それを魔道師がやったのをこの目で見ました。その魔道師もとうにリュールのもとへ旅立ちましたが。手順、呪文はここに」

彼は豊かな黒髪の頭を指で示し、次いで胸に手をあてた。

「力はここに」

「……たった四分の一刻、か？」

嚙みつかんばかりの王に、彼は慌てて訂正した。

「長くて、です。おそらくそうはもちますまい。されど……！」

剣の柄が喉元におしつけられそうになるのをなんとか手で防ぎながら、

「ほんの十数呼吸、ジルナリル殿から聞きだしたいことはすべて聞くことができるかと……！例えば国庫の財源をどこから……とか、次の宰相を誰に……とか。それを整えるのが早ければ早いほど、陰謀や反乱の火種が消えるのも早くなる、と――」

剣の柄が退いた。

「それが最善か」

「それが最善です」

王は彼から身体をはなし、ジルナリルのそばに戻った。

「ならば仕方がない。すぐにはじめよ」

「代償が必要です」

「なんだと？」

震えあがりながらも、フークルフークは言ってのけた。

「子羊か……小犬でも、子猫でも……若い生き血を犠牲《いけにえ》にリュールに捧げ、その隙を狙うのです。大きければそれだけリュールの注意をひきますから」

「では犠牲の犬か猫を……おい、拾ってこい」

王が命じた相手は神官だった。むっとしても彼は表情にあらわすことはなく、見習いをつれてさがしに行った。

「犬か猫では……もしかしたら小さすぎるかもしれません」

「なんだと？」

「もう少し大きい獣の方が、確実ですし、効果も期待できるかと」

王は唸って小部屋を見わたした。紫電が音をたててはじけ、彼の髪が逆だった。

「用意しよう。はじめていいぞ」

フークルフークは小姓に命じて、壁龕《へきがん》に灯してあった蠟燭《ろうそく》を全部もってこさせた。ジルナリルの遺体を囲むように配置すると、リュールを象徴する黒曜石の鏡を胸の上においた。香のかたまりを懐《ふところ》から取りだし、砕いてふりかけると、ほのかな香りがたち昇った。

「死者の木を燻製《くんせい》にしたものですよ」

と説明したその香りは、墓場に稀に生長する死者の木の黒い花が咲いたときに匂う、土と生姜と薔薇をあわせたようなものだった。

手から香屑を払った魔道師は、王を見あげた。

「準備はこれで終わりです。あとは犠牲を待つのみ」

王は小姓を手まねきした。用を言いつけられるものとばかり思った小姓は、無防備に近づいてきた。長い腕をのばしてその首をのばしてわしづかみにすると、悲鳴をあげ、足をばたつかせるのにもかまわず遺体のそばにひきずってきて、剣をぬいた。歯をむいてフークルフークに無言で尋ねれば、魔道師はすでに驚きから立ち直って頷いた。

「すばらしい犠牲です」

刃が一閃《いっせん》し、血飛沫《ちしぶき》が花弁のように舞った。小姓は暗転したおのれの人生が信じられないとでもいうかのように、大きく目を見ひらき、黒曜石の鏡をのぞきこんだ。切り裂かれた喉から、あふれだした井戸さながらの音をたてて血がほとばしり、鏡を曇らせた。小姓の目が閉じる前に、魔道師の呪文がはじまった。王は小姓の亡骸を床に投げ捨て、剣を払ってから鞘におさめた。

それから呪文は半刻ほどつづいた。雪花石膏《アラバスタ》の小さな窓は、曇天の夕刻らしい灰色に変わった。魔道師の息が切れはじめ、声もところどころかすれだした。見かけどおりの体力があればいいが、実年齢と同程度の体力しかなかったら、呪文は中途半端になるかもしれぬと、王は気をもんだ。猫を捕らえに行った神官と見習いは戻ってこなかった。あるいは戻ってきたのかもしれない。そっと扉をあけて、呪文を耳にし、血の臭いに気がついて、魔法がはじまったことを知り、扉をしめたのかもしれない。邪法に関わりたくなかったか。単に血の臭いにおびえたか。

白テンの毛で縁どった装飾上衣《キアトウーシ》に浴びた返り血の表面が乾き、窓の外が暗みを増した頃に、ようやく呪文が終わった。フークルフークは最後の一言を吐きだすと、半ばよろめくように床に座りこんだ。王が問いかけようと口をひらきかけるのを、かぶりをふって沈黙を要求した。

しばらく静寂の中に佇《たたず》み、待った。十呼吸、二十呼吸。王の唇が一文字にひき結ばれ、目が吊りあがっていく。とうとう耐えきれなくなって、何もおこらんではないか、と叫ぼうとしたとき、何の前ぶれもなくジルナリルが半身を起こした。

ばね仕掛けのように身を立てたジルナリルの胸の上で、黒曜石の鏡から小姓の血がしたたりおち、顔が映った。死体の方は目を閉じ、起きあがった拍子にがくんと顎が落ちてしまったが、鏡の中の顔は目をあき、視点を王に定めていた。

——グラスグーシ。妾《わらわ》を呼びだすとは。よほど困っているようじゃ。

その声はひびわれて、まるで十人もが一斉にしゃべっているように聞こえた。

——おまえのことじゃ、まずは金の工面であろ。

王は我しらず肩の力をぬいた。そう、これこそジルナリル、彼が思う前に彼の望みを把握してくれている。

「そうだ、ジルナリル。金庫番は宰相の指示でなければ財布の紐をゆるめないと言っている」

——宰相一人も決められぬとは。つくづく情けない男だ。

そう言われてようやく、ジルナリルの言葉づかいに、彼への敬意が微塵《みじん》もないことに気がついた。

「余は王であるぞ、ジルナリル！　いかに死んだからと言って、余への敬意を忘れたかっ」

――妾をジルナリルと思うは、そちらの勝手。たとえジルナリルだとしても、おまえの問いに応える義理はないが。

王は思わず一歩後退した。横目でフークルフークを一瞥すると、彼は呆然としてへたりこんだままだった。鏡の中のおぼろな人影が笑った。その笑い声はウルグ川の最も深い場所を流れる昏《くら》い流れのようでもあり、冬の嵐に雲の中を渡っていく餓狼の一団が火を噴くようでもあった。

「お……そのほうは、何者ぞ」

――妾はリュールの右の心臓、妾はジルナリルであったもの、妾は闇にとけている黄金の嘘、妾は光にひそむ陰の真実、妾はあまたの生者の残滓、妾は運命であり運命の隙間に生まれた落とし子、妾は――

王は再び剣をぬいたが、最初のようになめらかにはいかなかった。血糊のこびりついたその切っ先で、ジルナリルの喉元を狙って言った。

「そのたわ言をやめろ。さもないと、首を落とすぞ」

――やってみるがよい。愚かな王よ。呼びだした死者を帰すのは、呼びだすよりも難儀なことと知れようぞ。

魔道師が四つん這いになりながらも、だめです陛下、それをしてはなりません、と叫ぶのと、剣がジルナリルの首をはねるのが同時だった。腐りかけのりんごのように、首が床に転がった。しかしジルナリルの上半身は起きたままで、首のあった断面からは、興奮した蛇のようなしゅうしゅういう音と共に、漆黒《しっこく》の帯状のものが噴きだしてきた。胸の鏡は次々にぼんやりとした影を映しだした。死者たちの顔だと悟った直後、帯状のものが王の胸を打った。見おろす間もなく、足をすくわれてひっくりかえった。そこへ、次々に帯が襲いかかってきた。剣をふりまわし、足をばたつかせたが、漆黒の帯は王を打ち、顔といわず身体といわずにはりついた。むしりとろうとするその手にもこびりつき、まるで彼の肉体が砂でできており、帯自体は黒い水であるかのようにたちまちしみこんでいく。

王は絶叫し、慈悲を乞い、床を転げまわったが、冥府《めいふ》の深淵《しんえん》から這いあがってきたものは、容赦なく彼の内部にしみこんでいき、グラスグーシならしめていたものを追いたてていった。声が小さくなってやがてやんだ。ふりまわしていた手足も静かになり、天井を仰いでいた目が閉じた。

ジルナリルの胸鏡が胸からはがれて回転しながら床に落ち、硝子《ガラス》の砕ける音と共に粉々になった。彼女の首からはもはや帯状のものは出ていなかった。フークルフークは何度かすべったのちにようやく立ちあがり、あわあわと言葉にならない言葉を発しながら逃げ去っていった。小部屋は再び静かになった。動くもの、息をするものもなく、香と血と腐肉の臭い、乾いた骨の臭いに満たされていた。

すっかり陽が落ちた頃、リュールの神官と神官見習いが、あけはなたれた扉からおそるおそる室内に足を踏み入れた。二刻前のぞいたときにはすでに呪文がはじまってしまっていたので、犠牲の猫はとうに逃がして、あまりよろしくない企みからは遠ざかったのだった。死者に助言を乞う、だと？　リュールの隙をついて？　それがどれだけ女神を怒らせるか、考えたくもなかった。さりとて、王に諫言しても、聞く耳をもたないだろう。リュールに呪われるのも、王に首をはねられるのもごめんだった。魔道師と王はやりたいことをやればいい。というわけで、保身の二人はしばらく小部屋から遠ざかっていたのだが、夜も迫ってきた、そろそろ決着もつき、ほとぼりもさめたころだろうと、足を運んだのだった。

二人は異様な臭いとあまりのしじまに、不吉を感じとった。それでも勇気をふるいおこして進み、消えかけている蠟燭の灯りに、首のない死体とこときれている小姓を見た。吐き気と嗚《お》咽《えつ》をこらえながら、松明《たいまつ》をかざして王と魔道師をさがしたが、二人の姿はどこにもなかった。

粉々に割れたリュールの鏡の破片がサンダルの下でじゃりじゃりと音をたて、神官は思わず息を詰まらせた。

「カタルーク、ひとまずここを出よう。扉を閉じてしっかり鍵をかけるのだ」

見習いの背中をおしながら言う。

「良からぬことがおきたのですね？」

「いいや、良からぬことではないぞ、カタルーク。そんなものではない、ひどく禍々《まがまが》しいことがおきたのだ。本神殿に行って、全神殿を統《す》べる神官長に報告せねばならぬ」

「大変なことになったのでしょうか」

「そうでないことを祈る。そうでないことを祈る。……ああ、だが……おそらく……」

二人は足早に小部屋から遠ざかり、夜の闇の中へと歩み去っていった。

その夜、グラスグーシ王は王宮の謁見の間に座していた。彼が玉座についてからこのかた、一度も使われたことのないこの広間は、大車輪で埃を払い、拭き清められ、何十本という蠟燭の灯りに照らされて、石壁も石床もぎらぎらと輝いていた。

居室から移された玉座に腰をおろした王は、まるで別人のようであった。灰色のキアトゥーシに灰色狐の毛皮の外衣をまとい、組んだ足にはいた長靴には黒曜石の鋲《びょう》が打ってある。逆三角形の顔には赤みがなく、くぼんだ眼窩《がんか》の奥には闇がわだかまっていた。そしてその唇には、これまで一度も浮かんだことのない奇妙な笑みが刻まれていた。――嘲笑《ちょうしょう》でも朗笑でもない、作り笑いでも苦笑でも皮肉でもない、強いていえばかすかに興がっているような。

広間の壁側には近衛が威儀を正して二十人並び、急遽集められた部族長、宰相府の事務方、魔道師長、正規軍の将軍たち――魔道憲兵隊の隊長は列席していない――都の警邏《けいら》隊長などが玉座を遠まきにしていた。

ジルナリルが亡くなったことに関連して集められたらしい、とは誰もが考えていたことであったが、玉座の下で、子どものように若い魔道師が、王の玉言を聞くようにと叫んだときは、不審と好奇心によってめいめいの口を閉じた。

「これより余自らが執政する。部族長議会の決定は参考にとどめおき、些事《さじ》については新たに任命する次なる三名が執りおこなう」

宰相府でジルナリルの雑用係であった三人の名があげられていく中に、人々の困惑が広まっていく。一体王はどうしたのだ？　ジルナリルの死について、まずは哀悼《あいとう》の意を示すなり、犯人追捕《ついぶ》の状況を語るなりするべきであろう。いやいや、これまで一切政《まつりごと》に関わろうとしなかったあのお方が突然目覚めたのは上々。あのお方？　あのお方などというシロモノではなかったはず、愚昧《ぐまい》な人物と見てとっていたのだが。これは喜ばしいことではあるまいか。何を言う、部族長議会を単なる諮問機関におとしめようとしているのだぞ。王宮の奥でおとなしくしていればいいものを。われら部族への見返りが少なくなる。これは由々しき事態ぞ。

グラスグーシの目には、眉をひそめてひそひそと語りあっている人々の姿は映っていない。彼は目の奥のうつろな暗がりに身をひそめて震え、やわらかい壁に背中をおしつけていた。なるべく気づかれないように――誰に？　むろん、ジルナリルに。いや。かつてジルナリルであったものか？　それとも彼女ではないのかもしれない。彼女の首をはねたとき、黒い帯様のものが血のかわりに噴きだしてグラスグーシの中に入ってきた。それらは狼のように彼を追いたて、彼が今いる場所に縮こまると、不意に興味をなくした。

帯はやがて人の頭の形をとった。人の目と耳はもっているものの、鼻梁《びりょう》はなく鼻孔が二つあき、唇はなく、顎は古代魚のようにあき、魚の牙めいた歯がのぞいている。髪の毛はなく、漆黒で、グラスグーシの目から外をながめ、グラスグーシの喉を使い、手足を動かす。

「先ほど魔道憲兵隊隊長を余自らが解任した」

空洞におのれのものであった声が響く。

「かわりの隊長として、マッキエの部族長マクマーマクを任命する」

ざわめきが鋲の先のようにこめかみを打った。その痛みだけは感じられる。マクマーマクもはじめて聞いたのだろう、畏《おそ》れながら、と声をあげた。王の前に進みでて、

「畏れながら陛下、わたくしは部族の長《おさ》にしてペタルクの領主です。ご指名はあつき信頼のあらわれとありがたく理解しますれど、この任は物理的に不可能な命ではありませぬか」

「ジルナリルとそなたの密約を果たしえなんだ。これはその埋めあわせと覚えよ」

マクマーマクは鼻を殴られたようにのけぞり、次いで顔を真っ赤にした。このような場所で密約の事実を王から暴露されるとは思いもしなかったのだろう。不信と恥辱に身を震わせて、

「わたしは憲兵隊隊長の座なぞ、望んだこともないぞっ」

と喚いた。するとそれにかぶせるように、誰かが野次った。

「そりゃそうだろう」

「望んだのは玉座だろうからな！」

嘲笑がさざ波のように広がっていく。またどこからか声があがった。

「マッキエは何を賄賂にさしだしたのだ？」

「宰相は何をかわりに保証したのだ？」

いまや頭のてっぺんまで真紅に染まったマクマーマクが喚いた。

「おぬしたちとて、宰相にとりいっていたではないか！　これは正当なとりひきだったのだ！」

部族長たちがそれぞれに声をあげ、罵詈雑言《ばりぞうごん》の応酬となった。すぐに言葉だけではおさまらなくなり、すっかり興奮してしまった彼らはマクマーマクにつかみかかり、たちまち互いにひっかきあい、シーオルを引っぱりあい、殴りあう事態になった。グラスグーシのひきつった叫びが衛兵を呼び、壁の両側に待機していた近衛が族長たちを分ける。

グラスグーシの中では、ジルナリルらしき黒い頭が、その首からつながっている胴体におしつぶされた。背骨から盛りあがった丸いかたまりが、瀝青《れきせい》の波のようにジルナリルの頭を呑みこみ、新たな頭となったのだ。

本来のグラスグーシは壁にへばりついたまま空唾を呑んだ。おまえは何者だ、と声にならない疑問を発すると、それを聞きつけたように新しい頭はふりかえり、魚の顎をひらいてにやりとした。濁《にご》った目は混沌の渦を宿していたが、どこかで見覚えのある目であった。怖れなくてはならないもの。遠い記憶がひらめき、彼はさらに背中を壁におしつけた。

新しい頭が目の窓から外界を見わたし、歓喜にうちふるえている。それは生きているあいだじゅう、玉座を望んだ男だった。もてる財産を使い、中枢部にはたらきかけ、陰謀をめぐらして何人もの失脚を招き、ついに玉座に手をかけようとしたその瞬間、魔力の不足を理由に夢を破られた男であった。しかし一旦は夢を繕うことができた。稀有《けう》なる魔力をもっていたがゆえに、彼の息子が王となったのだ。

「父上……」

いまだざわめく広間では、グラスグーシの肉体が仁王立ちになり、しずまれ、と吼《ほ》えた。鞘ごとぬいた長剣の先が、玉座脇の床に鳴り、壁を這いあがって天井にこだました。

「憲兵隊隊長の件はまたおって沙汰する。マッキエの部族長がこの人事を不満とするのであれば、それなりの覚悟でここを去るがよい」

近衛の腕をふり払ったマクマーマクは、シーオルを脱ぐや否や、床に叩きつけた。

「我々の承認なくして物事を決められると思うとは。ジルナリルがいなくなって何か勘違いをしているとみえる。我々がいたからこその玉座であろう。思いあがったものだ！」

黒い頭が前のめりになった。この自尊心のやたらに高かった男は、侮辱には敏感に反応する。

「誰にものを言っているつもりだ」

「これは大変失礼をば、王陛下。これからは何事もご自分でお決めになられる、と。それでは部族の長の意見など必要ありませんな。必要のない者は早々に立ち去るといたしましょう」

強烈な毒を吐くように喚いて踵をかえすマクマーマクに、グラスグーシの父であったものは警告を叫んだ。

「余を侮辱してただではすむまいぞ！」

「短い夏をお楽しみなさい」

ふりかえりもせずに退出していくのへ、ルギ、キルナダ、ポツリ、カレズ、グリルといった主要部族長がぞろぞろと従っていき、残ったのはヒダルとホーズの二人だけだった。

「畏れながら陛下、部族長を怒らせてはよろしくないかと。あとで慰撫の者を送られた方がよろしいかと」

正規軍の三人の将軍の中で最も年嵩《としかさ》の男が口を出した。

「放っておけ。どうせ集まっても何一つまともに決められん連中だ。あやつらの頭にあるのはおのれの部族の利益ばかりぞ」

そうは言いながら、あのマッキエをどのようにおとしめてやろうかと復讐の計画を考えはじめている。さはあれど、と将軍がさらに言いつのろうとするのへ、別件を叫ぶ。

「魔道師長、これへ」

この父は、息子が思いがけず王となり、一旦は天にも昇る心もちだった。おのれも王都へ喚《よ》ばれ、玉座の後ろで王国を睥睨できると思ったのであったが、いつまでたっても声はかからなかった。当然であろう。傀儡《かいらい》を操るに、人形師は二人もいらない。故郷の地で老い朽ちていく運命だと悟ったのがいつであったのか。誇らしさはしぼみ、嫉妬の黒い実と変わり、種がはじけて根と芽を出した。それにむしばまれつつ病の床ではかなくなったのは何年前であったろうか。

グラスグーシの中によみがえった彼のその黒い頭の中には、ジルナリルへの恨み、息子の魔力への妬みがねじれて、魔道師への憎しみに転じた闇がうごめいていた。彼は言った。

「魔道師長の任を解く。これよりその方は一介の魔道師として仕えよ。新たなる魔道師長には、これなるフークルフークを任ずる」

そのフークルフークは玉座の下で、グラスグーシと同じ笑いを浮かべた。魔道師長は少年の姿の内側に巣くったものを認め、慄然とした。その視線を玉座にある者に移し、同じものが王の中にも満ちていることを悟り、一歩退いてささやいた。

「リュールよ……。何ということだ……」

「何か不満か、魔道師長」

するとは、王に訴えることは無意味と知って、背後に控える人々をふりかえった。宰相府の事務方、二人の族長、三人の将軍、都の警邏隊の一団、近衛の二十人にむかって警告を発した。

「あれは王ではないぞ、皆の衆！　あれはリュールの腕から逃れ、この世に這いだしてきた闇の者、死人のなれのはての——王ではない、もはや王にあらず！　王では——」

王の頭上に小さな閃光《せんこう》が発し、大気が焦げる臭いがした。直後に光の柱が魔道師長を貫き、打倒した。王ではなああい、とこだまが響く中で、彼の黒焦げになった骸が床に汚物のように横たわった。

閃光に身をそらし、伏せた人々が、肉の焼ける臭気に咳きこみ、えずきながら目をあげると、王が骸を指さしながら力の喜びに哄笑している姿があった。

グラスグーシの目の奥では、持ちたかったものをついに手に入れた彼の父親が、勝利に酔いしれて呵々大笑《かかたいしょう》していた。が、それもまた長くはつづかなかった。背骨が再び瘤《こぶ》をつくり、瘤は波のように首から這いあがっていき、彼の父の頭をつぶした。丸く膨れて、また別の頭が生まれ、生きているあいだに成し遂げられなかった欲望を満たそうと、目の窓へと這っていく。グラスグーシはさらに平べったくなって、壁におのれをすりつけ、すすり泣くばかりだった。

イスリル帝国法　第一章　第三条

新しい皇帝候補者を探索し、決定するにあたっては、三名以上の遠視《とおみ》の魔道師の同意を必定とする。

第四条

新皇帝の候補者が複数いる場合には、人格、生育環境などに鑑《かんが》みてこれを選ぶ。

皇帝がその任にあたる。

また、候補者が皆無の場合には、探索をつづけるものとする。

11

黒衣島の館で静養している十日ほどのあいだに、都イスリル内の勢力関係が大きく変化した。オーヴァイディンは三階の自室で、窓の外をながめながら、エムバスの仕入れてきた情報を聞いた。

朝方、浅葱《あさぎ》色の空にツバメが飛びかい、ウルグ川岸に櫓《ろ》の音や荷揚げ人足の叫びが響く。夏とはいえ、早朝の大気は頬を嚙まれるように冷たいが、雲におおわれていない天は、人に全能感を与える。

グラスグーシ王がジルナリルの支えを失って――支えだったのだろうか。禁断の箱の蓋であったのやもしれない――暴走しはじめた、と都の人々はとらえているらしい。

「主だった部族長はそれぞれの領地へ戻ろうとしています。魔道師軍団と魔道憲兵隊はまだ内部で協議中のようです。国王の身辺は近衛とヒダルの民が警護し、フークルフークなる魔道師も王からいっときも離れようとしないらしく……警邏《けいら》隊や正規軍は静観の構えです」

昼になれば、たちまち暑くなってくる。日陰をわたり歩く物売りや、舟で行商する女たちの、あたりをはばからない笑い声が昇ってくる。オーヴァイディンは窓布をひいて、水中の藻よろしく眠りに身を任せる。やがて陽が傾き、涼風が川を渡ってくる頃には、再び窓布をあけ、沈みそうで沈まない長い夕べの光に身を浸し、エムバスの声に耳を傾ける。

「……今日は王直属の税吏だという者どもが、西の市場でとりたてを強行し……」

「ヒダル族が軍庁舎を一部占拠したとかで……」

「魔道憲兵隊は声明文を発表……常軌を逸した王のふるまいはもはや王たる資質にあらず……憲兵隊隊長罷免は認めない……されど王に弓引く気は毛頭これなく……粛々《しゅくしゅく》と日々のつとめを果たすのみ、と」

「マッキエ、ルギ、グリル、ポツリの四部族がそれぞれに武装をはじめ、これに魔道師たちの参加を呼びかけているようです」

「王は王宮にすまわせていた係累、妾妃一族をすべて追いだしたとか。王の従兄にあたるソーソン公などは、拳《こぶし》をふりあげてこの仕打ちに必ず復讐すると誓ったとか」

「魔道師軍団では話しあいが決裂したようです。王側にくみする者、おのれの部族にたちかえる者、正規軍に泣きついた者。そのうち憲兵隊の方も、取り締まりの手が及ばなくなるでしょう」

オーヴァイディンは、背筋が寒くなるのを感じた。魔道師どもが野に放たれる。この百年でも何度かそういう危機を迎えたが、その都度収束できたのは、憲兵隊が睨みをきかせ、部族長議会が——金で左右されるとしても——対魔道師では一貫した姿勢を貫いてきたからだった。

「……王は、まるで別人だな」

エムバスが深く頷いた。

「まるで別人、しかもその日そのときで全く言うことをすることも気分も変わる、と小姓が泣いておりました」

「気がふれたわけではないのか」

「わかりません……しかし、方向性が昨日と今日とで正反対でも、命令は明確なようで……正気ではあるかと」

「地方では何かおきているか？」

「大きな動きはまだ何も……あちこちで反乱がおきるのは時間の問題でしょうけれどもね」

十日めか十一日めの夜、やっと陽が沈んで都の活動もしずまった頃、オーヴァイディンは旅装を整えた。青く染めたリネンの貫頭《ムバーカ》シャツに控えめな幾何学模様を施した装飾外衣《キアトゥーシ》、同じ生地のズボン、かたく織った帯、長靴、毛織の外套《シーオル》。エムバスが古着屋から調達してきたものだった。

「これを着ていた農夫か……行商人は、どういうわけで売ったのであろうか」

珍しく思ったことをそのまま口にした。エムバスがわずかに眉を動かした。

「あなたが他人を気にかけるとは、どうした風の吹きまわしですか」

「おう、まったくだ。どうしたことやら……」

そう苦笑しながら長靴の紐を結びおえて立ちあがる。傷はひきつれてはいるが、すっかりふさがった。足にも力が戻ってきて、館の中を歩きまわっても目眩《めまい》もしないし息も切れない。胸の白琥珀《こはく》は、新しい目的にむかって、とにかくつき進めという。どうしたらハルファリラの怒りをといて、その気にさせられるか皆目見当もつかないが、とにかく彼女を説得するしかない。

エムバスと二人、厨房《ちゅうぼう》へおりていき、パッカードから食べ物の包みをうけとった。

「いつ帰ってきてもいいようにしておくよ。できるんなら双子も一緒につれてきておくれ」

地下室床の隠し戸から湿った石段をおりて船着き場にいけば、すでに小舟がもやってある。葡萄《ぶどう》酒と水の革袋、毛布、火口、鍋、皿などの食器一式、非常用の干肉、乾パン、薬草数束がまとめてあった。パッカードに心で感謝しながら乗りこみ、引きこみ口からウルグ川へと忍びでる。

空には小さな星々がまたたいていたが、月はもう沈んだのか、これから昇るのか、川も大地も闇に包まれている。数ヶ所ほど灯りの漏れくる建物もあったが、短い夜の都はさすがに森閑としている。舳先《へさき》に夜光草をくくりつけて、オーヴァイディンは帆を操り、エムバスは櫂《かい》を握る。ウルグ川をさかのぼる風をつかまえると、小舟は年とった羊のようによろよろと進みはじめた。他に船はなく、空も水面も彼を隠す闇におおわれている。オーヴァイディンは控えめな歓声をあげた。

「自由だ、エムバス。どこへでも行ける」

彼はつきあげた拳をひらいて、スティッカーカルから取りあげた巻き帽子《ツユルバ》を頭にのせた。闇にこぎだす魔道師、これ以上の祝福はあるまい。

息をはずませながら、ハルファリラは斜面を昇っていく。冷たい風だったが、尻をおしてくれる。先導するプジプーザがふりかえって彼女の様子を確かめる。高所に行けば行くほど、胸が苦しくなる、と警告されてはいた。自分は身体を鍛えてあるから絶対大丈夫、とうけあってつれだしてもらったのだが、頑丈な身体つきや、人並みはずれた膂力《りょりょく》自慢であっても、山を相手にしたらあまり意味をなさないらしい。

イスリルの都を逃げだして、気づけばウルグ川を半日さかのぼった北だった。飛びおきて、櫂をスティッカーカルからふんだくることもできたのだが、すかさず〈双子の魔女〉が指をつきつけて脅した。

「暴れようとしたら、また気を失うことになるよ」

むくれて膝を抱き、さらに二日北上し、森に潜った。カルケ森からカルケ山地へと踏破し、緑の尾根や谷をいくつか越えて、東側に白い山なみを仰ぎみる山懐《やまふところ》にたどりついた。周囲を疎林に囲まれた町は、千軒ほどの家がよりそった鉱山町だった。家々は白煉瓦《れんが》に赤石の屋根をしており、まっすぐにつっきる幅二馬身の道がそのまま坑道の入口へとつづいていた。

こんな山奥に、と思うほど大勢の人々や、銀鉱石をつんだ荷車や空っぽの荷車がひっきりなしに行き交っている。埃っぽく、寒かったが、あちこちで挨拶の声がはじけ、笑い声もあがっていた。子どもたちは小路で遊び、年寄りは糸紡ぎや籠作りに精をだし、猫が影にじゃれ、犬は陽だまりに寝そべっている。

迎えにあらわれたスティッカーカルの一座の者が、彼等を案内して入った居酒屋には、ロブローの民たちが待っていて、喜びの再会を果たしたのだった。

町ではスティッカーカルは殿様扱いだった。彼の祖父だか曾祖父だかが、劣悪な環境にあった坑夫たちを前の持ち主から鉱山と町ごと買いとることで救ったという。賃金の無法な天引きや長時間にわたる労働、事故がおきても救出しようとしなかった前の持ち主のことをさんざんけなした人々は、その同じ口で祖父だか曾祖父だかの「偉業」を大袈裟に讃えては杯をあわせるのだった。そうして、スティッカーカルの知りあいのあんたらも、仲間としていつまでもここにいていいと言われ、彼女の部族も家を建ててもらい、そっくり千人が移住できたというわけだった。

ハルファリラもサナー、ポーポスと共に一軒家を貸してもらい、寝起きするようになったのだったが、

「実は本当の持ち主はオーヴァイディンなんで」

とスティッカーカルに打ちあけられた。

「ここの惨状を目にしたあいつが、偽の文書で自分のものにしちまったんだ。もとの持ち主も何代か代替わりして、ほれ、内乱だ、部族同士の争いだ、と混乱の時代を過ごしているうちに、誰が正統な相続人かもわからなくなっちまっていたらしい」

持ち主がわからなくなっても、管理者の系列はうけつがれ、

「掘りだした銀鉱石がそれこそ野ざらしで山になっていた」

そうだ。

それをオーヴァイディンがわがものとし、種々の改善を断行した、というのだが、ハルファリラには感心する気もおきない。

「そもそもが偽造文書じゃないか」

と軽蔑するのだが、スティッカーカルは肩をすくめる。

「まあな。あいつの悪いところは、善をなすにも悪の手段を使うってとこか。結果として何万という人間が、救われてるけどな」

「釈然としない」

「まったくだ。だがな、お嬢ちゃん。悪い鳥の卵からかえった雛《ひな》がすべて悪い鳥になるかというと……おれにもよくわからんのだよ」

悪いに決まっている、と少し前なら断言しただろう。ペタルクの町で船を造っていたままだったら。だが、なぜかその言葉は喉につまって出てこなかった。

それから何日間か、うつうつとした日々をぼんやりと過ごした。彼女の部族の民たちは、坑道を支える最も強固な材木の配置の研究にいそしんでいた。造船技術が生かされるかもしれない、というので、皆生き生きと励んでいる。それを見ながらも、「釈然としない」し、むかっ腹はおさまらなかった。

どんどん日脚が長くなって、ほんの申し訳程度に夜がやってくるようになったある日のこと、プジプーザという男が山からおりてきた。彼は、東の白峰のどこかに住み、年に数度、イカヅチソウを持ってやって来るのだという。イカヅチソウは山の岩棚や険《けわ》しい峰にしか生えない草で、劇薬だが少量であれば心の臓の薬ともなる。この高価な草と日用品を交換して、また山に戻っていくのだった。ポーポスと薬草学で意気投合した彼は、うつうつと楽しまない顔つきの若い族長について相談をもちかけられたらしい。

「若い時分に悩むのはいいことだが、いつまでも穴から出ようとしないのはよろしくない」

そう言って、高みに登ってみないかと誘った。毎日、東にそびえる白い山脈を仰ぎみていたハルファリラは、好奇心にかりたてられて同行することに決めた。

頭巾《ずきん》つきのぶ厚いシーオルや、綿の入った外衣を着て、自信満々で町をあとにしたのだった。が、まもなく、山を知らないことに否応なく気づかされた。平地を歩くより息が苦しく、足があがらない。動いていないと寒さが身体を縛りそうだ。それも、ゆっくり動かなければならない。足場が悪く、均衡をとるにも一歩一歩に神経を使う。彼女の頭より大きい石や、牡牛のような岩が転がっていて、それがただ昔からそこにあったわけではなく、頂上から川のような筋となって転がり流れてきたものだとわかったときには、胃の腑の両脇がぎゅっと締まった。

「昔、それも大昔のことだ」

プジプーザは牡牛岩のそばに立ちどまった彼女を見て、ひきかえしてきながら言った。

「このあたりには氷の巨人の神がいて、山々を寝床にしていた。ときおり癇癪《かんしゃく》をおこして山々をぶん殴ったもんだから、こういう岩があちこちに散らばっている、ってわけだ。頂上にいくと、神の寝床も見られるぞ」

ハルファリラは峰を仰ぎ、その上に広がっている蒼穹《そうきゅう》を見あげた。空にそびえる峰々のみ、あとは何もない。雲一つ浮かんでいない。ただ、青さに白の三角が、神の彫像さながらにそびえているのみだった。

がれ場に足幅ほどの薄い刻み目がつづいている。プジプーザや雪猫や小型の山羊が歩いたあとなのかもしれない。ハルファリラもその上を踏みながら、少しずつ少しずつ歩を進めていった。

下から見ると万年雪と思っていた白さは、山そのものの岩肌だった。あたりに落ちている岩の欠片《かけら》も白く、頑丈そうだった。ペタルクの王宮前の石段や石畳と同じ石らしい。そのことをプジプーザに尋ねると、彼はからからと天にむかって笑った。

「おう、この山は神の宮殿だからな。大理石でできていて、あたりまえってもんだ」

「だ……大理石……？」

宝の山ではないか、と彼女が思ったことを、プジプーザは素早く見ぬいた。

「そのへんに転がっている岩ひとかたまりで一年は食っていける値打ちがあるだろうな。だが、一体誰がそれを下まで運びだすってんだ？　坑夫三十人をひっぱってきて、鎖でもつけりゃ、なんとかなりそうだが、それだって一日がかりだ。銀鉱石を掘っている方がよほど生産的だろう」

「た……確かに……」

「これはここにあるだけで充分宝なんだ。来いよ。その意味はあがってみてはじめてわかる」

その後二刻ほどをかけて斜面を登った。尾根の上から見えた東側の光景は、彼女が想像していたものとは全く異なっていた。森も林もない。点在する町や村もない。ただただ東へ東へとつらなる白い峰々と、峰々をつないで広がるなだらかな谷間、谷間の中央には空より青く、スープよりとろりとした感じの湖が、二つ、三つと数珠つなぎにつらなっていた。

ハルファリラは喘《あえ》ぎながらもその景色に息を呑んだ。手が届きそうに思われる、宝石さながらの湖の岸辺におりたつだけでも、あと一刻はかかるだろう。そうした谷間が無数にあり、白い山峰は泰然としてつらなっている。人の姿は皆無、生き物の姿もなかったが、すべてを拒絶しているようなこの自然の景色の岩陰や地面の下や洞窟の中には、野ウサギや子山羊、虫や蛇類もひそかな営みをつづけており、それらを狩る雪猫や狼、イタチ、テンなどもどこかに隠れているのだろう。

「このあたりはノルランの縄張りで、あっちの尾根を越えた先はハルルの縄張りだ」

プジプーザが腕を大きくふって示したのは、いずれも銀狐の頭領の話だった。

「あの湖には頭に瘤《こぶ》のある魚がすんでいる。むこうの湖には、牛より大きい魚がいて、近づくと引きずりこまれて喰われる」

「見たことが？」

「あるとも。若く物を知らない岩鹿が足に嚙みつかれてそのまま水の中、そしてそれっきりだ」

若く、物を知らない。なぜかその言葉が胸に刺さった。

「おれはやつを〈百年〉と呼んでいる。おれが生まれる前からあそこにいて、じっと獲物を待ちかまえている。数年に一度喰らえば、生きのびることができるのだろう」

プジプーザは屈託なく笑って、

「山には下界の常識はない。あるのは言葉にならない掟だけだ。その掟を身につけた者は生きのびる確率が高くなる。だが、その掟でさえ、約束ではなく、運命が掟を無視することもある。雪猫を見事仕留めた狩人が、帰り道に足をすべらせて動けなくなり、凍死した。何が良くて何が悪いか。そんな基準はここにはあてはまらない。……いや、下界でもそうかもしれんな」

「……」

「一刻ばかり、ここにいろ。おれはしかけた罠を見てくる」

そう言い残して、プジプーザは尾根を北の方へと渡っていき、姿を消した。ハルファリラは風の音しかしない虚空に独り、とり残された。

景色は変わらず、動くものも一つとしてなく、熱い身体に冷たい風が心地好い。化物魚は百年生きている、と言ったが、この山々は何千年ここにあるのだろうと思った。雨風、雪、氷に身を削られながら、ひょっとしたら何万年か。白く冷たい貌《かお》をして、懐に宝石の湖を抱き、キアトゥーシの裾を広げた女王のように君臨し、狩人や罠猟師を養い、獣をかくまい、虫や蛇に寝床を与える一方で、無慈悲に足元をすくい、殺戮《さつりく》をゆるし、餓死や凍死をもたらすのだろう。

翻《ひるがえ》って西をむけば、居候している銀鉱山の町が、赤い家並みを見せている。そのむこうには青ブナや黒ブナ、モミ、トウヒなどのカルケ森がつやつやと緑に輝いている。それは南へも広がり、ウルグ川や支流の反射が銀の帯をつくっている。

ペタルクは地平線のはるかかなた、延々とつづくペタンの森を横切ったその先にあり、逃れ出てきた都イスリルはウルグ川の流れの先にある。ペタルクは故郷であり、彼女の部族の活躍する場であり、自尊心と誇りと責任と生きがいの町だった。転じてイスリルは、恥辱と混沌と汚《お》濁《だく》にまみれた地であり、恨みと憎しみを教えた町であった。

――だが、それがどうだというのだ。

白い山が胸を張って空にうそぶいた。

――千年だと？　一万年だと？　とるにたらぬ。われらは百万年、二百万年この地にそびえたつ。

ハルファリラは膝をついた。若い女らしく、泣きわめき、拳を大地に叩きつけたかったが、できなかった。手のひらに百万年、二百万年と告げた山の肌のざらざらした感触をうけて、ただただ座りこんでいた。

霧か、雲の一筋が流れていき、突風が横殴りに吹きすぎて、おのれの歯を寒さに鳴らしていることに気がついた。よろめくように立ちあがると、谷間の岩陰からプジプーザがあらわれるのを目にした。両手にウサギをぶら下げて、急ぐことなく、しかし確かな足取りで近づいてくる。

彼はハルファリラの隣に立つと一息いれ、

「今度は一人でも登ってこられるだろう。何度でも来ればいい。山は逃げない」

と確かめるように東をふりかえった。

それから二人はゆっくりと斜面を下って町へ帰った。長い夏の陽は、家についたときもまだ空にかかったままだった。

家の扉の前でプジプーザはウサギを彼女におしつけて、再び山へととってかえした。ハルファリラはその後ろ姿を見送りながら、疑問や恨みや憎しみがまだ胸にあるものの、白い山を仰ぎみれば、漂っていた靄《もや》のようなものは沈殿していくように思われた。

扉をくぐると、ポーポスとサナーが両手を広げて出迎えてくれるだろう。そしてそのあと、ウサギをどう料理するかで、言いあいがはじまるだろう。ハルファリラはくすくすと笑いながら、二人の手からウサギを取りあげ、自ら料理にとりかかるのだ。


「よくもまあ、しゃあしゃあと、顔を出せたもんだ！」

スティッカーカルはオーヴァイディンを見るなり、長椅子からとびあがって叫んだ。気持ちよく杯を傾けていた人々が、とたんに静まりかえった。敵意のある視線をかいくぐって、オーヴァイディンは平然と彼の前に腰をおろし、腿の上に手をあわせておき、ひょろ長い顔を真紅に染めている初老の男を静かに見あげた。

「おい、誰かこいつをつまみだせっ」

スティッカーカルの一声で、周囲の男たちが腰を浮かしかけたが、前に立ちふさがったエムバスの無言の威嚇《いかく》に気圧されて、皆また座りこむ。

わなわなと震え、指をつきつけ、何か言おうとしても言葉が見つからず、スティッカーカルは目をむいたまま、とうとうがちんと歯をかみあわせた。オーヴァイディンは朗らかに、

「おかみ、ここにいる全員にオツトガを好きなだけ飲ませてやってくれ。わたしのおごりだ」

座長から目をはなさずに注文する。

「酒ごときでおれ様の機嫌がとれるとは思うなよ」

睨みつける相手に、オーヴァイディンはにっこりと笑った。少年のような笑みに、五十過ぎの老獪《ろうかい》な男が気をゆるすとは思えなかったが、愛想よくしておくにこしたことはない。しかし、次の言葉は本心だった。

「わたしが悪かった、スティッカーカル」

「……にゃ……にゃにおう？」

思いがけない謝罪に、声が裏がえった。

「きみの言うとおりだ、まったくそのとおり！　わたしは気ままで衝動的でありすぎた。怖れるものなどないと信じていたのだ。すまなかった」

目を白黒させながら、スティッカーカルは杯をあおり、音をたてて卓上においた。

「いんや、だまされねえ。あんたはいつもそうだ。猫なで声を出して役者顔負けの演技をしやがる。だまされるもんか」

「怖れるものが一つだけあったんだよ。やり残したことがあると気がついた。なんとかなりそうだと光が射した。困難な道だが、やらねばあの世に行ってからも後悔することができた。だから頼む、わたしをゆるして、力を貸してくれ」

スティッカーカルは呼吸するのも忘れてしばらく彼を凝視し、それから我にかえった。エムバスの杯をさらうと一口でのみほし、再びオーヴァイディンを睨みつける。彼が次に口をひらいたときには、もう周囲はただ酒で盛りあがって、彼等に注意をむける者は誰もいない有様だった。喧騒の中で、スティッカーカルは声をはりあげた。

「あんたが人を懐柔するときは、必ずもちあげ、おだて、歯が浮くような科白《せりふ》を臆面もなく並べたてるよな」

「……」

「それが今回はどうだ、柄にもねえ、真摯《しんし》な言葉を並べやがる。聞いてて赤面するような真面目さで。青臭えったらねえぜ」

「……」

「だが、その青臭さが、本当のあんたなんだろう」

「おい、それは違う」

「否定するな。今日はそう思わせておけ。おれの言うことをごもっともと聞きやがれ。年季のいった魔道師か何か知らねえが、中身はそこらの青二才とどっこいどっこいだってな」

エムバスが横目でオーヴァイディンを見て、かすかににんまりとした。スティッカーカルの感想にまったくだと同意したのか、それとも口をつぐむことを強制されたのをおもしろがっているのか、どっちだろうといぶかしんでいると、

「だが、それがあんたの狙いなんだろ？　普段とは違う自分を見せておれを籠絡《ろうらく》しようってんだ。みえみえだぜ。それでも、根っこが青臭いのは確かだな」

スティッカーカルが宣言した。

「仕方ねえ、今度だけゆるしてやらあ。だがな！」

指を短剣のようにオーヴァイディンの鼻先につきつけ、

「世界に自分だけしかいないみたいな真似、二度とするな。冥府女神《リュール》の背中に隠れたってひっぱりだして叩きのめすから、覚悟しとけ」

「悪かった。肝に銘じる」

「完全にゆるされたわけではありませんからね、オーヴ」

エムバスが念をおす。

スティッカーカルは突然腰をあげ、顎をひょいとしゃくると、人垣をかきわけて戸口の方へむかった。勘定をエムバスに任せて外に出れば、あたりは紺青の夜となって、上弦の月が中天を過ぎた頃だった。

迫った夏至祭に使う薪を運ぶ若衆が、若い男女にひやかしの声をかけながら目の前を過ぎていく。短い夏の夜に、誰もが浮かれ気分のようだ。

「……で？　あんたは何をしたいって？」

月明かりに躍る自身の影を踏みながら、スティッカーカルが尋ねた。

「王国をたて直す」

月に照らされた白峰の頂を仰ぎながらオーヴァイディンが答えた。しばらく無言がつづき、やがて背後の扉があいてエムバスが隣に並んでから、スティッカーカルがぽつりと呟いた。

「そいつは……まあ……壮大な話だ……」

「壮大などという、体《てい》のいい試みになるとは思わんよ。あの山が赤く染まるほどの血が流れるかもしれん。ウルグ川が死んだ者の剣や盾や槍で埋まるやもしれん。だが……王も部族長議会もとっぱらってしまった方が、国のためにはずっといいと思ったのだ」

「あんたが、それをやる、と」

「賄賂《わいろ》で物事が決まる国は終わりだ、スティッカーカル。一人の権力者の力に頼る組織も。わたしたちがきっかけをつくるんだ」

「どういうことだ？」

疑わしげな目つきで、オーヴァイディンを見あげたスティッカーカルは、いつでも逃げだせる体勢をとった野良犬のように身構えていた。

「ハルファリルが鍵だ」

「あの娘が？　ハルはあんたに会いたいとは思わないぜ」

「だろうな。わたしもハルに会う前に確かめたいことがある。ポーポスとサナーに会いたい。二人だけに。連絡してくれるか？」

スティッカーカルが緊張をとき、いらだたしげに足踏みした。

「なあ、オーヴ。そこがあんたの悪いところだ。なんでも自分一人の胸にしまって一人でことを進めようとする。おれがぶち切れたのがそれだって、本当にわかっているのか？」

「おっと……」

「自分だけでつき進んで、興味をひかれたり、おもしろいと思ったり、壁が立ちふさがったりすると、衝動でとりかえしのつかないことをやらかす。殴ってやろうか」

「すまない。長年の癖で……」

オーヴァイディンは少し焦り、両の手のひらをたてた。

「三軒先に宿をとってある。静かで気持ちのいい暖炉もある。そこでわたしの考えを話そう。……オットガをなめながら」

「〈初雪亭〉か。あそこならゆっくり話ができる。いいだろう。つきあってやらぁ」

カルケ森を渡ってくる風が、木々の香りと木の葉の匂いを運んできて、三人の周りを踊り子のように舞っていった。


銀鉱石を山とつんだ荷車が、地響きをたてて近づいてきた。宿の前の石段に六十過ぎの年寄りよろしく座りこみ、ぼんやりと宙をながめているオーヴァイディンの前を、がらがらととおりすぎていく。遠ざかっていく荷車のたてた埃がおさまらないうちに、次の一台がやってくる。町はずれで待機している護衛の騎馬二十人が、ペタンの森を横断し、ペタルクの港まで送っていく。掘りだされた銀が船につみこまれるまで十日もかかろうか。船は一月かけて〈北の大陸〉の複数の港に寄り、銀鉱石とひきかえのコンスル銀貨や高級葡萄酒や装飾品を積み、また一月かけて戻ってくるのだ。

風が強く、白峰には厚い雲が吹きよせられて、嵐の気配をはらんでいる。荷車は嵐に追いつかれる前に森へと入るだろう。オーヴァイディンはくしゃみをし、立ちあがった。ポーポスとサナーを呼びに行ったスティッカーカルは戻ってこない。手間どっているのは、ハルファリラに気づかれないように二人を呼びだすためか、それとも二人が難色を示しているせいだろうか。

扉をあけて敷居をまたぐと、その二人がすでに、木の洞に身をよせあうフクロウの雛のように、暖炉の前の椅子に並んで腰かけていた。

「聞きたいことがあるって？　忙しいんだよ、早くしとくれ」

刺々《とげとげ》しくポーポスが嚙みつく。王宮に入ったときの豊満な異国の美女は影も形もなく、四十がらみの初老の女に戻っていた。

「何が忙しいって？　頭空っぽにしてぼうっとしているだけじゃあないか」

髪をふりみだし、煤《すす》を頰や額になすりつけた――故意にだと、今ではオーヴァイディンも確信している――サナーが同じ刺々しさで妹を攻撃する。スティッカーカルは二人のやりとりから身を守るように、裏口際の薄暗がりに避難していた。

「あんたはね、そうだろうさ。大事なおつむにはこれ以上豆粒一つの知識だって入らないだろうしね」

「あんたはいいね、いくらでも入る。ざるだから、入ったものは全部出ちゃうだろうけど」

さらにつづきそうな応酬を、エムバスが上手に遮《さえぎ》った。焼菓子と香茶ののった盆を二人のあいだに置いて、愛想よくすすめた。

「気がきくじゃないか」

「当然だろ。あのオーヴの下僕だもの」

苦笑いして退避するエムバスと入れ違いに、オーヴァイディンは彼女たちに近いところの一人掛けに座った。

甘い菓子を頬ばり、オットガを垂らした香茶を飲んで、落ちついたところを見計らって、彼は口をひらいた。

「確かめたいことがある」

口をもぐもぐさせながら、サナーがぎょろっと目を動かし、ポーポスは空の皿を指した。エムバスにおかわりを頼んでから、オーヴァイディンは切りだした。

「ハルファリルがきみたち二人を魔道師にした。そうだな？」

サナーは麦粉にむせ、ポーポスは香茶を吹きだしそうになった。慌てふためく二人に、

「しらばっくれなくてもいい。誰にも言わない。だから来てもらったんだ」

と言って落ちつかせようとした。

「あんたたちが魔道訓練所に申請していないことなど、どうでもいいんだ。あのグラスグーシ王だって、学舎に入って訓練や掟やらを学んではいない。そんなものは、細々とうるさい憲兵隊にくれてやれ。確かめたいのは、ハルファリルがどうやってきみたちを魔道師にしたか、だ」

双子はようやく口の中のものをのみこみ、胸を叩き、大きく息をついた。

「なんでわかったのさ」

「みんながあたしたちを魔女だと思いこんでいるのに。ちょっとそれらしい道具とか、呪物と

かおいとけば、誰も疑わなかったのに」

「わたしを王宮で救ってくれただろう？」

二人は顔を見あわせたが、そこには非難とうしろめたさが浮かんでいた。

「それに、暴れたハルをおとなしくさせた」

エムバスが二枚めの皿と茶のおかわりを持ってきて二人に手わたした。オーヴァイディンには葡萄酒だった。一同そろって飲み物を飲み、いっとき沈黙がおりた。

その後、二人がそれぞれに弁解しようと口をあきかけるのへ、オーヴァイディンはさらにかぶせた。

「相手の魔力を相殺する力と、眠らせてしまう力、それから目くらましか。どれがどっちの魔力なんだ？」

サナーが肩を落とし、ポーポスが大きく息を吐いた。

「気づかれないって思ったのにねぇ」

「野の魔道師で生き残るには、そのくらいの洞察力がいるんだねぇ」

サナーが顔をあげると、微笑が浮かんでいた。笑ってる、と暗がりでスティッカーカルが驚き、オーヴァイディンの後ろに座って戸口を見張っているエムバスがぴくりと眉を動かした。

「あたしが眠りで、サナーが魔力相殺、だった。はじめはね」

ポーポスが背中をのばしながら答えた。

「必要だったんだよ、薬師と医師だからね。船大工が大怪我をした、とか帆に風うけの呪をかける魔道水夫が足をすべらせたとか、ペタルクではよくある事故でね。足から材木の切れ端をひっこぬくとき、眠っていてもらった方が楽だろ？　互いに、さ」

「死にかけていると思いこんだ魔道水夫が恐慌をおこして、誰彼かまわず呪を投げつけたりするときにゃ、相殺の力が役だったよ」

「知らんふりして治療すれば、みんな薬のせいって思ってくれたし」

「……はじめは、というと？」

オーヴァイディンの疑問に二人同時に彼を見て、

「時間がたつにつれて」

「互いの力が互いに侵食しあった、のだと思うよ」

「一緒に仕事をすることがしょっちゅうだったし」

「あたしが患者を眠らせようとすると、その力の一部がサナーに入っていくのがわかったし、サナーが力を使うとその余波があたしの中にしみてきた」

「そんな感じだね」

双子ゆえの相互潜侵か。

「目くらましは？」

「それはいつのまにか、二人ほとんど同時かな」

「ハルファリルがどうやったか、覚えているか？」

「もちろん。あたしたち、二人とも彼女の造船所の管財人だったんだよ」

「怪我人がしょっちゅうだろ、あそこは。何度も呼ばれていくうちに、読み書き勘定が得意だってわかって、管財人になったんだ」

「ある日、いつものように帳簿の上で角つきあわせていたらさ、あの娘が入ってきて、二人の首根っこつかんだんだよ」

二人は決まり悪そうに顔を見あわせた。

「まるでさかりのついた猫扱いだった」

「あの力だろ？　あの大っきい手だろ？　頭にきたねぇ」

「ところが、すうっと怒りが消えちまってね」

「あれは消えたんじゃないよ、どこかにぬけていったって感触で――」

「それを消えたっていうんじゃないのかい、まったく、馬鹿だねぇ」

「なんだって。あたしが馬鹿ならあんたは――」

「怒りが消えて、それで？」

オーヴァイディンが急いであいだに入った。さらに言いつのろうかと息を吸った二人は、一瞬黙った。それからゆっくりと、心を落ちつかせるように低い声でサナーが、

「喉のずっと下、胸の上の方で何かかたい殻のようなものが割れた」

するとポーポスも頷いた。

「割れてはじめて、そこにそんなものがあったんだと知ったよ。いや、でも、驚いたねぇ。滞っていた血のめぐりが急に良くなって、死にかけていた病人がぱっちり目をあけるときがある

んだけど、ちょうどそんな感じのことがあたしにおきた、と思ったね」

「目に見えない経路がひらかれて、身体中に広がっていく、そんな感じだったよ」

「互いの表情で、同じことがおきているってわかった。手をはなしたハルもちょっとびっくりしていたね」

「あの娘もはじめてだったんだよ、あれが」

珍しく頷きあう二人に、オーヴァイディンはちょっと待ってくれ、と声をかけた。

「……他にも……彼女が魔道師を作った、ということか……？」

その質問には答えず、

「何をしたのか、自分でもわかってないんじゃないかな」

「今でも」

「そう、今でも」

もう一度同じ質問をくりかえすと、二人は顔をしかめた。まるではぐらかしたいことをしつこく問いつめられた、とでもいうように。だがオーヴァイディンがあきらめず、じっと待っていると、とうとうポーポスが小さく頷いた。

「あったよ。あたしが知っているのでは二回。二回とも失敗したけどね」

オーヴァイディンはぎょっとした。

「失敗した？　それを感知したのか？」

「感知もなにも……。あたしたちのことは、ハル本人も意図しなかった。そのあともそうさ。

ただ、彼女に首根っこをつかまれた見習い船大工二人が、――二人とも居酒屋で、あたしたちみたいに喧嘩していたんだけど――突然、ものすごく賢そうな顔つきになってさ、でもそのあとすぐに、床に尻をおろしてへらへら笑いはじめた。あたしたちみたいにはならなかったんだよ。魔力を手に入れた者特有の、高揚感と絶望の混乱を乗りこえようとする葛藤のときは訪れなかったね」

ああ、と小声で同意した。ああ、闇の種がはじけ、芽を出し、生長しようとするとき、力の輝かしさと闇の圧倒的な怖ろしさに呑まれて制御できなくなる瞬間がある。その試合に自身が勝てば魔道師になり、勝てなければ内側から嵐にまきこまれて自身を失う。幼かった彼の場合は、イスランが制御してくれ、すぐにそれを体得したのだったが……。

咳ばらいをしてから確認した。

「すぐ笑いだしたのだな、その二人は」

「酔っ払いのように、ね」

「喧嘩も忘れて、いつまでも笑っていたよ」

「二回失敗したといったが、あとの一回は？」

「港に、有名な男がいてね」

「そうそう。あんたとどっこいどっこいの、嫌な野郎」

人に好かれる気性ではないと自覚はあるし、今まで幾度となく面とむかって罵声《ばせい》を浴びてきた。だのに、なぜ今更、サナーに言われて、気に障るのか。しかし今は、黙って頷くしかない。

「何でもかんでも相手と反対のことを言う。昨日はよしと言い、今日は悪いと言う。頭は切れるんだろうね」

「世の中に、悪者は大勢いるけどさ、一番始末におえないのが下手に頭の切れるやつだね。あたしたちより目くらましがうまくなっていく」

「魔力なしでも」

「魔力なしでも」

意見が自然に合意に達すると、二人ははっとして顔をそむけあう。まるでぴったりとくっついていた磁石玉が、無理に背中合わせになるようだ。これは近親憎悪をとおりこした自己愛かもしれないな、と全く別の考えが頭をよぎった。

エムバスに名前を呼ばれて、考えをひき戻す。

「で……？　その嫌な野郎がどうしたんだ？」

「定職につかないで、その日暮らしをしていたけどね、ほら、荷揚げ人とか倉庫番とか船掃除とか。機嫌が悪いと誰彼かまわず八つ当たりするもんで、雇う方もよほど人手の足りないときでないとね。それでますますひねくれちまって、船宿や桟橋の前で誰彼かまわずつかまえてはくだをまく。港湾警邏隊の要注意人物にはあがっているけれど、現場をおさえてもああだこうだと言い逃れをして、しまいには相手をやりこめる」

「誰かとそっくりだな」

後ろでエムバスが呟いた。サナーもかすかににやりとして、

「ところがある日、使いっ走りの子どもと口論になった。子ども相手にむきになったらしいんだよ」

「子どもだからね。いっくらやつの正論をまくしたてても、通じやしない」

ポーポスがくすくすと笑う。

「一人で熱くなってとうとう手をふりあげたところへ、ハルの首根っこつかまえが出たのさ」

「あいつ、真っ赤になった顔がとたんに青くなって、次に白くなって、見ものだったよう」

「あたしにゃ、あいつの《種》のはじける音が確かに聞こえたんだけどねぇ」

「あたしにゃ、あいつの茎がしおれる気配が聞こえたよ」

「結局、ぎゃあぎゃあ騒ぐわりには、やつの闇は非力だったんだろうね」

「騒いで発散して、やつの中には大して残らない仕組みだったんだろうねぇ」

「深く潜らなければ、魔道師にはなれないということだな」

オーヴァイディンが同意すると、エムバスが口をはさんだ。

「で、その男はその後どうなったのですか」

「相変わらずさ。変わっちゃいないよ」

とポーポスが嘲《あざけ》ると、サナーが首をふった。

「それはどうかね。その後のことを、あたしたちは見てないよ。ハルが逮捕されて、あたしたちもここに来たり都に行ったりしていたからね」

「あの男は魔力なんぞもっていないと確信してるよ、あたしは」

「あんたの確信なんか、氷柱と同んなじで、陽にあたりゃ雫《しずく》たらしてとけちまうだろっ」

再びいがみあいをはじめる二人にかまわず、オーヴァイディンは羊皮紙の切れ端と携帯ペンを取りだした。

「その人たちの名前がわかるか？」

つかみあいの腕をのばしあっていた双子は、全く同時に動きを止めて、同じ口調同じ声で三人の名前を同じ順序で告げる。オーヴァイディンはそれを手早く記すと、スティッカーカルを呼びながら、別の紙を取りだした。そちらには何やら長ったらしい文言を書きつけ、最後に署名までした。

小さく畳んだ方を渡しながら、

「きみの役者たちでペタルクに帰った者がいるだろう？　その人たちに、この三人の今の様子をさぐれと命じてくれ。仕事ぶり、生活ぶりに変わったことはないか。それから、明らかに以前と違った者が他にいないか」

「違った、というのは？」

「人変わりしたように、とか、悔い改めたように、とか、あるいは全く逆に傲慢《ごうまん》に、尊大に、大きな顔をしはじめた、とか。もし見つけたら、いつ頃からか、調べさせてくれ」

急にあたりがしん、となった。〈双子の魔女〉が凍りつき、スティッカーカルが息を呑んだのだ。オーヴァイディンはしかつめらしく頷いた。

「訓練もせず、制御方法も学ばず、禁忌も知らない野の魔道師がペタルクにあふれたら大変なことになる」

「……あたしたちも、だよね……」

「そうだ。ハルもきみたちも、学ぶ必要がある。ということで、こっちは」

筒に巻いたのを携帯用の道具で封蝋《ふうろう》を施した書簡の方も、スティッカーカルに手わたした。

「都の魔道憲兵隊副長セルラに届けてくれ。訓練されていない野の魔道師がヨトウムシさながらにわいて出ていると書いた。魔道訓練所から数人の教師か学者を派遣してくれるように要請した。わたしの身柄追捕《ついぶ》より、要請に応える義務の方が勝るはずだし、この混乱期だ、セルラの独断をとがめる者もいないだろう」

「セルラであれば、学者と一緒にあなたをとらえる憲兵も送り出すでしょうね」

エムバスが皮肉たっぷりに示唆した。

「そうなったらそれはそれで対処するさ。とにかく一刻も早く、彼女たちを掟の中にくみこんで、正式な魔道師として認めさせなければ。それが第一歩だ」

スティッカーカルは力強く頷いた。

「一番俊足の馬を乗りついで行かせよう」

「ともかく大至急、と脅かしてやれ。第二のグラスグーシができあがる前に、となし」

大道芸人の座長が出ていくと、オーヴァイディンは冷めた香茶を飲みほして、双子を促した。

「では次に、最難関のハルファリルに会いに行くとしようか」

12

ハルファリラはものを学ぶのが嫌いではない。様々なことを知ることにむしろ喜びを覚える。だから、ケンオール魔道学士の実技は、船の構造を知って目的にあわせて構築するのに似て、楽しかった。自分の中に、魔力を風と蓄えて、帆を張る船を造れば、方向性を定めて目標に達することも容易だと知った。

ただ、座学は少しも頭に入ってこなかった。魔道師の掟、不文律はなんとか頭にたたきこんだ。していいこと、いけないこと。まるで幼犬が良き猟犬となるように、躾《しつ》けられた。しかしその後の、魔道学やら政治との関わりやら誰を主人とするかの誓いやらはさっぱりだった。偉人の伝記も、脅しめいた教訓も、頭の上を素どおりしていく。ただ一人、興味をひいたのは、国母イスランの話で、それは彼女がもっている――と皆が思っている――魔道師を生みだす力をイスランも持っていたからだった。

イスランと同じ力。それを告げたのは、夏至の祭りの焚き火用に大きな丸太を運んでいるとき、いきなりあらわれたオーヴァイディンだった。ハルファリラは怒りをあらわにしてその丸太を彼に投げつけてやろうかと思った。山から戻って感じていた静穏が、彼によってかき乱され、それでますます彼を憎んだ。

　旧敵にまみえた大熊さながらに、歯をむきだして威嚇《いかく》する彼女をなだめたのは〈双子の魔女〉だった。もちろん、そんなことを聞きいれるような彼女ではない。若さと無垢のもつ大いなる力は、あくまでもオーヴァイディンを拒絶し、おのれの潔白を明らかにせよと彼女をつき動かした。

「世の中に完璧なんてないんだよ」

　ポーポスが静かに言い、サナーが、厳しい声で、

「残酷な真実ってものがあってね、ハル。あんたの有罪無罪について気にしてんのはあんた一人なんだってば。なぜなら、あんたを知る者は皆、冤罪《えんざい》だってわかってるし、あんたをおとしいれようとしたマッキエのマクマーマクが、一番良くそれを知ってるし、共犯のジルナリルはオーヴに返り討ちにされちゃったし、それを命じたか黙認した王様はおかしくなっちまったし、何よりあんた自身がそれを知っている。……で？　それ以上何を望むってんだい？」

　ぐうの音も出なかった。が、感情はいまだ渦を巻いて、納得などするものか、この怒りをぶつける場所こそがあの憎たらしいオーヴァイディンなのだ、と吼《ほ》え猛《たけ》っていた。

「じゃあ、どうしたいんだい、あんたは！」

　駄々っ子に業をにやした母親のように、サナーは両手を腰にあてていらだった。どうしたいか、そんなことがわかれば――そう言おうとして口をつぐんだ。朝陽にかすむ白峰が目に入り、

「あいつを山につれていく」

と吐きだした。その瞬間、それが最も正しいことだと悟ったのだった。

太陽が昇りきらないうちに、ハルファリラはオーヴァイディンを従えて斜面を登っていた。尾根を乗りこえ、谷を渡り、再び斜面にとりつく。横風が霧を運んできて視界を遮《さえぎ》り、ときに雨となり、またすぐに青空があらわれる。プジプーザに教えられたとおり、急がずゆっくりと歩を進めたが、それでも息があがり、足は重くなっていく。船の材木を運んだり、たわめた板をはめこんだりしていた自分でも苦しいのだ、オーヴァイディンはもっと辛いだろう、と思う。山は人の本性を問うのだ。忍耐強さ、慎重さ、穏やかさ。オーヴァイディンはこの厳しさに直面して、何を口走るだろう。そしてどこまで耐えるだろう。

ところがハルファリラの想像に反して、オーヴァイディンは一言も口をきかなかった。急斜面を延々と登るあいだも、がれ場の白い岩をよけて歩きながらも、強風に頬を打たれても、何を考えているのかわからないいつもの顔つきで、黙々とついてきた。息ははずみ、じっとりと額に汗をかき、足を止めて水袋の水を飲む。辛くないはずはない。それでも黙々と足を踏みだす。二人の距離がひらいたとき、ハルは渋々、オーヴァイディンのために幾度か速度を落とした。

とうとう峰の上に到達したとき、陽はやや西に傾き、雲は足元を流れ、夏至の青空がどこまでも広がっていた。

オーヴァイディンは待ちかまえていたハルファリラの隣に立ち、喘《あえ》ぎながら、白亜の山なみを、貴婦人の裾のような谷間と、碧の宝玉さながらの湖をながめた。腕を広げて息を整え、高笑いした。その声はこだまをつくって虚空に消えた。それから外套《シーオル》の裏からパンとチーズと葡《ぶ》萄《どう》酒の入った小袋を取りだすと、座って食べようと誘った。

ハルファリラはこの老いた男が——二十歳前の娘からしてみれば、四十に近い者は皆老人に等しい——そんなものを隠し持って山にあがってきたのかと、驚き呆れた。しかも、疲れてはいるが、へこたれてはいない。

悔しいことに、山頂で食したパンとチーズと葡萄酒は、今まで味わったことがないくらいに美味だった。食べながらオーヴァイディンは、魔道師と呼ばれる者たちの定義を語った。

「一般に、魔法を使う職業についている者を、魔道師と呼ぶようだが、正確ではないかもしれない。魔女とどう違うのか、という点においてもあやふやだが、イスリルの魔法研究所が、魔道憲兵隊及び魔道師軍団の諮問に答えた回答では、『闇にふれ、闇の力を認識し、これを制御せしめた者』というのだ。……もう一欠片《かけら》、チーズは？」

彼の術中にはまるようでおもしろくないが、チーズはほしい。渋々手を出してうけとった。

「魔道師となった者は、一度は必ず訓練所に送られる。必要なことを学ぶためだ。魔法の技術や魔力の高め方、魔道師に課せられる義務、禁忌。不文律だが掟はある。守らなければ憲兵隊が銀鞭を持って追いかけてくる」

「……あれには何か意味があるのか？」

ペタルクの宴の夜、銀鞭で身体を縛られて連行されたことを思いだした。

「魔道師の力を一時的に封じる……と連中は思いこんでいるようだが、本当に力のある魔道師には足止めにしかならないな。きみはどうだった？　何か感じたか？」

　オジロワシが稜線と稜線のあいだを飛んでいくのを目で追いながら、彼女は答えた。

「腰周りに一瞬しびれが走ったけれど、あれは鞭がまきついたからだよ」

「魔道師呼ばわりされて、どう思った？」

「何かのまちがいだと。魔法を使ったことなどなかったもの」

「ポーポスとサナーは、きみに深い恩義を感じている。なぜかはわかっている？」

「彼女たちの喧嘩を止めた。それ以来、彼女たちは病人をたやすく扱えるようになったのだと言っていた。わたしは何もしていないから、恩義を感じることはないと言ったのだ。でも彼女たちはわたしのためになることなら、何でもしてくれる。わたしは彼女たちの友情をありがたく思っているよ」

　オーヴァイディンはしばらく黙していたが、葡萄酒の小袋を渡しながら、慎重な口ぶりで言った。

「……それは、友情ではないかもしれんな」

「どういうことだ」

　否定されたと思って、つい、嚙みつく口調で問いかえした。

「友情よりも深い絆《きずな》で結ばれたのだ」

　思わず男の顔をあおいだハルファリラは、はっと息をつめた。やわらかく、しかし厳《おごそ》かな何かがその横顔に宿っていた。ちょうど横手にそびえる峰の影と重なって、おかしがたく凜《りん》とした表情だった。

彼女は目を湖の方にそらしたが、そうするには大きな魅力あるものからおのれを遠ざけるのに似た苦痛があった。

十呼吸もしてから、魔道師が何か言ったが、一陣の風が唇から言葉をさらっていってしまい、ハルファリラは聞きなおさなければならなかった。オーヴァイディンは、意を決した真剣な目をしてくりかえした。

「わたしとイスランの結びつきも、そのようだったよ」


「……あいつ！　本当っにずる賢いったら！」

『イスリル創世記』の頁の途中を両手で叩いた。イスリルからはるばる派遣されてきたケンオール魔道学士が、ポーポスに手ほどきしていた書物から顔をあげてたしなめるような表情をした。サナーが笑いながらふりむいた。

「誰がずる賢いって？」

まんまとオーヴァイディンの術中にはまった――のかどうかさえ、よくわからない。それだからますます腹がたつ。

「このバルバニンっていう〈星読み〉よ。姉妹のあいだを行ったり来たりして、それぞれに違うことを吹きこんで、仲違いさせようってやつ。こういう策士って大嫌いだ」

とごまかして、

「策士といえば、オーヴァイディンはイスランの申し子だったの？」

何気なく本当に聞きたいことを口にする。ケンオールが身体をたてて、笑いながら逆に尋ねる。

「どこからそんな途方もないことを考えついたのですか？」

本人から、と無邪気に答えようとして、ふと口をつぐんだ。

「途方もない？」

聞きかえしたのへ、ケンオールは――三十代後半のはつらつとした丸っこい身体の男性で、熱弁をふるうと止まらなくなる――不思議そうな顔つきをした。

「イスランがいらしたのは、今から百年も前……正確に言えば百三十年、まあこれもテイバドールがみまかった年を基準としての計測ですから、彼女がその能力を発揮して魔道師軍団を成立させた年というのを基準にすれば、また変わってくることで――」

「途方もないっていうのは、どういうこと？」

話が四方八方に広がっていきそうになるのをくいとめるため、もう一度同じ質問をねじこむ。ケンオールははじめの質問に気がついて、ああ、と腰を少しのばした。

「オーヴァイディンがイスランから魔力を授けられた魔道師であれば、彼もまた百年以上を生きていることになります」

「魔力を授けられたんじゃない。魔力の通り道をひらかれた」

「ほう。それは……その知識は一体どこから？　どの書物にも、イスランは魔力を授けると書いてありますよ？」

「オーヴァイディンが百年以上生きていてはおかしいのか？」

ケンオールの新たな質問にはとりあわず、あくまで最初の疑問を追求するハルファリラだ。

「イスランの時代の魔道師たちは、もう生きてはいません」

「なぜ……？」

「相次ぐ戦《いくさ》に駆りだされ、あるいは疫病にかかって、皆死んでしまいました。記録に残されていますよ、一人一人の名前と没年月日が」

「でも、一人か二人は記録から落ちた者もいるのでは？　野の魔道師ならわからないでしょ？」

「イスランの魔道師に、野の魔道師はいません。全員が軍団に属していたのですから」

ハルファリラは黙りこんだ。オーヴァイディンが嘘をついたのか？

むろん、彼は平気で嘘をつく。いかにも親しそうに肩を抱いた相手をにこやかに笑いながら裏切るだろう。そんな彼を決してゆるしはしないのだが、あのとき山頂で、白峰と同じ表情をしてイスランの名を口にした彼が、虚言を操ったとは……どうしても思えない。あのとき、オーヴァイディンを信じるべきだと直感したのだ。そして直感は、書きつけられた幾千の記録をしのぐ真実をさぐりあてる。語られない真実、人の目にふれない真実があるのかもしれない。

視線をさまよわせたハルに、ポーポスが、知らない、とかすかに首をふった。

サナーは一旦唇をひき結んでから口をひらいた。

「オーヴのことなら、誰よりもエムバスが知ってるだろ？　彼に聞いてみたらどうだい？」

「そうか！」

本を閉じて立ちあがったハルファリラに、ケンオール学士がいけません、と指をふった。

「今は学習の時間ですよ。あとにしなさい」

魔道学士は魔道師ではない。それにケンオールの丸っこい身体は、ちょっとおせば坂道を転がっていきそうに見える。逆らって家を出ることもできたが、ハルファリラはおとなしく椅子に座った。数多《あまた》の生徒を従わせてきた威厳と気迫、それにその頭の中につまっている膨大な知識への敬意がそうさせたのだ。

『イスリル創世記』に目を戻し、自称〈星読み〉の若者が、イスランとリルルをなんとか仲違いさせようと暗躍する不愉快な件《くだり》を読む。こんな悪意に善良な人々が翻弄《ほんろう》されるなんて、と胸のむかつきを覚え、頁を破いてしまいたくなる。その都度顔をあげ、〈双子の魔女〉の様子をうかがうのは、彼女たちが学ぶ姿勢をひそかに手本にしているからだ。

双子は、不満も愚痴《ぐち》も言わずに、日々学んでいる。偶然とはいえ、本人の承諾なしに彼女たちを魔道師たらしめてしまった咎《とが》は、ハルファリラにある。それなのに、魔力の通り道をあけてくれたといって、二人はハルファリラに感謝している。友情ではなかった。オーヴァイディンの言うとおり、それは友情以上の信頼と奉仕の精神と親子関係にも似た絆でよりあわされた強靭なつながりのようだった。それは、何となく船大工と設計者と船主の関係に似ていた。船主は設計者に夢を託し、設計者は夢の実現のための構造や形を図面にし、船大工たちは黙々と図面を具体物に造りあげていく。ハルファリラは熟練の大工たちにまじって十一のときから六年間、船を造築した。口で教えられることよりも、黙して目で見、身体を使って実際にやってみて得たものの方が多かった。目の前のことに集中し、細かい作業一つ一つに全精力を傾ける。何十日何百日の積み重ねが、やがてあの大きくてうつくしい構造物となって、荒ぶる波をかきわけて大海原を進んでいくのだ。この学習もまた、そうなのだろう。一つ一つを積み重ねて、やがてケンオールのように、頭の中や心の臓に、大きな知識の船がたちあがるのかもしれない。帆を張れば、ケンオールのように、知りたいところへ導いてくれる。魔道師に、これらの基本的知識——読み書き計算、歴史、地理、産業、倫理、法律——が必要だと最初に考えついたのは誰だったのだろう。イスランか。あるいは、リルルの夫で初代王ルディルンの父であり宰相であったルネルカンドか。おそらく後者か。イスランは彼の思案をもとに、実現させたのかもしれない。——船大工のように。

イスランは——夢を最初にかかえた船主であり、道筋を示した設計者であり、そして船大工だったのか。

ハルファリラは、〈星読み〉バルバニンの汚い小細工が、結局姉妹の絆を断ち切ることができず、逆転しておのれの身にふりかかった結末にたどりついた。ようやく安堵して一息ついたところへ、オーヴァイディンの言葉がよみがえってきた。

——きみは、魔道師だ、ハルファリル。人を魔道師たらしめる魔道師。国母イスラン以来の。

本を閉じかけた指が止まった。あのときはぴんとこなかった。山頂の大気が、すべてをとるにたらないことのように感じさせたからか。だが、山を下るにつれて、大気が濃くなるように、疲労がたまっていくように、その言葉の重みが増してきた。同時に、昂《たかぶ》りを感じた。若者らしい昂りだと、双子なら笑ってくれるだろうか。それとも、人であれば当然と、共感してくれるだろうか。今、その昂りは、漠然とした予感が示す道の方へと流れていく。白光と銀に縁どられた隧道《ずいどう》の先に、形定まらぬ大きな世界が広がっている。その道を行きたい、と思う。栄光と、傷つけられることのない名誉が約束されている。——と同時に、思わぬ陥穽《かんせい》と大いなる失敗につながるほころびの可能性も感じる。不安と怖れと期待と歓喜の狭間で、進むに進めず、退くに退けない……。

「記録がすんだら、行ってもいいですよ」

ケンオールの言葉が黙考を破った。

「用事をすませて、一休みしたらまた戻ってきてください。午後からは不文律のおさらいをします」

それを聞いて、大急ぎで今日読んだ頁数と、感想を書きつけた。

〈双子の魔女〉はまだそれぞれの課題にとりくんでいる。ケンオールの気持ちが変わらないうちに、とハルファリラは立ちあがった。

扉をあけようとすると、外からあいて、スティッカーカルの一座の男が入ってきた。その後ろには、どこかで見たことのある顔が二つつづいている。

「ケンオールさん、あんたに新しい生徒をつれてきてやったぜ」

男が挨拶もなしにいきなり言ったが、ケンオールはぱっと顔を輝かせて、一行を歓迎した。

ハルファリラは船大工の服装——手甲《てっこう》、脚絆《きゃはん》、短靴、半襟の汚れたシャツに革の胴着——の二

人を見て、誰なのかを思いだした。喧嘩の最中に首根っこをつかまえてひきはなした見習い大工だった。二人も彼女に笑いかけて、

「おれたち、感謝してます」

「あなたが力をくれたんだと聞きました。ありがとうございます」

と口をそろえた。

するとニ人とハルファリラのあいだに、連帯感のようなものが意識された。もともと細くつながっていた何かが、霧が晴れて朝陽が射し、明らかになっていくような感触だった。そうして、陽に照らされたそのつながりは、かぼちゃの茎が太く濃緑に生長していくのにも似て、終生切れることのない信頼と情愛に育っていくのだと悟った。

「おれたち、あのあとすぐに船大工に昇格したんです」

にきびだらけの片方が胸を張った。

「親方が、おれたちの頭ん中を見てみたいってほめてくれました」

「構造がわかっちゃうんで、どの木をどう曲げてどこにはめればいいか。すぐに見ぬけるんです。あなたのおかげだと聞きました」

魔道設計士、という言葉が頭に浮かんだ。それではこの二人は、わたしが知らずに魔道師にしたとオーヴァイディンが言っていた二人なのだ。ハルファリラは誇らしさに目眩《めまい》を感じながら、ちゃんと認定される魔道師になれるよう、ケンオールにしっかり学べとかなんとか答え、ふわふわした足取りで街路に出た。

照りつける夏の陽の中を歩いていくうちに、足取りは次第に確かなものとなっていった。すると、さっきまで満ちていた誇らしさが薄れていき、直視したくない疑念が滲出《しんしゅつ》してきた。

――知らずに魔道師にした者が他にもいるかもしれない。

それは、彼女が魔道師を作る魔道師だと告げたあとに、オーヴァイディンがつけ足した一言だった。そうした者をさがしにスティッカーカルがペタルクへ仲間を派遣している、とさらに彼は説明したのだったが、自分のことで精一杯だった彼女は、その真の意味まで考え及ばなかった。

もし、彼女の作った魔道師が、本人も気づかないうちにその力に翻弄されていたら――。あの二人のように、あるいはポーポスとサナーのように、人生が好転したのであればよいが、自覚もないままに無分別に力をまきちらしたりしたら――。善良な者ばかりではなく、ジルナリルやマクマーマクのような欲にまみれた悪党が、魔道憲兵隊や軍団の監視の及ばないところでそんな力をふるったりしたら――。

再び頭がくらくらしてきた。彼女は足を速め、しまいには駆け足になって、オーヴァイディンの宿にむかった。

宿の中に入る必要はなかった。近づいていくにつれて、宿の前におかれた長椅子に、オーヴァイディンとスティッカーカルが仲の良い老人さながらに座って茶を飲んでいるのが見えてきた。陽よけが軒端から半馬身ほどに影を作っており、建物に背をつけるようにエムバスが佇《たたず》み、通りを行く人々を油断なく見送っていた。歩をゆるめ、息を整えながら近づいていくと、二人の会話は害のない世間話などではないことがわかってきた。

「──それで、王の側につくなぞ、到底承服できぬと？」

「おれだってそう考えるぜ。禿《はげ》ででぶ、と罵《ののし》られた挙句に、領地召しあげされちゃあ、どんなに同じヒダル族だろって族長に脅されたって、味方しようとは思わねぇよ。族長だって護ってくれなかったんだ、今更一緒に戦えるかってとこだぁな」

「それでナーサーナルはグリルの側につくことにしたのか」

「ナーサーナルだけじゃねぇ。王のやり方に疑問をもつ頭のあるやつらは、族長と袂《たもと》を分かってグリルに味方するって話だ。こりゃ、おもしろくなってきたぜ」

「王の今までの仕打ちに恨みを持つ者も多い。この戦、あちこちに飛び火するぞ」

オーヴァイディンはそこで言葉を切って、近づいてきたハルファァリラを見あげた。

「戦がはじまっているのか？」

ハルファァリラにも、北方民族の侵略はまだ新しい記憶として刻まれている。彼女は参戦とは縁がなかったが、一ヶ月以上にもおよぶ籠城は、侵略におびえる日々だった。

「王と好戦的なヒダルの部族が手を組んだ。イスリルの都はもう連中に占拠されている。これに異を唱えた者は追いだされ、グリルやキルナダの部族が王都奪還の狼煙《のろし》をあげた。初戦が西門であったが、火がつかないままくすぶった炉のような状態になっている」

「魔道師軍団も内部でまっ二つに割れているそうだよ」

「戦っているのか？」

とハルファリラが口をはさんだ。

「いやいや」

スティッカーカルはにやにやした。

「魔道師同士で火の玉を降らせるわけにはいかん。そんなことをしたら、王都はあっというまに壊滅する。連中は不文律に照らして、議論の真っ最中さ。王が王たる資格を有しているかいないか、延々と話しあって、おそらく情勢が落ちつくまで終わらないだろうよ」

「それって……つまり、誰にも味方しない、戦に加わらないってこと？」

「それが軍団にも民にも一番いい方法なんだろうさ」

オーヴァイディンも深く頷いて、

「憲兵隊は、出陣命令をうけたそうだが、本分にあらずと拒否したそうだ。彼等の任務は法から逸脱した魔道師の検挙であって、参戦する義務はない、とな」

「彼等の任務上、まずすべきは王の検挙だと思うのだが。軍団の方が王の資格を調べている最中だから、動くことができないっていうのが彼等の論法だ」

そうスティッカーカルが半ば嘲《あざけ》り、半ばおもしろがる。オーヴァイディンは顔をあげて、どこか遠くを見た。

「イスリルは一つの卵の殻に入った二羽の雛《ひな》だ。互いにつつきあえば相討ちになると知っている。それで、片方は殻を破って他のものをつつこうとしている」

「戦が大きくなる？」

とハルファリラは尋ねた。ああ、とオーヴァイディンは上の空で答え、それから彼女に目を戻した。

「戦をおさめてくれる人はいないの？」

城壁の外から響いてくるスースリン族の、下卑《げび》た笑い声や脅迫の怒鳴り声がよみがえってくる。あの脅威を……そういえば、この人物があの脅威を払ったのではなかったか？

「オーヴ！　戦をやめさせなければ！」

家の中でおびえる人々。遠吠えをし、同じところをぐるぐる回る野良犬。母親の腰にしがみつき、壁の上の黒い影を見あげる子どもたち。

「オーヴ！」

オーヴァイディンはうっすらと笑った。

「かねてからヒダルの民はグリルの民を目の敵にしてきた。百年以上つづく確執は、そうそう解決できるものではない。戦わせた方がいいときもある」

「イスリルが火の海になるかもしれないんだぞ」

「イスリルを火の海になぞさせんよ、ハル。だがこの際、長年たまっていた膿《うみ》を出す頃合だろう。……マッキエも参戦するそうだ。籠城なる消極的手段を参戦というのなら、だがな」

「マクマーマクが？　どっちに味方するの？」

「玉座の間で彼ははずかしめられたと感じている。ジルと王は違うのだと、つくづく身にしみたらしい」

「グリル、マッキエ族、主だった部族対ヒダルと王軍……」

「戦を止めてどうするんだ、ハルファリル」

　スティッカーカルが投げやりに言った。

「あんたを牢にぶちこんだ王が、あんたを牢にぶちこんだマッキエと戦うってんだ、やらせておけばいい」

「それもそうだ。しかしなあ、スティッカーカル、わたしがこんなことを言うときみは大笑いするやもしれぬが、あの王をあのままにしておいたら、戦より多くの人生が狂わされることになる。……はるかに大勢が泣くことになるのだがなあ」

　オーヴァイディンは杯を長椅子に戻して立ちあがった。

「どこに行くの？」

　オーヴァイディンは旅装だった。薄いシーオルを肩にかけ、布帽子《ツユルバ》を片手で頭にのせる。

「イスリル包囲網を作りにいくのだよ。都を火の海にしないために」

「わたしも行くよ！」

　やめた方がいい、とスティッカーカルが警告し、オーヴァイディンは束の間躊躇《ちゅうちょ》したようだった。なぜそんなことを口走ったかハルファリラは自分でもわからなかった。壁の中でおびえながら待っているのがたくさんだったからかもしれない。

　オーヴァイディンがやがて口をひらいた。

「わたしについてくれば、見たくないもの、見てはいけないものを目にするかもしれない。それでもいいのなら、ついてくればいい」

「わかった！　待っていて。準備してくる」

「町はずれの宿駅で待っているよ」

駆けだそうとした彼女を、オーヴァイディンは呼びとめた。

「〈双子の魔女〉もつれてくるといい。だが、長くは待たない。余計なものはいらないぞ」

サナーとポーポスをつれて、指定の宿駅に駆けつけると、エムバスが一人に一頭ずつの馬を準備していた。寝袋、毛布、食器や薬草の入った小袋などが鞍につけられていた。

「短い夏が終わる。その前に、ヤジニホーズまで下るぞ」

身軽に乗馬したオーヴァイディンは、そう号令がわりの声をあげて、だく足で出発した。ハルファリラは数ヶ月間かくまってくれた町をふりかえり、そびえたつ白峰を仰いだ。山頂の大気を思い、頂の東につらなる山々といくつもの湖を思った。するとざわめいていた胸が次第にしずまっていき、馬のしなやかな筋肉を感じながら、来るべきものへの覚悟が定まってくるのを自覚した。

わたしは海の子だけど、と唇がかすかにもちあがる。胸には山をいだいている。わたしはペタルクで生まれ、銀鉱の町で学んだ。これからの長い旅で何をうるのだろう。

ハルファリラは背筋をまっすぐにして、森の中へと入っていった。

13

誰にとっても、くじけぬ希望をもちつづけるのは、至難の業である。物事が順調にいっているときには、それはとてもたやすいように思われる。白帆を掲げた船が、あらゆる苦難を蹴散らして、まっすぐに、目的地にむかっていくのは。

ところがその帆柱は実にたやすく折れるのだ。一撃で折れることもあるし、数度の衝撃に耐えぬいた末に倒れてしまうこともある。

オーヴァイディンは帆柱を失くした船だった。長いあいだ。しかし、無為にさまよい漂うあいだに、甲板には実に様々なものが蓄えられた。がらくたばかりと思っていたが、どうやらどれも決して無駄ではなさそうだ。今再び、新しい帆柱をたちあげて、赤と黒の帆を張れば、蓄えられたがらくたの助けを借りて、かつてめざした目的地へと行きつけるかもしれない。

彼はヤジニホーズの町に入った。その三日後には再び北上してキルナダの村にいた。翌日にはポツリの岩屋に。

最初の訪問地のヤジニホーズは、クルーデロ海東岸にある。壁のない家々が、吹きよせられた材木の山のように集まっているのがそれだった。

柱も高床も流木で造られ、屋根は海草と葦《あし》の類《たぐい》で葺いてある。陽に焼けた人々は腕をむきだしにして、彼の布帽子《ツユルバ》と同じ形状の帽子をかぶっている。路上にも波止場にも軒にも、三毛やトラやブチの猫がたむろし、尻尾をたててオーヴァイディンを案内する。籐《とう》で編んだゆったりした椅子に、絹布の大きなクッションをしいて、部族の長《おさ》がふんぞりかえっていた。彼はオーヴァイディンの姿を見て、喜びと困惑のないまぜになった声をあげた。

「誰かと思ったら大酒のみのオーヴァイディン！　こんちくしょう、まだ生きてたのか」

「誰かと思ったらアイアイ。きみが部族長とは、世も末だ」

熱い抱擁を交わしてから、オーヴァイディンは後ろの四人を紹介する。彼等にも、

「アイアイだ。昔はテイデルス王国とここを行ったり来たりする硫黄《いおう》船の水夫だったが、今はどこをどうしたのか、長になりあがったらしい。ほっそりして身の軽い男だったのに、どうだ、これは！　時の堆積は怖ろしいな」

と、横幅を三倍に増やした初老の男をひきあわせた。アイアイはさっそく酒宴の準備を命じ、昔話をはじめた。硫黄をキルナダ山脈の南から運び、クルーデロ海からはサンゴや真珠《しんじゅ》、螺鈿《らでん》の工芸品などを持っていった。若かりし日々の冒険譚は、海賊のみならず、嵐や、海や、砂漠の怪物との対決へとつづいた。

テイデルス王国の銘酒だという白く濁《にご》った米酒を飲み、鯛やスズキに香草とオリーヴ油と岩塩のソースをかけて食し、互いに助けただの助けられただの、さんざん言いあった。腹がくちくなって動けなくなった頃に、オーヴァイディンは部族長議会の話題をもちだした。するとア

イアイは片手をふって、

「ありゃもうだめだ。おれは見限った」

と率直な感想を述べた。

「召集がかかったって、金輪際行くものか。やりたいようにやるやつがやりたいようにやればいい。あの癇癪王の腰巾着になってな」

意地悪い笑みを浮かべて、つづける。

「あいつの腰にすがって安泰だと思っていると、次の日には雷が落ちて丸焦げだ。どうにでも、好きにしろって。こっちはこっちで、やっていくさ。イスリルだけが大きい市場じゃない。火付け木や潰瘍《かいよう》の軟膏《なんこう》を売りこむ先は国中にある」

「だが、売りこみ先を新たに開拓するのには、手間暇がかかる」

アイアイは、一瞬つまった。直後に指をつきつけて、眉を逆だてた。

「相変わらず、嫌な野郎だな。聞きたくないことを言いやがる」

「事実から目をそらしたら、やがてその事実に足をすくわれる。何度も言ってきかせているのに、少しも学ばんやつだな、きみこそ」

闘犬のように睨みあってから、どちらからともなくにやりとする。

「イスリルという大市場を逃す手はないぞ」

オーヴァイディンが米酒を一口飲んでから言った。アイアイも杯を傾けてから尋ねた。

「逃さない方策があるのか？」

「だから来たんだよ、アイアイ。ちっと協力してくれ。そうすれば、この先何十年も稼ぐことができる」

どうしたらいいんだ、と籐椅子から身を乗りだした。

「それにはまず国が安定しなければならない。国が安定するには、平和が必須条件だ。平和を保つには部族長議会が正しく機能して、――賄賂《わいろ》政治は排除だぞ、アイアイ、そこは守ってもらう――王は議会の決定を尊重しつつ、より広い視野で裁断を下さねばならん」

杯を持った左手ごしに、ちらりとハルファリラの方を見ると、ポーポス、サナーと共に猫たちをなでながらしっかり耳を傾けている。本当に聞かせたい彼女が真摯《しんし》にうけとめているのに安心した。

「まずは王だな」

アイアイは理解が早いし、柔軟な頭をしている。即座に何が要《かなめ》なのか言いあて、オーヴァイディンは軽く頷いた。

「まずは王だ。今までのように、ただ魔力の強い王では話にならん」

「まったくだ。側近にもう一人魔力の強いのをはべらせれば、誰も何も言えなくなる」

「しかし王には力が必要だ。そこで、均衡をとるのが魔道師軍団と魔道憲兵隊の存在だ。百年以上前にそうイスランは考えて、正規軍とは別にこの二つの組織をたちあげたのだったが、イスラン亡きあと次第に正しく機能しなくなっていった。その隙間に欲が流れこんで、膠《にかわ》のように部族長議会、魔道師軍団、憲兵隊、王、宰相をくっつけてしまった。なぜかわかるか？」

　ハルファリラが背筋をまっすぐにのばし、目を大きく見ひらいた。アイアイは眉根を寄せてしばらく考えていたが、やがて降参した。

「何が違う？」

「イスランだよ」

　ううむ、と唸って、三呼吸後、

「わからねえ」

　ハルファリラの目がますます大きくなって、オーヴァイディンを凝視した。

「イスランは自らの手で実にたくさんの魔道師を作り、軍団にしたてあげた。イスランと軍団のあいだには、単なる主従関係以上の、絆《きずな》があったのだ。そしてイスランは理想を常に掲げ、人々を導く力をもった指導者だった。……おそらく、テイバドールの不幸な死によって、培われた確固たる意志、信念が、彼女をそうさせたのだろう。王には力の後ろ盾と、夢を語る資質がなければならない」

「おまえの熱い思いはわかった、充分うけとった。だが、一体、何を言いたい？」

「わたしがイスラン同様の力を持った者を見つけた、と言ったらどうする？」

　アイアイの浅黒い顔に朱が昇った。たちまち昔日の船乗りの、海原を監視する目つきに変わり、剣呑《けんのん》な光がまたたいた。

「そいつぁ、どこのどいつだ。おまえがそいつを王にして、第二のジルナリルになる前に、おれがあの世に送ってやろう」

「わたしはそんなことはしない」

「嘘だ、おまえなら必ずそうする」

「アイアイ。わたしが権力を欲したことがあるか？」

「おまえはうつくしいものや贅沢《ぜいたく》なものに目がない。一枚の手巾《ハンカチ》のために海賊を三人殺しただろうが」

「それは……そうだ、確かに。だが、権力に興味を示したことはない。玉座も宰相の地位も部族長の椅子も欲したことはないぞ」

「権力と贅沢品はつながっている」

「身の周りを贅沢品で飾りたければ、銀鉱山を一つ買収すればいいだけの話で、実際わたしは山を一つ持っている」

そこへエムバスが落ちついた声で割って入った。

「それは本当です、アイアイ。彼はジルナリルになる気など毛頭ない。彼は、魔道師を生む魔道師を王にしたいと願っています。それが叶えば、あとは部族長たちに任せるつもりでいる」

「これはあんたたちの繁栄にもつながる話だ、アイアイ。王の座は世襲によらず、その力をもった者にゆだねる。そうすれば、今よりはましになる」

アイアイの顔から朱がひいた。しかし彼の唇は曲がったままだった。

「おまえは詐欺師だ、オーヴァイディン。だが、国には王が必要だ。気のふれた王ではなく、まともな感性の王がな。それは真実だ、確かに。そして、いつもなら嘘八百を並べたて、美辞麗句をつらねるおまえが、『今よりましになる』ってぇ現実を語ったとなれば、おそらくそれも真実なんだろうよ。よし、いいだろう。そういう王をたてるんなら、協力してやらないでもない。だがな、これだけは肝に銘じておけ。おまえが、猫の髭ほども権力を欲するそぶりを見せたなら、大蛸を仕留めた銛《もり》をぶちこんでやるからな」

「それで充分だよ、アイアイ！」

オーヴァイディンは莞爾《かんじ》と笑った。そして身を乗りだして彼を抱きしめようとした。アイアイはそれを拒んだ。

「おまえと抱きあう気はないぞ、オーヴ。それよりどう協力すればいいんだ？」

いかにも残念そうに身をひきながらオーヴァイディンは答えた。

「二千の兵に四千のヤジニホーズの旗をもたせ、十月初日にイスリル南門に待機してくれればいい」

アイアイはまた眉を寄せた。

「おまえはまた、一体何を考えている？　ヤジニホーズは猟師と水夫の町だ、兵なぞ五百人もいやしないぞ」

「兵らしい恰好をして旗をもっていればいいのさ。槍も弓も剣も必要ない。それなら漁師と水夫で充分だ」

「旗なんぞない」

「なら作れ。旗印は……そうだな……大蛸でもイルカでもサメでも、好きな柄にすればいい」

「戦いには加わらんぞ」

「戦《いくさ》にはしないよ。戦うとしたら……わたしとサナーとポーポス三人で充分だ」

名を呼ばれた二人がぽかんとして顔を見あわせた。エムバスが顔をつきだして、「わたしも」と名乗りをあげた。

オーヴァイディンは十月初日、と念をおして、ヤジニホーズの長の家を辞去した。その足でさっき町に入った道とは別の街道をたどって北上した。来るときには、背嚢《はいのう》に雪を背負った秋に追いかけられるようであった。それでも、ヤジニホーズの、冬を知らぬがごとき気候をあとにできて、ほっとしていた。身のしまるような寒さの方が、彼の性にあっているのだ。

街道の左側は青々と広がるクルーデロ海、右側と進行方向にはカラン麦の畑がどこまでも平らにつづいていた。空の雲はゆったりと東へ漂い、ときおり猛禽《もうきん》類の影が矢のように走っていった。ヤジニホーズを出て最初の晩、藪《やぶ》のそばに火を焚いて夕食をしたためているとき、それまで沈思黙考を貫いていたハルファリラがようやく口をひらいた。

「……わたしに王になれ、と?」

オーヴァイディンはみぞおちがかたくなるのを感じた。ここでまちがったら、すべて水泡に帰する。彼の望みも、イスランの理想も。

「きみがなりたくないと思っていることは知っている」

慎重な口ぶりで答えると、ハルファリラはまた黙った。常であるなら追いうちをかけるようにぽんぽんと言いつのるオーヴァイディンであったが、ぐっとこらえて待った。我慢できなくなって、口をひらこうとしたとき、彼女が言った。

「……でもそれが最善だとあんたは思うんだね」

アイアイに語った展望を彼女はしっかりと聞いていたはずだ。いつものおしつけがましい説明をくりかえすことはない。彼女は賢い。オーヴァイディンはそうだ、と短く答えた。またしばらく彼女は黙った。黙って、片手にチーズの欠片《かけら》をもったまま、火を見つめていた。

このあたりの夜はさほど寒くならず、秋の気配は遠かったが、草むらでは虫がすだきはじめていた。空には星々が銀粉さながらに散らばり、そのまま降ってくるのではないかと思うほどだった。

小枝がはじけ、しゅうしゅうと音をたてた。エムバス、ポーポス、サナーの三人も動きを止めてじっと待っていた。

「わたしは怒るべきなんだろう。勝手に人の人生を決めるな、勝手にことを進めるなって……。でも、怒れない。あんたが白峰でイスランのことを語ったときに、わたしはもう気がついていたんだと思う。わたしのなすべきこと……わたししかできないことだと。そしてそれは、あんたがもたらしたものではないんだ。そうだったらあんたを殴りに殴って立てなくして、さっさと逃げだせばいいだけだったんだけど」

ハルファリラは半べそをかきながら笑った。

「自分がやるべきことが、天から」

と彼女は星々を見あげ、

「突然落ちてくる。そして悪いことに……それを無視できない。自分にだけ特別に降ってきたものだと知っているから」

袖で目をぬぐって、大きく息をついた。ポーポスが小声で言った。

「あたしたちが助けるよ。できるだけ」

「あんたを護るよ、絶対に」

サナーも頷いた。

ハルファリラは頷きかえし、オーヴァイディンを見てかすかににやりとした。

「今よりましな王。簡単だね」

オーヴァイディンも笑いかえした。

「はるかにましな王になってほしいものだ。今、がひどすぎるからな」


二日後にカラン麦の畑は綿花畑にかわり、まる一日かけてその中を進んだ。

「このあたりはもうキルナダの領地だ。左手にうっすらと盛りあがっているネヴ山地の東側と、〈西の大森林〉、今まで歩いてきた綿花畑もほとんど彼等の部族のものだ」

「キルナダって……山の名前になかった？」

サナーが首を傾げた。エムバスが頷いて説明のつづきをひきうける。

「ここからずっと南です。ヤジニホーズの南から東にかけて、キルナダ山脈がつらなっています。そのむこう側が東西テイデルス王国ですね。山脈のふもとに住んでいた民が、綿花栽培用地を求めて北へ西へと進出し、結局今の場所に落ちついたということらしいですよ」

「へええ。思い切ったねえ。あたしゃ、ペタルクの家から出るにも一大決心だったのに」

サナーが呟き、エムバスは笑った。

「何百年も何世代もかけた話です」

「昨日は敷居から右足を出して、今日は左足を出して、明日は頭を出して、家から出るまでサナーは大変だったよ」

ポーポスがからかい、姉妹はまた鴉《からす》のように口喧嘩をはじめた。

綿の薄黄色の花が、結実にむけて一様にうつむいている中を進んでいった。ネヴ山地の南斜面に、家並みが無数の箱のようにおかれているキルナダの村が見えてきた。ハルファリラが息を呑み、双子の喧嘩がぴたりと止まった。空よりも青い石で組みたてられた家々は、一つ一つが誰かへの贈り物のように輝いていた。その青が斜面一面に広がり、手前の綿花畑の白や淡い黄色と好対をなしていた。

坂道を登った中腹にあるひときわ大きな青い建物の扉をぬけると、交易所の広間があった。長椅子がいくつかと、窓際に書き物机が複数おかれていたが、収穫を待つ今は誰も座ってはおらず、客の到来を知った村役が面倒くさそうに奥からあらわれた。はじめはこの、季節はずれにやってきた客に迷惑顔を隠そうとしなかったが、オーヴァイディンの契約の話が進むにつれて低姿勢になっていった。次期収穫の綿花はすべて彼が買いとる。昨年の二割増しで、と彼は自信たっぷりに言ってのけた。村役はすっかり相好を崩して、他の村役や部族の長まで呼び、長机に早い夕食と酒を並べての大宴会をもよおすほどに変貌した。

部族の長はふさふさとした白髪と白い眉毛の、謹厳実直そうな男だった。オーヴァイディンは杯を傾けながら、現在のイスリルの状況を共に憂《うれ》えた。そのあとに、アイアイにも語った展望をくりかえした。さらに、王が新しくなれば、綿花の買いあげは国が保償することになるだろうとうけあった。驚いたことに、それへハルファリラが身を乗りだして、自分がその王であると宣言した。目を丸くする人々のあいだに立ちあがり、いかにしてジルナリルと現王とマクマーマクにおとしいれられ、汚名をきたかまで（ついでに）しゃべり、このような国の体制を一新するために立ちあがるのだと熱く論じた。

「部族長議会も末期的症状を呈しておったからな」

苦々しげに吐きすてた長は、法や掟を重んじるキルナダ族らしく、収賄には手を染めなかった稀有《けう》な存在である。

翌朝寝不足の身体を馬上におしあげたとき、オーヴァイディン一行は部族の兵五百人を緑門に待機させる約定をとりつけていた。十月初日。一晩野宿ののち、ネヴ山地南側のポツリ族を訪ねた。山の木々の中に、凝灰岩《ぎょうかい》を掘った洞窟が彼等の住居だった。長年、部族の身分では最下位に位置づけられ、上目づかいに人を見る癖がついている。しかし、彼等の我慢強さ、根気、緻密さには一目おいているオーヴァイディンは、長の住まいに敷いてある絨毯《じゅうたん》やタペストリーの出来栄えのすばらしさをハルファリラに教えた。

ただ、ここではオーヴァイディンはハルファリラに演説の機会を与えず、渋る長に三十人の出兵を要請して早々に辞去した。野営の火を囲んだときにそのことについてハルファリラが問い質すと、彼はふむ、と鼻の奥を鳴らしてから答えた。

「ポツリは現王に隷属している。……気分的に、な。はなっからその気のない者にはいくら語っても無駄なんだよ」

「あなたは誰にでも強引だとばかり思っていた」

「それは心外だなぁ。わたしほど相手を観察してものを言う者はいないと思うのだが」

双子は顔を見あわせ、エムバスは吹きだしそうになるのを咳でごまかした。

次の行程は〈西の大森林〉を横断してカレズの領地だった。カルガ山地の中ほどに位置する、白壁、黒屋根、花咲き乱れる中庭の村で、一行は歓迎され、温泉につかり、贅沢ではないが心のこもった食事をごちそうになった。族長とは懇意《こんい》の仲のオーヴァイディンは、壁や床を飾るタイルの意匠について議論しあい、夜も更ける頃に百人の出兵の申し出をうけた。

森の木々は色づいて、そこかしこで燃えあがり、黄金や真紅や常緑の衣装を翻《ひるがえ》していた。昼はたちまち短くなって、夜の冷えは日ごとに厳しくなっていった。草原は乾いて白茶けた景色に変わり、雁《がん》の羽ばたきが夜空に風をおこした。

〈西の大森林〉を北西に横切って、シャロー族の湿地帯に入り、泥沼蛇《ウォルン》の出兵はできないが――彼等は泥の中でしか生息できない――二十人の援軍を送ろうと約束された。次いでネヴ川を渡り、海辺に住むルギ族の領地に進み、土壁に草葺き屋根の公館で、族長からまずマッキエ族を味方にするようにと丁寧に断られた。マッキエに隷従している以上、独断はできない、と。

その足で北に隣接するマッキエの領地に入り、次の日遅くにはペタルクの城門前に至った。

城門はかたく閉ざされ、門上には雇兵の姿が黒い影となって浮かびあがっていた。夕陽が街のむこうに沈もうとしているときで、その影は長々と草原にのびていた。オーヴァイディンは門に呼びかけたが、応えはなく、威嚇《いかく》の矢が数本飛んできただけだった。それは、夫婦喧嘩をして誰とも口をきこうとしないかたくなな妻の横顔に似ていた。

彼等はその晩、スースリン族を攻撃するときに陣どった丘の上で宿営し、翌日はペタンの森を逆戻りして東へむかった。

グリルの民の古い砦《とりで》にむかう途中、農家の食卓で書簡をしたためた。他の四人がそれを手本にして写しを十通あまり作った。それを袋に入れ、馬の横にぶら下げたままカルケ森にさしかかったのは、まる二日たった頃だった。

先頭を行くエムバスが、片手をあげて停止の合図を出した。一行は馬を止めて耳をそばだてた。青ブナの葉がざわめき、はるか上空を天翔る狼が渡っていく。その吠え声が厚い雲と稲光《いなびかり》を誘うのだ。

オーヴァイディンはエムバスの隣にゆっくりと進みでて、虚空にむかって叫んだ。

「われらは敵ではない。野の魔道師オーヴァイディンぞ。グリルの族長と話がしたい」

数本の矢が降ってきたが、オーヴァイディンはすべてそらして同じ文言をくりかえした。すると、青ブナの梢《こずえ》がゆれたわみ、武装した十人ほどの男女が行く手に立ちふさがった。

「族長に何用だ。われらは今、忙しい。放浪の魔道師の相手なんぞしている暇はないのだ」

二十になったかならぬかの若い男が、精一杯の声をはりあげた。

「それを言うなら、ヒダルごときと争っている場合ではないぞ。国祖テイバドールの誉《ほま》れある民ならば、新しい国を創るその扉を、自らの手でひらきたいと思うのではないか？」

もっと年嵩《としかさ》の男が進みでてきた。大仰な物言いをする図々しい客だが、一存で追い払ってはならないと思ったらしい。彼らは剣の柄に手をかけ、弓矢を構えながら、一行を取り囲み、顎をしゃくった。

寒々とした森をぬけて半ば干あがった白い河床を渡り、ずんぐりとした獣がうずくまっているような丘にへばりついている要塞に入った。黒い石で建てられた狭い門をくぐり、両側から圧迫してくるような壁のあいだを通りぬけた。寒々として薄暗い謁見の間に入る前に、武器と馬を取りあげられた。

広間には数人の男女が身構えて彼等を迎えた。殺気だち、無言で遠まきにする。二馬身もむこうに暖炉が炎を威勢よくあげているが、暖気はなかなか部屋中にいきわたらないようだった。

暖炉の隣の布扉があき、杖にすがった老人が同じように年をとった男につきそわれてあらわれた。周囲の人々は皆、さっと退き、たっぷり詰め物をした座面の低い椅子に老人が腰をおろすと退路を断つように入口をかためた。

オーヴァイディンはしばらく老人を凝視してから、静かに息を吐いた。

「何とまあ……よもやと思ったが……コヤニではないか……まだ生きておったか」

ゆっくりと歩みより、その膝の前にしゃがみこんで、血管の浮きでた手をとった。老人は頭を上下に震わせながら、半ば白くかすんだ目でオーヴァイディンに焦点をあわせた。ほとんど歯のない口をあけて、にっかりと笑った。

「お……おにゅしこそ、まだ生ぎでいだが、オーファイデン。お互い、にゃが生きしちょうりょう」

「頭もはっきりしているではないか。さすが、遠視《とおみ》の魔道師だ」

「にゃに、にゃに、おにゅしが来るのしゃえ、予見でぎなぎゃっちゃ。力はおちょろえ、きゃらだもうごぎゃねえ」

「おぬしが留守を護っているのか。族長は最前線か」

「ヒダルの猪じょもを手玉《ちえだま》にちょって、あしょんでおるわぇ」

「今日はそのことで、頼みごとをしに来たのだが」

「にゃらば東へ二日行けば、戦場につきあちゃるじゃろうよ」

老人はさっさと行け、とでもいうかのように片手をふった。それへオーヴァイディンは腰につけかえていた袋の口をひらき、

「わざわざ山の中を行くまでもない。これを――」

筒にした書簡の一つを彼の膝の上においた。

「あとで長に渡してくれ。それで用は足りる」

老人は軽く数回頷いたが、ふと耳をそばだて、鼻孔をひくつかせた。震える指先でオーヴァイディンの背後を示した。

「にゃ……にゃんか、おる」

周囲の男女が一瞬にして身構えた。

「にゃんじゃ、オーファイデン、おにゅし、にゃにをちゅれてきちゃ。こ……ここへ、ここへ、しょの、灰色と、灰色と、し、白色……」

ふりかえってすぐに悟ったオーヴァイディンは、〈双子の魔女〉とハルファリラを老人の前におしだした。手まねきに応じてかがみこんだサナーの額に指先をあてて、老人はささやいた。

「も一人《ひちょり》、いる」

ポーポスがサナーの横に立つと、二人の手をとって、

「しょう、しょう、ふちゃりで、一つ、分かちがちゃい魔の力。にゃかよくしぇえよ、いさかっちぇおるときはないじょぇ」

どぎまぎと顔を見あわせながら二人が退くと、ハルファリラが呼ばれた。老人は、嘆息とも感嘆ともつかない声をもらしながら、彼女の手首にさわり、両頬をはさみ、顔を上向かせてその目の中をのぞきこみ、最後に手のひらで額を軽くおした。

憲兵数人を相手にびくともしなかったハルファリラが、半馬身もふっとんで尻餅をついた。

どよめきの中に、老コヤニの高笑いが大きく響いた。

「にゃんとにゃんと、そうじゃ、そうじゃ！　まっちゃくそのちょおりじゃ！　こりゃおもしりょい、おもしりょい！」

ハルファリラは尻餅をついたまま、しばらく動けないようだった。オーヴァイディンが手を

貸して立ちあがらせても、眉間にはまだ星が舞っているようだった。両手を打ちあわせて大喜びのあと、コヤニはぜいぜいと喘《あえ》ぎながら、周囲に命令を下した。

「にゃにをしちぇおる、客人をもちぇなしぇ、宴じゃ宴じゃ、祝いの宴じゃ。帝王《ちぇいおう》が生まりぇる。魔道師《まじようし》の母ぎゃ、最初の皇帝《こうちぇい》ににゃるのじゃ。めぢぇちゃい、めぢぇちゃい！」

とまどいながらも民が動きはじめる中、老人は再びハルファリラをさし招いた。半ばふくれっつらをしながら、渋々近づくと、

「おにゅしは若い、ハリュハリャリャ。光まばゆく、闇は薄い。じゃぎゃ、長く生きるにちゅれて光は薄れ、闇ぎゃ濃くにゃっていく。おにゅしはより暗いもにょと対決しにゃいかにゅ。そりぇではじめで、真の力ぎゃ身にちゅくのじゃじょ」

それは予言のようだった。より暗いものと対決、真の力。オーヴァイディンは彼女をそうしたものにさらしたくないと思ったが、それは無理だとわかっていた。

彼等はグリルの民の砦で四日ほど過ごした。三日めにやってきたスティッカーカルに、残りの書簡を渡すと、彼の一座の者たちが一通ずつ携えて各地に散らばっていった。

「少数部族にも声をかけておかねばならん。それに、ペタルクにも。来ようが来まいがかまわぬよ」

砦を出立するとき、老コヤニは、千の兵を約した。十月初日。

白い河床を馬をひきながら半日歩き、最初の船着き場から舟に乗った。平舟で、一艘に一人と一頭しか乗れない。スティッカーカルは陸地を行くと言うので、イスリルでまた落ちあうこ

とにして、彼に馬を預けた。五人はまとまって一艘に乗りこんだ。浅い川は、支流を集めてどんどん幅を増し、深くなっていった。翌日には中型の荷物船に乗りかえた。常であれば、野菜をイスリルまで届ける船なのだが、都の情勢が悪化しているのでと渋るのを、町中の北島まで行く必要はない、黒衣島の北端につけてくれればいいと説得し、大枚をはずんで承知してもらったのだった。

風をうけた帆とウルグ川の豊かな水嵩《みずかさ》が、あっというまに彼等を下流へと運んでいく。五人はめいめいに甲板に立ち、濃紺の水面や両岸に延々とつづく森やせわしなく走っていく雲をながめていた。森は青ブナの青と金、カラマツの黄金、カエデやウルシの鮮紅、頭に冠を戴いて白い正装に身を包んだヤマナラシ、それらをひきたてるようなモミやトウヒの緑を抱いて、皆の目を楽しませた。

あと半刻ほどで都のとば口につく、と船長が伝えにきたあと、入れかわるようにハルファリラがオーヴァイディンの隣に立った。舷《ふなべり》に半ば身を預けてから、彼女は口をひらいた。

「南のヤジニホーズから北のグリルの民の砦まで、主だった部族に声をかけてきたけれど、いくら数えても、三千に満たない。大丈夫なのか？」

「そのとおりだ。約束どおりの数を出兵するのはグリルくらいだろう。あとは半分も出てくれば御の字か」

「……では、千二百か、多くて千五百。イスリル正規軍はどのくらいいるんだろう」

「正規軍の半数が敵にまわるとして、千。それにヒダルの兵が加わって二千を上まわるだろう」

「わたしたちは、あてにならない僅少の兵をつのるために、国中をまわったのか?」

悲鳴とも嘆きともとれる声をあげたのへ、オーヴァイディンは険《けわ》しい一瞥《いちべつ》を投げた。

「王になる覚悟をした者は、動揺を面《おもて》に出すものではない」

と叱りつけて、

「いや、王ではなかったな。コヤニの予言では皇帝になると言われたのだ」

わずかに頬をゆるませた。あれは予言であり、命令であったな、とおもしろく思った。老コヤニほどの歴年の魔道師ともなれば、予言の名を借りた暗示など、ごく自然にやってしまうのだろう。彼は視線を森にむけた。

「国中といってもイスリルの大地の半分も踏破していないぞ。きみは本当のカルガ山地を知らないし、〈東の大森林〉地帯も、果ての原も、極東のカリンカルの町も知らない。キルナダ遺跡やラブルラーリの港も見ていない。東西テイデルス王国、コンスル帝国、〈南の海〉との境がどのあたりにあるかも見聞していない。機会があったら是非とも足を運ぶべきだよ」

ハルファリラは腕に顎をのせてむっつりと返事をした。

「この戦に勝たなきゃ、足も運べない」

「戦などせんよ」

けろっとしてオーヴァイディンは言い放った。ハルファリラががばっと身を起こす。

「……だって……あんた……!」

「口のきき方を教えてくれる者がいるな」

「オーヴ！　それはあんまりだ！」

「何があんまりだ。戦がおこらないにこしたことはなかろうが。兵たちも、民たちも、平和が何よりだと思っている」

「そうじゃなくて……！　なら、どうしてすべての部族に出兵要請をしたんだ！」

「一つはきみに、国内の様子を把握してもらうためだ、さっきも言ったように。そしてもう一つは、誰が敵で誰が信用できるかを見極めるため。……まあ、待て、まだ最後の一つがあるぞ。敵には逃げ道を与え、味方には誇りを与えるため、だ」

「……？」

「それぞれの民に、それぞれの門前に出兵しろと言ったのは、なぜかわかるか？」

「攻撃口を分散して、都の護りを薄くするためだ」

「ふむ。それから？」

「仲の悪い部族同士のいさかいや、功名目当てのぬけがけを防ぐため？」

「それもある」

「……」

「そなたが皇帝となり、玉座に座したとき、〈イスリルの半日戦争〉にわが民も雄々しく兵を並べたのだと、部族の長が皆胸を張れるように、だよ」

ハルファリラの口が、あ、という形にひらいた。

「たとえ十人でも、あるいは一人、二人の出兵でも、わが部族は皇帝のためにできうる限りの戦をした、と――実際には剣もぬかず、矢も番《つが》えず、でも――そう言わせることが大事なのだ」

「本心から出兵した部族には誇り、そうでなかったとしても反徒の汚名は着ずにすむ……」

「そうだ。できるだけ敵を敵としないこと……そうすれば、懐柔の道もひらける。エムバスには笑われそうだがな。あらゆるところに敵を作ってきたくせに、と」

自嘲したあと、真面目な顔になった。

「できうることなら、部族の民にも正規軍にも、一人として剣をぬいてほしくはない。魔道師軍団が動かないでいてくれることを祈ろう。動く前に、わたしたちが王宮を乗っとり、きみが即位宣言をしてしまえればいいのだが。十月初日。その日を逃さないようにあらゆる手を尽くす」

あらゆる手の内には、きれいごとではすまない策略も含まれているのだが、ハルファリラは知らなくていいと、オーヴァイディンは思っている。彼はウォルンだ。泥の中を這いずり、汚泥をすべて呑みこんで、ハルファリラには清流に泳いでもらう。

「でも、オーヴ……。戦はしないっていうのなら、どうやって政権を手に入れるのだ?」

彼は顎をあげ、イスリルの方角に身体のむきを変えた。

「わたしたちは秘密の通路から王宮内に入り、グラスグーシと対決する。それで、戦は終わりだ」

「彼を、殺すってこと?」

「いいや。退位してもらうだけだ」

平然と嘘をついた。様々な話を統合して考えれば、グラスグーシはすでに闇に喰われたと見ているオーヴァイディンである。訓練されていない魔力が暴走をはじめたか、あるいは別の何かで闇の制御がきかなくなったか。きっかけはおそらく、ジルナリルの死であったか。彼女の死を招いた責任はグラスグーシにもある。オーヴァイディン暗殺を命じたのが彼であれば、悪意はめぐりめぐって本人にかえったといえよう。

「彼も魔道師なら……魔道憲兵隊の協力はえられないの？」

おや、とオーヴァイディンは彼女をふりかえった。

「その手もあったな……。自分たちだけでやろうと思っていたが。……それで、きみは平気なのか？」

「何が……？　憲兵たちが？　逮捕されたときは憎らしい連中と思ったけれど、今考えれば、彼等だって命じられただけなんだ。恨んだりはしていないよ」

「その公正さをずっと持っていたまえよ」

感心しながら頷いた。この若い女性は、日々、成長を遂げているな。もしかしたら、期待以上の皇帝となるかもしれない。……おそらく、しっかりした側近を幾人かつけ、未来展望と夢を彼女自身で育むことができれば……。

「セルラに私信を届けよう。来てくれるかどうかはわからんが」

ハルファリラにそう言いながら、はたしてそれが賢い決断なのかといぶかった。ポーポス、サナーの力と彼女たちの銀鞭、そしてオーヴァイディンの剣と弓で、グラスグーシを乗っとった闇に対抗できるだろうか。おそらく、王の心の臓を彼の短弓で射ぬいたとしても、彼は生きつづけるに違いない。闇を殺すには、闇そのものと対峙しなければならないのだが、対峙してむこうの方が強ければ、オーヴァイディンは逆にとりこまれるかもしれない。そうなったら、おそらく他の誰の力もかなわなくなる。少しでもその徴候があったら、エムバスにオーヴァイディン自身を殺してもらうしかなくなるだろう。

オーヴァイディンはかすかな身震いを覚えた。服の上から胸に手をあて、イスランの白琥珀《こはく》の感触を確かめた。失敗はしない。失敗したら、などと考えるな。必ずやりとげる。イスランのために。イスリルのために。闇を野に放ったりはしない。決して。

都へ注ぎ、都から南へと流れでるウルグ川には、普段何十隻という商船が行き交っているのだが、彼等が到着した夕暮れには——日に日に日脚が短くなっていくのが感じられた——ほとんどその姿がなかった。右手にぎらつく夕陽、手前に照り映える水面、黒衣島のオーヴァイディンの館が黒々と影を左に落としていた。

さらにその先に視線をむけた五人は、それぞれに息を呑んだ。

王宮の塔の玉葱《たまねぎ》頭が、ことごとく姿を消していた。青と白に彩られていたはずの塔の壁が、煤《すす》に焦げていた。

「都が誰かに攻撃されたのでしょうか」

エムバスが呆然と呟く。サナーが答え、ポーポスがつづけた。

「王様が雷を落としたあとだよ、あれは」

「随分、力を増幅したみたいだね。すさまじい力だ」

舷の上でオーヴァイディンの手がかたい拳《こぶし》になった。

14

地下通路と水路を伝って、黒衣島の館にひそかに入ったのは、夜も更けた時分だった。パッカードと再会を喜びあったあと、その夜は厨房《ちゅうぼう》に雑魚寝《ざこね》した。翌朝熱い香茶と焼菓子《ビスコーユ》で身も心もほぐし――ビスコーユには、さらに甘いクリームがついていた。まだ温かいそれをビスコーユにのせれば、いくらでも食べられるという怖ろしい代物である。たっぷりのクリームと適度に歯ごたえのあるビスコーユの山は、あっというまになくなった。香茶のおかわりで腹を落ちつかせ、そのまままた朝寝したい誘惑を振り切って、それぞれに行動を開始する。一階の厨房からつづく物置部屋を、ポーポスとサナーが寝床と決めた。二階はエムバスとハルファリラが一部屋ずつ、オーヴァイディンは三階の自室を再び暮らせるようにきれいにしなければならなかった。

昼すぎに、書き物机にむかい、セルラへの私信をしたため、エムバスに託す。雪花石膏《アラバスタ》の窓のむこうには薄雲が広がっており、葉を落としはじめた街路樹の梢《こずえ》がゆれていた。

一旦おいた筆《ペン》をとって、別の羊皮紙に何事かを記しはじめた。書きおえたのは日の暮れた頃で、五葉にわたるその書簡はエムバスへの遺言だった。筒にするとひどくぶ厚くなってしまったのを麻紐で縛り、封蠟《ふうろう》をおした。蠟が乾くのを見計らって、引きだしにそっとしまう。どうやら自分の運命は定まったらしい。グラスグーシの闇と対決するには、おそらく生命を投げださなければならないだろう。

心は静かだった。

オーヴァイディンはゆらぎのない蠟燭《ろうそく》の炎を見つめ、それからそっと吹き消すと、寝台に横たわった。

二日遅れて、スティッカーカルとその一座十人が到着した。彼等はすでに都の内をうろつき、様々な報せを携えてきた。

「王宮御用達の商人たちは、王様が気がふれたと思って、出入りしなくなっています」

「王宮はひどい有様で。塔は壊れ、壁は崩れ、扉は破られて。でも、侵入しようという者はいないようです。ヒダルの兵や近衛が王のそばに待機しているようです」

「巷《ちまた》ではこそ泥がこれ幸いと侵入したという話も。ただ、正気を失って帰ってきたとか、二度とその姿は見られなかったとか、王宮は魔窟扱いされています」

「都の民の中で、目端のきく者は逃げだしています。残っているのは能天気か、貧しすぎて出ていけない者ばかりです」

「南島の方はまだそれほどでもありませんでしたぜ。演劇場はしまっちゃいましたけど、飲み屋も女郎屋もそこそこってとこで」

「すべての門にはさすがに衛兵がつめていました。特に西門には、百人は常駐しているかと」

オーヴァイディンは身を乗りだして尋ねた。

「正規軍の動きは？　憲兵隊は？　魔道師軍団はどう動こうとしているのか、わかったか？」

セルラからの返信はまだだった。

「軍団の方は、甲羅《こうら》にひっこんじまった亀のようだ。兵舎は静かだし、訓練所にも研究所にも大きな動きはねえ」

「度々、ヒダル兵が出陣要請をしに扉を叩いているようですけれど、門前払いをくわされています。王直々の命令でなければ出兵しないと決めたようです」

オーヴァイディンはかすかな笑みを浮かべた。

「もしくは、命令はないものとするのかもしれんな」

「魔道憲兵隊は普段どおりの業務です。とはいえ、密告も訴えも入ってこないこの状態では、とても暇そうに、巡回しています。戦《いくさ》になっても、おそらくどちらにも味方せず、ただひたすら魔道師を監視するでしょう」

「正規軍も同様だ。三人の将軍は臨戦態勢を命じているが、一体誰に対するものか、自分たちもよくわかってはいないと思われる」

わからないままでいてほしいものだ。オーヴァイディンの笑みが深くなる。

「食糧も不足気味で、士気もあがらないんじゃないかしら」

「とにかく、食べ物が足りない」

都に出入りする船の数が極端に減ったのだ。それは当然だろう。

「戦は兵糧に左右される、だな」

スティッカーカルが愉快そうに天井をむいた。

「この館にいる限り、この人数でも二十日間は大丈夫だ。皆、安心していいぞ」

とオーヴァイディンが保証すると、十人は歓声をあげた。

「ただ、二、三人、厨房を手伝ってやってくれ。パッカード一人では大変だ」

オーヴァイディンを待つあいだ、毎日少しずつ地下室に食物を運びこんだパッカードの地道な用意があったからこそ、彼等を安心させることもできるのだった。

ハルファリラはエムバスの案内で、南島を徘徊した。南島は蛇行するショー川の内縁に沿ってつきだしている半島だったが、その根本を切りひらいた新運河によって水に囲まれた土地となっていた。二人は西門と南門を遠目に見ながらショー川の南を船で渡り、新運河の船だまりで島に上陸した。北島の閑散として荒れた風が吹きすさぶ通りとは対象的に、こちらではまだ、人々が都の繁栄を享受していた。

鱗《うろこ》状に道路が走り、その鱗一枚分をそれぞれ、魔法研究所や総合学院、神殿、植物園、演劇場が占めている。コンスル風の建築や各部族独特の様式が入り乱れて、慣れない者が見たら目をまわしそうだった。

ハルファリラは屋根つき市場を見てまわった。おそらくこれが、自由人として最後の楽しみになるだろうと、何となく感じていた。月の光を放つ真珠《しんじゅ》の首飾りを手にとってみたり、イスラン織のスカーフを試着してみたり、青と赤と緑と白の鮮やかな刺繡《ししゅう》を施した室内履きに目を奪われたりすることは今日限りだろう。屋台の揚げパン《ピロッカ》を吹きさましながら、頰ばったり、赤ら顔の年配の男と蒸留酒《オットガ》の飲み比べをしたり、勝者の花束をうけとったりも二度とあるまい。

勝てば孤独が、負ければ死が、彼女の自由を奪うだろう。

そうした不安をエムバスの笑顔が――何と、彼も笑えるのだ！――払拭してくれて、一日を遊んで過ごした。寒さがつのり、日が落ちて、篝火《かがりび》が焚かれる頃、島のほぼ中央の小高い丘に登った。二百数段の石段を登って、冥府女神《リユール》神殿の中に入った。

リュールの神殿は薄紅の大理石で造られた方形の建物で、奥には円蓋がついている。玄関から入るとすぐに、小路がいくつにも分かれており、そのどれかを選んで進むことになる。誰もが迷路に迷うのだが、その迷い方によって吉凶を占う。ハルファリラはエムバスを外に待たせて、一人で歩んだ。夜光草に照らされた小路を直感で進むこと四半刻ほどか、やがて円蓋の下に出た。

円い床の中央に、夜光草が一束、乏しい光を放っていた。土の匂いと水の匂いがした。ハルファリラは誘われるがままに中央へ進み、夜光草を拾いあげた。

不意に背後に何かの気配を感じた。ふりむくと、ゴルディ虎が低い唸りを発しながら迫ってきていた。立ちすくむ一息のあいだに、虎はあっというまに近寄って、牙を見せた。いかんともしがたい。膝をついて喰われるか、それとも肉用ナイフでせめてもの応戦をしようか。目の端に、拾った夜光草の青い花が映り、彼女は直感に身を任せた。虎の眉間を花で打つと、青白い光が宙に散り、あたりは全くの闇となった。ゴルディ虎の気配はかき消え、彼女はただ一人で佇《たたず》んでいた。孤独を感じれば、闇が身体の中にしみこんでくる。黒い溶岩か、炉の中の溶けた鉄のように、流れこみ、束の間わきたち、しずまっていく。

——鉄のごとく鍛えよ。

かすれて太い女の声がかすかに聞こえた。気のせいか、あるいはリュールが語ったのかと耳をそばだてたが、あとは静寂が漂うばかり。土と水の匂いが変化し、陽なたと泥沼の匂いとなったとき、小さな扉が細くあき、一陣の微風が吹きすぎた。ハルファリラはつめていた息を吐きだしたものの、生半可な納得を胸に、出口にむかって歩くしか術《すべ》はなかった。

十月のはじめの朝は、寒い朝となった。暁闇《ぎょうあん》にいつもどおりの食事をしたため、身仕度を終えたオーヴァイディンは、エムバス、ポーポス、サナー、ハルファリラと共に、地下の引きこみ水路から舟に乗った。寒さで鼻の奥が痛い。

スティッカーカルの一座はパッカードと共に館に待機し、合図を待つことにしている。

「合図ってぇ、どんな合図だ?」

外套《シーオル》を羽織るオーヴァイディンにスティッカーカルが尋ねると、エムバスがかわって答えた。

「わたしたちもわかりません。ですが、合図があがれば、そうとわかると思います」

とはなはだあやふやな返事ではあった。

北島の西岸をまわりこみ、王宮の前を流れる運河に入ろうとしたとき、西門と南門の方から鬨《とき》の声が響いてきた。実際に突撃を開始するわけではない。都の兵に対する各部族の示威行動だ。緊迫した大気は、北門にグリルの民、東門にはカレズの民がつめていることをうかがわせる。

舟は王宮を右手に見ながらとおりすぎた。橋門の上には衛兵の掲げる松明《たいまつ》がおぼろな光を放っていたが、薄明に川霧がうっすらとかかり、音もなく過ぎる小舟に注意を払う者はいなかった。

王宮北東に至ると、エムバスは右岸に舟を寄せた。石でできた排水口が運河に面して、ちょろちょろと水を吐きだしているそばに上陸する。

「この中、這っていくのかい？」

胡散臭《うさんくさ》そうな声を出したのはポーポスだった。直径と自分の腹部を比べて、顔をしかめる。

サナーは鼻をつまんで、

「行きつく前に臭いで死ぬよ」

と吐く息を白くして訴えた。その二人にはとりあわず、オーヴァイディンは排水口の横の草むらを両手でかきわけた。狐の尻尾色に枯れたヨシやエノコログサの茂みの奥に、背丈の半分ほどの四角い石があらわれた。

「うへぇ。水路を這うんじゃなくて、棺桶に入るのかあ」

ポーポスの嘆きを肩で聞きながら、オーヴァイディンはへこみに手をかけてひっぱったが、びくともしなかった。エムバスがかわり、足を踏んばったが、石と土堤の境目の土くれが申し訳程度に落ちてきただけだった。肩で息をするエムバスをおしのけるようにハルファリラが試した。素手で木材をたわめて竜骨さえ造った女族長が数度試すと、石棺の蓋めいたそれは、渋々降参してやっとはずれた。エムバスが先に入り、すぐに立ちあがってカンテラに火を灯した。ぶつくさ言っていた双子も、灯りに照らされた通路に立つと、目を丸くして周囲を見わたした。

天井には大理石が張られ、壁と床は青と白の幾何学模様のタイルで彩られている。有事の際の王の逃げ道として造られたとき、オーヴァイディンはイスランやリルルと共にここを歩いたのだった。

今は方向を逆に、王を滅ぼしに行く。おかしなものだ、と思った。

タイルの道は微妙な弧を左右に描きながら、少しずつ登っていく。蛇の木登り、とリルルは笑ったものだった。しばらくすると、タイルはむきだしの石壁に変わり、大理石の天井は漆喰《しっくい》になった。

この道は王宮中をめぐっている。物置部屋と武器庫のあいだをとおり、長い廊下と階段に沿って、枝にからまる蛇のごとくに、小間使いや料理人や洗濯女の部屋をかすめ、衛兵の溜まり場や小姓の大部屋の天井裏を渡り、客間や侍従や側近の控室のぶ厚い壁の中を流れ、宝物庫と広間と謁見の間を真横にして、王の衣装部屋に至る。

普段であれば、香ばしいパンの香りや玉葱《たまねぎ》をいためた匂いが漂い、食器ががちゃつき、人々が叱ったり確認したりする声やせわしない足音が響いてくるのだが、そのかわりに今日は、誰かの鼓動めいた音が激しくどんどんと鳴っていた。王宮中に鳴りわたる戦の太鼓のようだったが、王宮自体が発しているようにも思われる。首筋に歯の先があたったような寒気を感じた。

道は行きどまりになった。右に一本だけ立つ木の柱のそばに手をあてておすと、壁は反転して黒い入口となった。全員が入ると、ひとりでにしまる。エムバスの掲げたカンテラの灯りで、衣装部屋にたどりついたのだとわかった。貧しい者であれば一家全員が暮らせるほどの大きさで、棚には毛皮や絹で裏打ちされたぶ厚いシーオルをはじめ、刺繍や宝石でふんだんに飾りたてられた王の衣装がぎっしりとつまっていた。王冠や飾り剣や帯、虹石を百個もつらねた首飾り、碧玉だけで作った戦衣や無数の腕輪、指輪も並べてあった。

古い衣類と黴《かび》の臭いと、洗剤の残り香が奇妙にまじりあっており、鼻がむずむずし、目がかゆくなった。ポーポスが慌てて口と鼻をおさえ、くしゃみをおし殺した。

オーヴァイディンは全員を見わたしてから、ささやいた。

「この外は王の寝室になっている。だがわたしたちが使うのは、あっちの扉だ。あの先に広間がある。グラスグーシは玉座にいるはずだ」

彼が示したのは、棚と棚にはさまれた、丈も幅も人一人がようやく通りぬけられる小さな一枚板の扉だった。こちらは、小姓がよく使ったらしく、取手も黒光りしている。

「わたしが先にいきましょう」

カンテラをもったエムバスが先導する。次いでサナー、ポーポス、オーヴァイディンの順で頭をかがめて入った。オーヴァイディンは敷居をまたいだ直後に立ちどまり、狭い通路に先を行く三人の影がゆらめくのをながめた。

「……オーヴ？」

衣装部屋でハルファリラが促す。彼はふりむいて穏やかな口調で告げた。

「きみに渡すものがあった」

オーヴァイディンは白琥珀《こはく》をはずして瞠目《どうもく》する彼女の首にかけてやった。

「オーヴ、これは？」

「イスランから賜《たまわ》った白琥珀だ。いや、その片割れだ。もう一方の半身には、イスランの希望、展望、理想がつまっていた。三代めの王レイレディンがみまかったと知ったあと、それらはわたしから落ちてしまったのだ。残ったのはむなしい誓いだけ」

むなしい誓いは世をすねた彼の胸の底に沈んだ。浮かびあがってきたのは、エムバスの洞察力あふれる叱咤《しった》とハルファリラの存在を見出したからに他ならない。

「誓いの石であれば、わたしが持つより、きみが身につけている方が、はるかにふさわしい。ふむ……、しかし完全体であればもっといいか。二つ合わされば、大事を成し遂げようとするときのよすがになるはずだ。よし、片割れも手に入れよう。すぐにな。……ふさわしい皇帝になりたまえ」

ハルファリラが白琥珀に目を落としたその刹那《せつな》に、彼は扉をしめた。

「さらばだ、ハルファリル」

扉は静かな音をたてた。おそらく扉のむこうでは、ハルファリラが啞然として立ちすくんでいるだろう。彼女が我にかえる前に、と急いで垂れ下がっている鎖を引いた。すると頭の上で重いものがきしむ音がして、オーヴァイディンが飛びのいた直後に、方形の樫木《かしき》が次々にすべり落ちてきた。

木くずを手でうち払いながら、重そうな三本の柱が重なって横に扉をふさいでいるのを確認した彼は、踵《きびす》をかえした。一馬身先でサナーが待っていた。

「彼女、激怒すると思うわよ。許してもらえないね」

オーヴァイディンは鼻の奥でふむ、と同意した。

「その怒りに面とむかわなくてもいいのはうれしいね」

扉のむこうで啞然とし、次に彼等の名を呼んで拳《こぶし》を打ちつける姿が目に浮かぶ。叫び、喚《わめ》き、体当たりして突破しようとし、びくともしないことに愕然と気づき、一歩退いて――

「あきらめるだろうか」

「あの娘があきらめるわけがないよ」

「では急ごう。別の道を見つけて広間に至る前に、決着をつけてしまおう」

サナーは忍び笑いをもらした。

「尻尾を踏まれたゴルディ虎みたいに怒り狂うだろうねぇ」

「わたしはごめんだね。さっさとリュールの腕に抱かれることにしよう」

「仕方がないね、つきあうしかないか」

軽口をたたきながら、遠い点になったカンテラの灯りめざして大股に進んでいった。

ほどなく彼等は回転する壁をくぐりぬけ、大広間に足を踏み入れた。闇が席巻しているか、はたまた混沌が荒れ狂っているか、と覚悟していた四人は、意外な光景にとまどい、逡巡した。千本の蠟燭に照らされて、雲母の窓や鏡張りの天井が、明るく映えている。百本の松明からあがる薄い煙がものの輪郭《りんかく》をぼやけさせてはいるものの、大勢の貴婦人や、男たちが手をとりあって舞踏の最中であるのは見てとれた。それぞれの部族の衣装を身につけて、中には裸足だったり、戦衣をまとっていたりしている。

ポーポスが左側、サナーが右側の空中に対して、軽く腕を払うと、それらはたちまちかき消えて、全く別の光景があらわれた。

「……これは……まやかしですか」

エムバスが問い、オーヴァイディンが唸った。

「何とも大がかりな目くらましだな」

彼等は温かい陽射しの下、どこまでもつづく花畑に立っていた。白、黄、赤、紫、青の色彩が鮮やかに広がり、風にゆれている。薄い霧が流れこんできてはどこかへ去っていく。二人が別々の方向に手をふると――彼女たちは呪文も使わずにやってのけるのだ――今度は長年うちすてられた廃墟の中にいた。天井から布のように垂れ下がる蜘蛛《くも》の巣が、視界をはばみ、すべてが灰色にくすんでいる。〈双子の魔女〉が三度手をふると、それらは燃える羊皮紙のようにめくれていき、ようやく現実の姿があらわれてきた。

王は玉座に座し、喚き、怒鳴り、指をさし、足を踏みならしていた。その手前では、数人の小姓が、けばけばしく彩色された大きな壺や、詰め物たっぷりの虎でも座れそうな椅子、螺鈿《らでん》飾りの小簞笥《だんす》、タペストリーや絨毯《じゅうたん》などを、あっちに持っていったりこっちに持ってきたりと、せわしなく動きまわっていた。近衛やヒダル兵は、王の間の護りをそっちのけにして、各門の守備にまわっているのか。おそらく王がそう命じたのだろう。また、足元には、踏み台やクッションが転がっていたが、彼等が踏まないようにまたいだりよけたりしているのは、そればかりではなかった。彼等の仲間とおぼしき者たち、グラスグーシの妾妃たち、魔道師数人の骸《むくろ》がごろごろしていた。ほとんどが雷に打たれて焼け焦げ、誰が誰であるかもわからない。服の切れ端や投げだされた装身具から、ああ、これは石鹼を買ってくれた婦人か、こちらは槍を持っていた衛兵か、と推測するしかなかった。

サナーがえずき、ポーポスが顔をしかめる。右往左往している者の中には、エムバスより一回りも大きいヒダルの戦士もわずかにまざっていたが、彼等の表情は一様にこわばり、青ざめていた。天井を見あげると、一部が破れて上階の横石や梁《はり》がむきだしになっている。壁のところどころや床にも焦げあとがあり、見境なく王が魔法を使ったことを示していた。

オーヴァイディンはゆっくりと玉座の方に進みでた。背後に、ポーポスとサナーが油断なく従い、エムバスはどこへでも動けるように脇の方に離れてついてくる。彼等を認めた人々は、カマキリの幼虫が卵から一刻も早く離れていくように、荷物を放りだして逃げ去っていく。

隅の方で陶器が落ちて割れる音が響いた。王は束の間そちらに気をとられ、罰を与えようと指を動かしかけて、オーヴァイディンたちに気がついた。

「新しき従臣が来たと思ったら、そなたか」

すっかり痩せこけ、ますますカマキリに似てきた顔に、目だけをぎょろりと大きくして、グラスグーシは喚いた。そなたか、と口にしたものの、名前は思いうかばないらしい。指さしたまま動きが止まる。

「きみが闇に喰われたらしいと噂を耳にしてね、様子をうかがいによってみたのだよ」

何年来の友人に対するように、オーヴァイディンが言った。

「だが、闇に喰われたわけではないらしいな」

「そなた……何という名であったか……おい、名を名乗れ」

「そちらから名乗ったらどうだ？　いくばくかはグラスグーシの片鱗もありそうだが、グラスグーシではあるまい」

王の姿をした者はおもしろそうに笑った。口の中がみえ、歯も舌も毒にあたったかのようにまっ黒になっているのがわかった。

「おう、久方ぶりに骨のあるやつがあらわれたわ。余は誰というわけでもない。混ぜものでな。グラスグーシもわずかにとどまってはいるが、魔道師四人、戦士と物乞いと漁師が一人ずつ、古いやつでは八十年前の王妃もいるぞ」

「死者の器になりはてたか」

「ジルナリルの復活を試したのだがな、ジルナリルはわれらの前に怖れをなして、とっととリユールの陰に消え去ったわ。われらは呼ばれたゆえ来たのだが、われらを乗りこなせる術も力も精神もなく、グラスグーシはすすり泣いておったぞ」

「禁忌の術を使ったのか」

「それを教えた者も、手引きした魔道師長も、それ、そこに転がっておるのではないか？　おや？　どこへいった？　あやつらもリュールの陰に隠れたか」

「今日は玉座をあけわたしてもらいに来た。四方の門にはすでに各部族の軍勢が待機している。こちらはその気になればすぐにも攻め入って都を手中に収めることができるのだがね。できるだけ死傷者は出したくないのだよ。話しあいでことがすめばそれにこしたことはない。ということで、一騎打ちをしようではないか。まぜもののおぬしたちの中で最も強いのは誰だ？　グラスグーシの落雷魔法を奪い、大がかりな目くらましを編みだした者がいるだろう。魔力を増幅するに長けたやつが」

「まともに余と会話をするとは、うれしいぞ。洞察力のあるやつは好きだ。余は生前、モスルと呼ばれた」

「聞いたことがないな」

冷たく返すと、王の額の中央が盛りあがり、刺《とげ》のようになった。黒い口をあけて牙を見せながら、

「まさにそれよ」

と唸った。

「余は無名であった。魔力増幅の力を持つ者の宿命よ。栄光は常に、炎の玉や雷を落とす者の

頭上にもたらされた。余の助けなくば手柄もたてられぬ者どもが、皆、輝く面《おもて》で歓呼に答え、対して余は一顧だにされなかった。他の死者も同じよ。実力を認められず、顧みられることなく悔いを残して死んだ者ばかりだ」

オーヴァイディンは唇を歪めた。

「珍しいことではない。ほとんどの者がそうであろう」

「いいや、違う！　われらは特別であった！　われらはとるに足らぬつまらぬ存在などではなかった！　そんじょそこらの」

と、王の形をした者は、黒く尖った爪を、焦げた骸にむけて喚く。

「下衆《げす》な魔道師や、欲に目のくらんだ女どもや、ただ鬱憤《うっぷん》の捌け口を求めて人殺しをする男どもとは全く違う！　われらはあがめられ、敬われ、憧憬《しょうけい》のまなざしをむけられるに値したはずなのだ！」

「神のように、か？」

「そうだ、神のように！」

「リュールの腕に抱かれたとき、それを感じなかったか？　リュールはあがめられ、敬われ、ときには憧憬のまなざしで訴えかけられ、そして怖れられる。彼女と同化して、それでもなお不満が残ったのか？」

モスルと名乗った死者たちは、しばし口をつぐんだ。やがて目をぎらりと光らせて、

「そなた、まるでリュールの腕を知っているような口ぶりだな」

「ふむ。確かに、リュールの腕を幾度かすり抜けたな」

「……それで、そなたは何者ぞ。本当は、何をしに参ったのだ。正直者のふりをしているが、一筋縄ではいかないやつだと感じるぞ」

オーヴァイディンは、おお、そうであった、と莞爾《かんじ》と笑い、両腕を広げてみせた。

「その首に下がっている骨董品をかえしてもらいにきたのよ！」

モスルはうつむいて胸に視線を落とした。様々な飾りがついているのを指でまさぐり、どれのことだ、と尋ねた。

「それよ、一番みすぼらしく古い首飾り。それはもともとわたしのものだ」

金具は錆び、紐もすり切れたそれは、川原の石のように灰色にくすんでいた。

「これが、そなたのものだというのか？　それは笑止！」

「何十年も昔に、この近くの森で失くしたものだ」

「嘘をつくのなら、もっと上手につくんだな、魔道師よ。何を企んでいる？」

そう言いながら、王は紐をつかんだ。だが、再び目を光らせて、思いなおしたように手をはなした。目を細めて彼を睨んだ。

「……思いだしたぞ。そなた……やたら口のたつ男だ……オーヴ……オーヴァイディンだな。グラスグーシの雷をよけた魔道師だ。口車にのせられるな、とグラスグーシが教えてくれたぞ」

「おぬしの頭の中で、切り裂かれて悲鳴をあげるのが聞こえたよ。可哀想に」

「闇の制御法も学んでおらぬのに、落雷王だと大きな顔をしておったからよ。だが、闇そのものに乗っとられずにすんで、良かったと思うぞ。われら死者はまだ理《ことわり》がきくゆえな」

そううそぶいて、モスルなる者は呵々大笑《かかたいしょう》した。それを遮《さえぎ》って、オーヴァイディンが声をはりあげる。

「教えてくれ。おぬしたち死者をリュールのもとに送りかえすには、どうしたらいい？」

「できるものか。そなたに生命を投げだす覚悟があるか？　あるはずもない。そのような奇特な人間なぞいないに決まっている」

「おのれの生命を投げだす？　それでどうしておぬしたちを送りかえすことができるのだ」

「われらをからめとり、共にリュールのところへと行かねばならぬ。それなりの魔力がなければできぬ。そなたには到底無理だな」

オーヴァイディンは何の前ぶれもなく、シーオルの裏から短弓を取りだすと、相手が認識する間も与えず、矢を放った。口に唱えた呪文は一言、グラスグーシ。

矢は王の片目から入り、目の後ろに縮こまっていたグラスグーシの意識を貫き、生命を司る機能を破壊して、頭蓋骨のむこうにつきぬけた。残った方の目が一瞬驚きに見ひらかれ、怒りと憎しみの色を宿してオーヴァイディンを睨みつけた。唇が曲がり、黒い牙をむきだしにしたかと思うや、その両腕が床にのびた。鼻面と首が長くなり、一瞬で身体中に漆黒の毛が生え、耳は立ち、尻尾が床を打った。直後にとびかかってきたのに、身構えていたとはいえ防ぐ術はなかった。狂狼の顎に喉を食いちぎられ、その重い前足に胸骨を折られる、と覚悟したとき、たてつづけに鞭の音がした。狼は獣の悲鳴をあげてもんどりうった。その身体に、三本の銀鞭がからみついて、狼の姿が人に変わったり戻ったりした。

そばにポーポスとサナーが両手を翻《ひるがえ》し、玉座の左右に駆けつけてきたセルラと腹心の部下二人が予備の鞭を構えていた。

「おお、心強い、手紙は届いたかっ」

「あなたにはいろいろ問い質したいことが山ほどあるけれど、今日はひとまず棚にあげておくわ。この化物を退治してからよ」

「それは大歓迎だ。共に葡萄《ぶどう》酒を飲み、巴旦杏《はたんきょう》の種でもかじりながら、落日をながめたいものだな」

「そんなに悠長なことをしていられるかしらねっ」

狼は鞭をようやく振り落とし、歯茎をむきだして身構えた。サナーが、

「どうなってんの？」

と問い、オーヴァイディンは第二の矢を番《つが》えながら答えた。

「彼等を黄泉《よみ》にひきずっていく魂が必要だというから、グラスグーシにその役を任せようと思ったのだ。だが、力不足だったか」

矢を放つと、残ったもう一つの目に命中する。狼は絶叫をあげながらも、海蛇のような長くぬめぬめしたものに姿を変え、身をくねらせた。銀鞭がはがれ落ちると、海蛇はオオワシに変身し、その鋭い爪と嘴《くちばし》で襲いかかってきた。〈双子の魔女〉の手が翻る。横にそれた翼がオーヴァイディンの頬を打ち、一滴の血がしたたる。オオワシは床に墜落したかと思うや、たち

まち大きな獅子と化し、鬣《たてがみ》を震わせて風をおこした。両目には矢がつきささったままで、その奥ではグラスグーシが荒ぶる死者たちの裾をつかみ、――ふりまわされているようだ。

セルラたちの銀鞭が再び空を走ったが、今度は獅子も身をかわし、一本だけが右後足にぴしりとからまっただけだった。獅子は嘲笑《あざわら》うように一蹴りでそれをはずし、野性の咆哮《ほうこう》を轟《とどろ》かせた。憲兵たちは銀の剣をぬき、獣に三方から肉薄する。獣は少し腰を落として耳をうごめかせ、オーヴァイディンの方向に見当をつけて跳躍した。オーヴァイディンは第三の矢を無慈悲にその胸に射ちこみ、同時にリュールの名を叫んだ。

獅子は半ば身をよじりながら、絶叫と共に落下した。飛びのいたオーヴァイディンの膝にその大きな頭が当たり、彼もまた獅子ともども床に倒れた。獅子の顔がもちあがり、――二本の矢は折れてはいたが、まだつきささったままだ――人の顔に変わったが、もはやそれはグラスグーシ王のものではなく、オーヴァイディンの見知らぬ老いた魔道師の灰色をしていた。

後頭部の痛みとは別の、何やら異質な感触が背筋を這いはじめた。魔道師をおしのけようとしながら横目で確かめると、無数の白い手が床から生えて、二人をとらえようとしているのだった。光のまったくない場所で育った両生類さながらに、粘液状の艶を発して、幾百本もが海中の藻にも似た動きでまさぐってくる。リュールの手だ。死すべき者を探しあてようとしているのだ。

老いた魔道師は全く歯のない黒い口をあけてにっかりと笑った。

「ただでは帰らぬぞ。土産を持っていかねばな」

モスルは三本の矢に射ぬかれながらも呪文を唱え、片手で床を叩いた。すると、地の底からかすかな応えがあった。それは急激なゆれと轟音《ごうおん》となって王宮をゆすり、オーヴァイディンと老魔道師の下に、大きな裂け目をつくった。

閉じた扉をハルファリラはただ見つめていた。何がおきたのか悟ったのは、扉のむこうを何やら重いものがふさぐ音がしたあとだった。慌てて扉を拳で叩き、おしたり引いたり、蹴とばしたり、体当たりしたりした。が、そのどれもがむなしいものとわかってはいたのだ。

彼女は踵をかえすと、衣装部屋の中央に戻った。来し方の回転扉を引きかえしても、広間とやらには出ない。とすれば、残る道は王の寝室からおりていくしかないだろう。

「オーヴァイディン……！　大っ嫌いだ！」

そう吐きだしながら、寝室につづく正しい扉をおした。両びらきのそれはなんなくひらき、瓦礫《がれき》がおり重なっている部屋に彼女を案内した。黴と埃と腐った何かの臭気に満ちた薄暗い中を大股に横切って、廊下へと飛びだす。廊下も室内と大差はなかった。崩れた壁や彫像が床を埋め、下敷きになった侍女や衛兵の身体の一部がのぞいていた。唯一の救いは、天井の隅が破れ、外の光がそこから射しこんで、闇を払っていることか。

ハルファリラは歯嚙みしながらまたぎ、とびこえ、階段を駆けおりた。扉という扉をあけて、一つ一つ確かめながら右へ左へと曲がるうちに、自分のいる位置がさっぱりわからなくなってしまった。生まれつき方向感覚がしっかりしている男たちの顔を思いうかべ――大抵それは、船乗りだったが――、一人一人の名前を呼んで毒づきながら、一度厨房まで出てしまった。さすがに竈《かまど》にはまだ火が入っており、数人の料理人が身をよせあっていた。闖入者《ちんにゅうしゃ》が髪をふり乱し、息も荒く、大広間はどこかと尋ねると、いくつもある出口のうちの一つを一斉に指さした。

料理皿を持った給仕人が楽にすれ違うことのできる幅をもった廊下にとびこむと、全速力で駆けぬける。途中にある扉はすべて無視して、正面の緞帳《どんちょう》をめざした。布を左右におしあけると、大広間の側面に出た。衛兵が二人、壁にへばりついていたが、彼女があらわれるとおしのけるようにして入れ違いに逃げていった。

凄惨な広間の奥で、〈双子の魔女〉、エムバス、オーヴァイディン、憲兵隊の三人が、何やら人ではないものと戦っている。はじめ狼であったものが大蛇に似たものに変わり、オオワシとなり、獅子に変じた。ハルファリラは焦げた骸のそばに落ちていた槍を拾いあげて駆けよろうとした。突然床から無数の白い手がのびてきたかと思うや、直後に床が割れた。オーヴァイディンと獅子であったものがのみこまれる、と見てとった彼女は身体を投げだし、片腕をさしのべた。がっちりとつかんだのはオーヴァイディンの肘だった。こちらを見あげた目が、大きくひらかれる。少年のように澄んでいた。さんざんつまらぬ策略をめぐらせ、人をだました男とは思えない目だった。

「手をはなせ、ハル」

そう訴える声には、恐怖や驚愕、憂慮《ゆうりょ》の外の、何かがひそんでいた。裂け目の縁にもう片方の手をつっぱりながら、ハルファリラは歯を食いしばった。誰がはなすものか。二度もわたしを裏切ったあんたを、みすみす冥府に奪われてなるものか。

「はなせ、ハルファリルっ」

宙吊りになっているオーヴァイディンの両足に、黒くうごめくかたまりがしがみついている。そしてその瀝青《れきせい》めいた人の形をしたものには、白い無数の手がからみついて、奈落へ引きずりこもうとしている。それを目にしたとたん、ハルファリラは無理だと直感した。するとオーヴァイディンもかすかな笑みを浮かべた。

「無理なのだ、ハルファリル。リュールの手につかまってしまったら、逆転はありえない。はなすんだ」

ハルファリラは息を呑んだ。なんてこと！ 彼はこの状況をおもしろがっている！ 死の恐怖、彼女の心配もよそに、楽しんでもいる！

誰かが彼女の足をつかんだ。エムバスだろう。力いっぱいひっぱって、オーヴァイディンもろとも生の側に連れ戻そうと必死だ。だが、オーヴァイディンの言うとおり、相手がリュールでは逆転はありえない。

覚悟ならとうにできている。あわよくば皆助けられればと思っていたが、そうはならないようだ。ならば。

ハルファリラはエムバスの手を蹴りほどいた。痛嘆と驚愕の声を背後に残して、自ら裂け目に身を投げだした。

はてしなく落ちたような気がする。ずっとつづくとしたら、これはこれで困ったことになりそうだ。永遠の落下は想定していなかったからな。いずれリュールの膝下について、何もわからなくなる眠りに誘われるのだとばかり思っていたから。慌てても仕方がないのだが、心の臓は激しく動き、冷汗が噴きだし、目眩《めまい》もしてきた。さすがに永遠はたまらない。

ふと気がつくと、ようやく、落ちている感覚はなくなっていた。彼は銀で象嵌《ぞうがん》された華奢《きゃしゃ》な門のちょうど真下に座りこんでいた。周囲は闇だが、門のあっち側とこっち側にハルファリラとグラスグーシ――王の姿に戻っていた――が倒れているのがはっきりと見える。ハルファリラはぶつぶつと毒づきながら起きあがる。まだ目の焦点があっておらず、ぼんやりしている。彼同様、怪我はないようだ。グラスグーシの方は、その肉体に死者がいまだひそんでうごめいているらしく、肩や背中やふくらはぎが瘤《こぶ》状に盛りあがったり、へこんだりしている。

オーヴァイディンは頭痛に顔をしかめながら、四つん這いになった。耳元ではまだ風が鳴っている。焦点もときおりぼやけるし、口の中はからからで喉がひきつっている。それでも直感的に、門の真下からグラスグーシ側に出てはいけないと悟っていた。あちら側は死者の領域、リュールの懐《ふところ》と同じ。彼はハルファリラにむかって、そこにとどまれと叫ぼうとした。

頭《こうべ》をふりむけたその目の端を白光がかすめた。再びむき直れば、グラスグーシの肉体がゆっくりと立ちあがり、その首から白琥珀が垂れ下がっているのを認めた。

彼は思わず脇腹を手さぐりした。白琥珀がひそんでいた傷口はすっかりふさがり、取りだした半身はハルファリラの首にかかっている。なのに、王の首に下がっている石からも、強い誓

い の証が感じられる。イスランの魔力がこれほどとは。

グラスグーシの姿が変化した。あちこちにとび出ていた瘤が収縮したかと思うや、戦士の形をとった。槍を手にして、ゴルディ虎のように超然と油断なく、一歩また一歩と近づいてくる。

槍が少しずつもちあがっていくのを見つめながら、オーヴァイディンは必死に思考をめぐらせた。あやつが変化して、どこからか槍——本物の槍らしく見える——を取りだしたのだとしたら、あれに貫かれれば彼は門のそちら側につれていかれる。それならば、こちらも、おのれの思念で短弓を創りだして射たらいいのではないか？

オーヴァイディンは一度に三本の矢を番えて放った。胸を横一列に命中した矢は、戦士の首から上を吹きとばした。槍は地面に落ちて、吹きとばされた断片と液状になってまざりあい、戦士の足元から波うちながら登っていき、再び人の形をとりかけた。オーヴァイディンは容赦なく再び矢を放ち、人形《ひとがた》は膝の部分まで破裂した。

そこまで見届けると、ハルファリラの方へと踵をかえした。ハルファリラは髪をふりみだして中腰になり、今見ている信じがたい光景をなんとか理解しようとしていた。

「オーヴ、足元！」

と彼女は我にかえったように叫んだ。その手に造船時に使用する斧をふりかざして門の下にとびこんでくるのと、オーヴァイディンのくるぶしに何かがからまって彼がばったりと前のめりに倒れるのとがほとんど同時だった。

首を曲げて見れば、真っ黒い鉤爪《かぎづめ》が、足首をわしづかみにしていた。魔道師モスルの顔とグラスグーシの面影と、オーヴァイディンの知らない女の顔が入れかわりながら手のすぐ後ろに黒い瘤様にあらわれる。ハルファリラの斧がグラスグーシの頭と鉤爪をなぎ払い、オーヴァイディンは自由になった足を回転させながら三度、矢を放った。死者たちの容れ物は、いまや瀝青のようにぬめり、溶岩のようにほどけていたが、なおあきらめることなく迫ってくる。ハルファリラが斧をふるい、飛沫をとばしても、腕をのばし、足を使い、這いずりながら二人をとりこもうとする。その、形ともかたまりともいえない姿のどこかには、必ず白琥珀が輝いて、どんな状態であっても変わらない光を放ちつづけていた。

ハルファリラの腕をとり、ひきずるようにして門の外へ出た。ハルファリラはなかなか言うことをきかず、オーヴァイディンをさえその斧で真っ二つにする剣幕《けんまく》だったが、耳元で何度も喚くと、ようやく我にかえった。

「死者はあの門からこちら側にはこられない」

息をはずませながら言ってきかせる。

「だが、あきらめることをしないだろう。あの白琥珀が見えるか？」

ハルファリラは瞠目しながら頷く。

「あれは、希望と展望と理想をこめたイスランの白琥珀だ。イスランの強い魔力は冥府《めいふ》のとば口でも力を発揮する。それゆえ、あの死者たちは徒《いたずら》に生への期待が断ち切れずにいるのだ」

ハルファリラは不思議そうな顔をした。胸から白琥珀を取りだして尋ねる。

「じゃ、これは……？ 偽物なの？」

「いや、違う。それも本物だ。かつてわたしはイスランから賜るときに誓った。その誓いのしるしだよ」

眉をひそめたハルファリラは、胡散臭そうにオーヴァイディンを見た。

「わけがわからない」

「わたしの本名はヴュルナイ、イスランの魔道師にして戦士だった」

「……また、わたしをだまそうっていうの？」

オーヴァイディンは口早にイスランへの誓いとその後の王国の顚末《てんまつ》を語った。

「レイレディンが死んだと聞かされて、弾劾も復讐心も行き場を失ってしまった。同時にわたしの王国への希望も理想もついえてしまった。おそらくその直後に、白琥珀はわたしから去り、かろうじて誓いの片鱗だけがわたしの中に残ったのだろう」

しばらくハルファリラは黙したままだった。枯れ木のように棒立ちになって、門の下でむなしくうごめいている死者たちの影をぼんやりとながめていた。グラスグーシの稲妻《いなずま》が金に閃《ひらめ》いたが、門とこちら側の境目で、目に見えない刃で切り落とされたかのように、すっぱりと消滅した。大工の鑿《のみ》らしきものや戦士の短剣らしきものも飛びかったが、こちら側には到達できないようだった。

彼女の思考が落ちついた頃を見計らって、オーヴァイディンはつけ足した。

「そしておそらくだが……あれを奪いかえすことができれば、わたしたちは生の世界に戻ることができると思う」

死者をして断念させられない魔力が内包されているのであれば、彼等二人を地上に導くくらい、簡単にやってのけるだろう。

待つこと十数呼吸、ようやくハルファリラが口をひらいた。

「片方が囮《おとり》になって、もう片方が奪いとる。まともに対したらのみこまれて終わりだ」

「わかってくれたか。やってくれるか」

「やらなければ帰れない、というのだろう。こうなると、あなたの戯言《ざれごと》などはどうでもよくなってきた。とにかく帰るためにやれることをやる」

戯言、と言われて傷ついたが、真実であることを納得させるのは、地上に戻ってからでも遅くはない。彼女の目に映っているオーヴァイディンがどれほど信用ならない人物だとしても、それは後々に解決すればよい。——しかし、解決できるのか？

オーヴァイディンは不安を——つまらない不安だ、他人が自分のことをどう思うかなど、自分さえ確立していればつまらない悩みにすぎない——脇に寄せて、ことさら朗らかに提案した。

「では、わたしが囮になる。きみが首飾りを奪いたまえ。奪ったらすぐ、きみの片割れとあわせてみることだ」

「……わかった……」

不服気な表情に、目で問うと、

「あんたは、一緒に何かしなきゃいけないときも、命令口調だ。どうでもいいことだけどね」

と言いすてて、ずんずん門の方へ歩いていく。オーヴァイディンにはそれについて考える余裕などなかった。自分ではそんなつもりは微塵《みじん》もなかった、との思いがちらりとかすめはしたが。

ハルファリラは門脚の下に佇み、オーヴァイディンが反対側に進んだ。門の真下では、次々に人の形、姿形があらわれては崩れ、崩れてはあらわれるをくりかえしている。ときおり紫電や炎の玉が走り、怒号や鳴き声や呪文を唱える声がこだまする。

オーヴァイディンが門脚の端から中にすべりこみ、短弓を連射しはじめた。現実世界で、もっと若いときでも、これほど素早く放つことはできなかった。この場所ではいっぺんに四本の矢を番えて発射させ、すぐに指のあいだにまた四本をはさむことができる。そして百発百中だった。さしもの死者のかたまりも、雨あられと降ってくる矢の嵐に、ちぎれちぎれになり、あるものは死者側の暗みに飛んでいき、あるものは門の天井や壁にへばりつき、あるものは反対側に飛びだして、あとかたもなく消滅していく。死者たちの喚声とオーヴァイディンの弓の発する弦《つる》の音が入り乱れた。ここへ落下してきた直後に比べると、半分ほどのかさになったかたまりは、それでも少しも頓着しないらしく、門のあちこちにこびりついた断片をも再び集めて盛りあがり、両腕を広げてオーヴァイディンに襲いかかってきた。

背後からとびかかったハルファリラにあたらないように、足元に矢を放つと、死者たちは水に浸した焼菓子のごとくにぐずぐずと崩れた。ハルファリラはその首に手をかけ、首飾りの紐を力いっぱいひっぱった。グラスグーシかモスルか、はたまた戦士か、いまやすべてがいりまじった者の首は煮こごりであるかのように易々と切断され、宙にとびちった。直後に、残った身体らしきものがオーヴァイディンにおおいかぶさってきた。視界がおおわれていくさなかに、ハルファリラの手がかたまりの肩から中へと吸いこまれていくのを認めた。だめだ、それはだめだ、と叫んだが、その口にも死者の暗黒が入りこんできて、喉はつまり、目も裏がえり、胸をかきむしって七転八倒、そしてその末は闇になる――。

死者の肩に手をかけ、白琥珀の紐をもぎとったと思った直後、ハルファリラは瀝青と溶岩の中に、漆黒と黄金の暗黒にとりこまれた。

小さな稲妻が走っていた。霧のように闇は渦巻いていた。雷電に打たれ、闇に呼吸を奪われ、刑場に追いたてられる囚人のようによろめいた。握りしめている紐の先で、白琥珀の光も躍っている。嵐に翻弄《ほんろう》されてどれほどたったのだろう。腕や額に稲妻のあとがミミズばれとなって刻まれ、胸の中には闇の霧が毒となってうごめき、心の臓の鼓動と共に彼女を打つ。

膝を折り、嵐にむかって吼《ほ》えたけり――いや、嵐と共に吼えたのか――リュールに慈悲をこい、拳をどこかに打ちつけ、こんなところは嫌だ、出してくれ、と懇願する。泣き叫び、幼いときに失った両親を呼び、どうか助けて、助けてください、と喚きちらす。

だが稲妻と霧の闇は変わらず、永遠につづいた。

もはやハルファリラは声をからし、力なく横たわる。誰も助けてはくれない。誰の助けも届かない。彼女はこの闇の中に、ただ一人だ。

ポーポスもサナーもいない。オーヴァイディンでさえわたしをさがしあてられない。自分だけ。独りでこの闇を切りひらかなければならない。

闇は重く、稲妻はおぼろに、彼女を取り囲み、永遠を約束している。そう、おまえは独りだ。どこで何をしていようと、おまえは独り。誰もおまえのことを知らないし、知ろうともしない。永遠に。

氷をおしつけられたように腹部が冷え冷えとし、身体中の熱が奪われた。血はめぐるのをやめ、力がぬけていく。彼女はゆっくりと仰向けになり、それっきり動けなくなった。

目だけはあいていられる。まだ。それも辛くなってくる。目蓋《まぶた》というものはこんなに重かったか？　つむってしまったらおしまいだとわかっていた。死でもない、生でもない、ただの闇に孤独にうちひしがれて永遠に眠るのだ。

背中にほんのわずかな振動を感じ、耳をすました。どこか底の方で――底なのだろうか、天井なのだろうか、今となってはわからない――誰かの話し声がするようだ。くぐもったそれが、背中に響いてくる。

身体の重みがなくなり、直後には青白い冬の陽射しに照らされたペタルクの〈冬の王宮広場〉に立っていた。人々が役人からカラン麦の袋や揚げ饅頭《ピロツカ》をもらうために、長蛇の列をつくっている。並んでいる方も役人も、痩せこけているのが、ぶ厚くまとった外衣の上からでも見てとれる。春になれば、と誰かが呟き、わからんぞ、また飢饉《ききん》かもしれん、と別の誰かが吐きすてるが、それすら力なく、雪の上にむなしく落ちる。鼻と額を赤くした初老の男女が、うけとったカラン麦を小脇に抱えて去っていく。その足取りが他の者とは異なって比較的軽々としているのに気づき、あとを追ってみることにした。

小雪がちらつく中、二人は小さな家々がひしめきあう路地に入り、一軒の立て付けの悪い扉の家にたどりついた。炉の前に年子らしい二人の子が丸くなっていたが、炉には灰がつもり、親指の先ほどの熾《おき》がかろうじてまたたいていた。二人の子に配給されたピロッカを一個ずつ渡して、両親は再び外に出ると、さらに路地を進んで軒端が破れてぶら下がっている入口をくぐり、勘定台にカラン麦二袋をおき、飲ませろ、と喚いた。杯二杯が出されると、これだけかと文句を言い、酒場の主人がどこも品薄だ、嫌なら帰りな、と言いかえし、杯のとりあいになり、水で薄めたオットガがあらかたこぼれ、互いに互いのせいにして、とっくみあいがはじまる。警吏が呼ばれて踏みこんだときには、酒場の主人は腹から血を流して倒れ、妻の方が半狂乱で喚きつづけ、夫は肉用ナイフを手に握りしめたまま呆然とつっ立っている。

夫は荒々しくひきたてられて牢に放りこまれた。

牢内には他に十人ほどの男たちがいたが、何日かたったあと、一人の若者だけが解放される。裁きを待つまでもなく出される際には、「恩赦」という一言が発せられる。だが実際は違う。獄吏《ごくり》に親が金を渡したのだ。その若者が再び獄に戻るのに三日はかからない。二度ともけちな盗みをしたせいだが、鍛冶屋をしている親の仕事を真面目に手伝えば、盗んだ品物を数個はまかなえるはずだった。

——今そなたは孤独にうちひしがれているが。

と、どこからか声が響いた。

——帝王になればもっと孤独を感じることになる。そして、このような輩《やから》をも包み抱いて養う責任を負う。国庫をひらいて食物を供給しても、感謝の一つもなく飲み代にかえてしまう蒙昧《もうまい》の徒、刻苦して日々を重ね、幸福への石段を積みあげようともせず、ただ奪い、壊し、自ら滅びていこうとする迂愚《うぐ》の徒をもかかえていかねばならぬ。そなた自身、絶対の孤独を胸におさめて、すべて世はこのようなものであるとうけいれ、認めなければならぬ。その覚悟があるか？

　はっとすると彼女は再び闇の中にいた。両足で立ち、目を見ひらき、拳を握っていた。顔の前にイスランの白琥珀が静かに浮かび、彼女の返答を待っていた。闇にあって、この親指ほどの小さな光が、目の裏側まで貫きとおすほどのまぶしさだ。

　――覚悟や、ある？

　その声に、心の臓が呼応して震えた。一方では、何をしても、何をしなくても、人は孤独なのだ、と腹の底にわだかまった闇が嘲《あざけ》った。彼女は目を閉じたが、白琥珀の光は目蓋を透過し、頭の中の灯心草に火を灯した。希望、期待、展望、理想。それなくして人は真には生きられまい。飢饉のときにあってこそ、暗い牢獄の中にうなだれているときこそ、破滅を感じたときこそ。蛍火《ほたるび》ほどの灯り、葉末の露ほどの光、荒《すさ》ぶ夜空の爪の先ほどの三日月の輝き、暁闇の川面にひらめく波頭の一つ、それさえあれば、また生きていけよう。やりなおせよう。歩み出せよう。

　何をしてもしなくても、孤独は埋められない、と闇は嘲笑う。そうであるなら、孤独のままに、小さな灯りにすがってみなければならない。でなければ、生をうけた意味そのものが無に帰する。

ハルファリラは目蓋をあげた。覚悟といえるほどの覚悟はないが、肝はすわった。自分自身、何をすべきかようやくわかった。

オーヴァイディンがかけてくれた方の白琥珀を胸から引きだした。ヴュルナイの琥珀、彼が百年以上我知らず胸に抱き、捨てられなかった思い、達成できなかった誓いのしるし。

おそるおそる持ちあげて、宙に佇む片割れに近づける。イスランの白琥珀は少しの手応えもなくとけあった。一挙に、光という光がおしよせてきた。夏の陽光、秋の水面の反映、冬の雪明かり、春の月光。次いで、海の波音や梢をわたる木枯らしや雨だれや火山の憤激や虫のすだき、小鳥の鳴き声、牛が草をはむ音、人々の暮らしのざわめきが周囲に満ちた。かと思うや、高い喇叭《らっぱ》の音が轟き、次の瞬間、彼女はイスリル王宮の広間の床に腹ばいになっていた。

思考が追いつくまで、かなりのときを要した。身体の下に床のかたく冷たい感触を確かめていると、背後で彼女の踵《かかと》をつかんでいたエムバスが手をはなして身を起こすのを感じた。握っていたオーヴァイディンの腕はいつのまにかすり抜けていた。息を二つ三つしているあいだは、彼もいた――ような気がする。だが、ようやく上半身を起こしてみれば、その姿はかき消えて、どこへいったのかと目で追うあいだに、ポーポスとサナーが飛びついてきて抱きあい、喜びあうのに紛れてしまった。

二人が長い抱擁から彼女を解放し、エムバスが手をさしのべて立たせてくれた。その途中で、白琥珀がちかりと輝き、イスランの笑いを含んだ声が、彼女の耳にだけ届いた。

――われら魔道師は、世の闇をひきうけて、さらに独り立つものぞ。
独り立つ。
ハルファリラはエムバスの手をそっとはなし、大きく息を吸ったのだった。

15

槌《つち》音や鑿《のみ》音が響く。ハルファリラが聞きなれたのこぎりや斧の音ではないけれど、建設の物音がするのはいいものだ。

死者たちに壊された王宮や城壁の修復が、一年半たった今でもつづいている。破壊するのは一瞬だが、築きあげるのには時間がかかる。ハルファリラは今更ながら、あらためてそのことを思った。

冥府《めいふ》の門から王宮に戻ったあと、〈双子の魔女〉とエムバスに導かれるままに王の私室に入った。魔道憲兵隊のセルラをも呼び、何があったのかを伝えた。セルラは話を聞きおえると、オーヴァイディンから届いた書簡に新王のことが書かれてあり、魔道憲兵隊はその提案を呑むと言った。魔道師軍団の方でも、死者を呼び戻すという禁忌をおこなう者を輩出してしまったゆえ、その提案をうけいれるでしょう、とも。

憲兵隊がセルラの号令で動き、イスリル中の門の外に待機していた各部族の軍団を王宮広場に集めた。ハルファリラは夕陽が溶かした黄金の光を投げかけ、長く濃い影をつくる中で、グラスグーシを倒し、王宮を占拠したと宣言した。戦《いくさ》は回避された。平和と繁栄を望むのであれば、イスランの時代に掲げられた理想、すなわち一つの国としてまとまることを今一度思いだせ。われらは一つの国家である。われらは皆イスランの子である。このハルファリラはイスランの理想を継ぎ、彼女が望んでやまなかった国家の夢を実現させるために国を統《す》べる者として立つ。われに従い、共に歩もうと考える希求の士は、新しき国づくりに進んで加わり、平和と繁栄をうちたてるために尽力していくのだ……。歓呼の声を浴びながら、そして傍目には栄光の絶頂にありながら、彼女の胸の内には静かにすべてを見はるかして騒がない何かが生まれていた。

この春、彼女が正式に戴冠すると、局地戦をくりかえしていたヒダルとグリルも、渋々だが矛をおさめたようだ。

王宮の外に立って、もとどおりのうつくしい姿に戻った塔の一つを見あげる。春の霧が朝陽の輪郭《りんかく》を卵の黄身のようにぼやけさせて、頬にあたる風はいまだ冷たい。川を行き交う水夫たちのかけ声が聞こえ、南島や黒衣島のざわめきも伝わってくる。

自分の運命を考えると、くらくらといまだに目眩《めまい》がする。オーヴァイディンがすべての部族に送った書簡のおかげで、ハルファリラが皇帝の座につくことは、さしたる抵抗もなくうけいれられたようだった。王宮占拠の五日後にひらかれた部族長議会では、大多数が彼女の着座を認め——ここ数十年来はじめて賄賂《わいろ》も脅迫もない清い選挙だった——イスリル初代皇帝ハルファールが誕生したのであったが……。

オーヴァイディンがいない。

どこにも。

一年半たってもそれを思うと、みぞおちに冷え冷えとした風が吹く。あれほどいまいましく自分勝手で小うるさく、鬱陶《うっとう》しく面倒な男、決して好きとは言えない男だったのに、不思議なことだ。

エムバスは、帰らない友が言い遺したことのみならず、彼がいればするであろうことをすべてやってくれた。ハルファリラの皇帝就任後の為政の細々とした手順を、側近として採用したポーポス、サナー、希望する部族の長《おさ》の縁者たちに教えこみ、体制を盤石《ばんじやく》に整えた。なすべきことは山ほどあり、彼女を囲むそれら十五人の側近で、議会の決定事項の細部をつめ、各部族や官吏におろす。その政務評議会が、新たに整えられた〈白琥珀《こはく》の間〉でおこなわれるようになり、〈白琥珀会〉と呼ばればじめたのは最近のことだった。室内の床と天井は白樫《かし》の明るい色、壁はやわらかい乳白色の大理石の小部屋で、長机の上座に座る皇帝の胸にはいつも白琥珀が輝いている、ということでそう言われるようになったとか。

エムバスの活躍は多岐にわたった。

マッキエ族マクマーマクがハルファリラとロブロー族をおとしめた罪で裁判にかけられ、ハルファリラの冤罪《えんざい》が宣言された。マクマーマクはペタルクにこもって臨戦態勢をつづけようとしたが、長びく交易封鎖に怒った交易商組合や船乗りたちの反乱によって領主の座を失ったという。息子が族長となって、騒動もおさまり、新しい族長はつい昨日、部族長議会にも顔を出した。

侵略を試みたあと、正規軍によって追捕《ついぶ》されたスースリン族は、鉱山の町に送られて訓練されている。送りかえしたところで、食糧難に直面するばかりであれば、銀鉱山で体力を生かした職について生活をたて直させようと、これもエムバスの提案に沿った。

ハルファリラの一族ロブロー族は、彼等と入れかわりに、故郷へ戻れるだろう。再び船を造る仕事ができるのだ。

魔道憲兵隊も魔道師軍団も、新皇帝を戴くことに何の不満もなく、通常業務に戻った。魔道師の母が皇帝であれば、何を言うことがあろうか。

遠視《とおみ》の魔道師たちが、力を有しているとおぼしき者たちを彼女の前につれてきたのは十日前か。彼女ははじめて、意識して人の中の闇の種を芽吹かせた。彼らは魔道訓練所で学ぶべきことを学び、水を操る力や大地を動かす力を会得するだろう。ハルファールの魔道師と呼ばれ、新たな帝国の新たな力となるに違いない。

〈白琥珀会〉では、歴史編纂を総合学院の学者たちに任せることも決めた。最初の提案はエムバスであったが、その後ろにオーヴァイディンの願いがこめられていることは、ハルファリラも感じていた。その際、帝国元年を百数十年さかのぼり、初代国王ルディルンの生まれた年と定めるように、と命じた。

側近の一人が近づいてきて、会議の時間だと告げる。ハルファリラは冷たい大気を胸いっぱいにとりこんで、踵《きびす》をかえした。

白琥珀の間には全員がそろっていたが、いつもは扉のそばで腕組みをして佇《たたず》むエムバスの姿がなかった。会議が終わり、夕刻になっても彼は姿をあらわさず、皆で楽しむ夕食の場にも来なかった。

その晩、ハルファリラは彼の仮居である修復された塔を訪ねた。塔の最上階にある住居は、きれいに片づけられ、持ち物はなくなっていた。

「聞きたいことがまだあったのに」

とハルファリラは呟き、窓板をおしあけて夜風を入れた。王都の人々の灯す灯りが、視界いっぱいに広がった。胸の琥珀が灯りに映えてきらめいたように思われた。すると、彼女の胸の内にも、その光が暖かくしみてきたのだった。

ペタルクの春の夜は甘い。暗闇にも咲く花々が、木立や庭、石壁の陰に匂いたつ。中級官吏のエーナードエーンは、ほろ酔い気分で自宅の門をくぐった。門衛は一人、しかもかなりの年の男だが、石壁に囲まれたマッキエ族の館の番人としては充分だった。

まだ宵の口、居間では妻と三人の子どもたちが、彼の帰りと手土産を待ちわびているだろう。彼の姿を目にして飛びついてくる子どもたちのことを思って、口元がだらしなくほころぶ。ペタルクの獄舎長としてはまずまずの暮らしだ。囚人もそう多くなく、手間のかかる者はいない。郊外で農家荒らしをしたスースリン族五人が送られてきたが、監房に入ってさえいれば怖れることもない。呑気に毎日が過ぎていく。

玄関から居間にむかう。いつもは足音を聞きつけて、一番下の娘が走ってくるはずなのに、今日は居間がいつになく騒がしく、子どもたちの喚声と妻の笑い声がいりまじって聞こえてきた。不思議に思って大股に踏みこむと、皆輪になって座りこみ、見たことのない男二人と〈落とし鬼〉遊びに興じているのだった。いささかむっとしたのへ、下の娘がぴょんととびあがって出迎え、彼の手をつかんで一緒に遊べという。遊ぶのはいいが、この二人は何者なのだ、と問おうとする機先を制して、四十がらみの男が腕を宙にふりまわしながら、満面に笑みをたたえて叫んだ。

「やあやあ、エーナードエーン！　実に久しぶりだ！　留守中に悪かったが、古い友達のオーヴだと言うと、妻君が歓待してくれてね！　夕食をごちそうになったおかえしに、きみが帰るまでお子様たちのお相手をしていたところだよ！　いやあ、久しぶりだなあ。最後にきみと会ったのは、イスリルの娼館で……おっと、これは子どもの前では語れないことだな！　ああ、奥方、気になさらず。まだ独身時代のささやかな気晴らしでしたから。こっちはエムバス、わたしの友だ。ペタルクに来たついでに、懐かしい旧友に会うと言ったら、自分も是非紹介してくれと言うのでね、大変あつかましいが、つれてきたというわけで！」

〈落とし鬼〉の輪から立ちあがって、いかにもうれしそうに彼の腕をつかんで挨拶した。が、腕をつかんだ力は強く、エーナードエーンのわけがわからないままの心得顔もひきつっていく。

　オーヴと名乗った男は、子どもたちにふりかえって、

「楽しかったよ、きみたち。今夜はこれから父上とつもる語らいをしたいので、お遊びはまたにしよう」

そんなぁ、と不満の声をあげる三人に、

「悪いね。おとなの話というものがあってね。この次を楽しみにしているよ」

「この次、必ずだよ！」

長男が長男らしい聞きわけの良さで約束をとりつける。男はひらひらと手をふって妻の方をむき、

「では少しばかりご主人をお借りしますよ。なに、すぐすみます。ちょっとわたしの仕事を手伝ってほしくてね。ご心配なく。……ああ、またそのうちよらせてもらいますよ。絶品の鹿肉《ヴォ》煮込み生クリーム添え《ルチーシャ》に恋をしましたからね！」

と喜ばせて、エーナードエーンの腕をぎゅうぎゅうつかみ、迷うことなく奥の客間につれていく。背後でエムバス、と紹介された大男が、扉をゆっくり静かにしめた。

「わ……わ……わたしには、きみのような友人はいないぞ」

ようやくはなされた腕をさすりながら言うと、男は居間からさらってきた蠟燭《ろうそく》を燭台《しょくだい》に立ててからふりむいた。

「わたしにも、ペタルク監獄の獄舎長に友人はいないよ。すまないね」

「な……な……なんだと？」

「家までおしかけたのは、その方が話が早いと思ったのだよ。それにしても！　あの門衛はかえた方がいい。塀に用を足しているあいだに、誰でも出入りができるぞ」

目を白黒している肩をおされて、椅子に座る。オーヴと名乗った男は、もう一脚を彼の前に

もってきて腰をおろし、ようやく一息いれた。

「お……おまえは何者だ。何の用だ」

「わたしは一言でいえば、悪党だよ。きみの牢獄に入っているようなけちな悪党じゃない。今見たように、無辜《むこ》の民の家に平気で入りこみ、子どもたちと無邪気に遊ぶ一方で、必要とあらば害をなすことだってやってのける悪党だ。この意味は、わかるな?」

上半身を乗りだして、ぎらりと目を光らせる。その冷たさ、酷薄《こくはく》さに、エーナードエーンは息を呑んだ。数多《あまた》の囚人を見てきたが、このような老成した目をしている者はいなかった。悟りきって、必要とあらば、どんなことでもやってのける人間の目だった。それでも、

「か……家族に手を出してみろ。地の果てまでも追いかけて、必ず極刑にしてやる」

と脅したのは、獄舎長の矜持からというより、子どもたちを守りたい一心からの勇気だった。

「あんたがわたしの言うことを聞いてくれれば、そんなことにはならないさ。もしそうなったとしても、わたしは決してつかまりゃしない。警吏がわらわらペタルクの町にわいてでた頃には、〈北の海〉に出ているからね。まあまあ、そんなに気色ばまずに。たった一つ、言うことを聞いてくれればいいことだ。それで、あとはお互い、一度も会ったことのない他人同士になるさ」

「ならそのたった一つとやらを言って、さっさと出ていけ。そして〈北の海〉でもコンスルでも、行きたいところに行けばいい」

「さすが、話のわかる男だ!」

いかにも愛想よさそうに頷き、微笑《ほほえ》んだが、その目は少しも笑っていない。鼻と鼻がくっつくほどに顔を近づけて、

「スタンタン、リーネクス、ハバーハブ、この三人の男たちを牢から出してやってくれれば、わたしは二度ときみにもきみの家族にも近づかないと約束しよう」

エーナードエーンは目をむいた。

「やつらは海賊の仲間だぞ！」

「もちろん、そうさ！　モルモーデンの部下たちで、腕のいい水夫で、剣術使いだ。稼いだ金でそれなりの宿に泊まればいいものを、ちょいとさかしい銭勘定をして安宿なんぞにしけこんだから、お上に通報されて宿酔《ふつかよい》の朝にお縄にされた。おつむの方は確かとは言えないが、それでもモルモーデンの船を動かすには必要な三人なのでね。彼らを解放すれば、モルモーデンもきっときみに感謝するだろう」

「それは……できない。そんなことをしたら、わたしは失脚する」

失脚するにとどまらず、彼自身が牢に入ることになるだろう。そうなれば、このささやかな屋敷も失い、妻子も路頭に迷うことになる。

「できない？　そんなわけあるかい。正直に話せばいいのだよ」

「しょ……正直……？」

「わたしに脅されたと言えばいい。家族の身の危険を感じて、言われるとおりにしたのだと。そうすれば幾分かは同情を集められるだろうし、裏切り者卑怯者の汚名はまぬがれるだろう。

ちっとは降格処分か減俸をくらうかもしれないが、すべて失うよりはましだと思ってくれればいい。なに、少しばかり自然災害にあったようなもの、と思えばね。それとも……」

オーヴは傍らの卓の上に、小袋をほうった。小袋は銀貨の音をたててちんまりとおさまった。

「それをうけとって姿をくらますか。うけとらなかったふりをしてあとはあったままをしゃべるか。わたしはどっちでもいいがな」

エーナードエーンは目を瞠《みは》って金袋を凝視した。銀貨の音は聞きまちがえようがない。銅貨より軽やかで、涼しい音色を奏でる。十年は遊んで暮らせる額と見た。拳《こぶし》を握ったりひらいたりし、それから喉仏を大きく動かして口元をひきつらせ、ぎゅっと目をつむり一呼吸、

「わかった」

と呟き、小袋をひったくって懐《ふところ》におしこんだ。

「それでこそ世を知る男の仕業というもの！」

大袈裟にオーヴが両手を広げて称賛するのへ、

「あんたに脅されて逃がした、と出頭してもいいのだな」

と確かめる。オーヴはもちろんだよ、と朗らかな声をあげ、

「今後二度ときみの家族の安全を脅かしたりは決してしない。国母イスランの霊にかけて誓うとも」

「……一つ聞いていいか？」

「どうぞどうぞ。なんでも聞いてくれ」

「あんたは何者だ？　海賊の一味とはとても思えないのだが」

ふむ、と鼻柱の奥を鳴らしてから男は立ちあがり、影のように佇む大男から変わったかぶりものをうけとって頭にのせた。

「……そうだな。出頭したら、誰に脅されたか聞かれるだろう。では、こうしたまえ。『魔道師オーヴァイディンと名乗った』と言いたまえ。ま、それで数日は拘束され、魔道憲兵からいろいろ聞かれる羽目になるだろうが。……うむ、そうするのがいい。そうすれば普通より余計な温情をかけてもらえるだろう。オーヴァイディンにやられたとなれば、誰しもが仕方がなかったのだと納得するだろうから」

「ま……魔道師オーヴァイディン……？」

聞きかえすのへ手をひらひらとふって、オーヴと名乗る男は出ていき、大男はふりかえって、楽しかった、と短く伝えて扉をしめた。エーナードエーンは椅子に座りこんだまま扉を見つめ、しばらくしてから突如として、単なる災厄にみまわれたのではないということに気がついたのだった。


「金をうけとりましたね」

暗路を歩きながらエムバスが言った。

「人は三つの欲望で身を滅ぼす。権力、金、女」

オーヴァイディンは愉快そうに答えた。エムバスは肩を並べてぼやいた。

「権力にも金にも女にも執着しないあなたが、一番悪党なのに」

はっは！　とオーヴァイディンは哄笑し、

「百年以上生きている魔道師の面目躍如《めんもくやくじょ》、だろう？」

「金をうけとらなければ、縁は切れたのに。可哀想に、相手が悪かった」

金袋を懐に入れた時点で、収賄《しゅうわい》の罪が成りたつ。皇帝が玉座につき、収賄禁止令が発令され、違反した者は片端から検挙されているものの、悪しき習慣は黒黴と同じで、おいそれととれてはくれない。以前より表だってなされなくなってはきているものの、収賄罪に問われることを脅迫の材料として持っていれば、今後必要なときにエーナードエーンの助力をあてにできる。彼は、囚人三人を解放して、オーヴァイディンとの縁が切れたと思うだろうが、そうはいかない。

「しかし……なぜ魔道師と名乗ったのです？　あれでは、すぐに憲兵隊が乗りだしてきますよ」

「最後にセルラの姿を拝みたいじゃないか」

それを聞いて、エムバスは呆れたというように溜息をついた。

「また、思いつきですか」

「まあ、そう言うな。海賊モルモーデンに借りをかえし、獄舎長とのつながりができ、セルラの怒った顔が見られる。これ以上の餞別はあるまい」

「うまく逃げてはじめて言えることですよ、それは」

「当然、うまく逃げるさ！　決まっているだろう！」

ほとんど不眠不休、馬を乗りついで、都からペタルクへとたどりついたセルラと二人の部下は、エーナードエーンの取り調べの報告書にさっと目を通した。皇帝擁立で、それまでのオーヴァイディンの罪状はうやむやになり、セルラも半ばあきらめ、半ば安堵していたのだが、ことに官吏への脅迫となれば、魔道憲兵隊として動かざるをえない。副長自らが出張ってきたのは、オーヴァイディンへの腹立たしさ――悪党なりに、おとなしくしていればいいものを――と、悔しさ――裏切られたという思いが強いのはなぜだろう――と、期待感――やはり生きていた、また会えるかもしれない――がないまぜになって、彼女をかりたてたからだった。

書類をおしつけるようにして警吏にかえすと、彼女は再び馬に飛び乗り、ペタルクの町を横切っていった。石畳に響くときならぬ馬蹄《ばてい》の響きに、塔の上に集まっていた鴉《からす》や鳩が一斉にとびたった。春の陽射しに誘われて市場にくりだしてきた人々が、顔をひきつらせて道をあける。

陽光のもと、天藍石をしきつめたように穏やかな海の波止場に走りこんだ。大型船が直接接舷できる桟橋は二つ、三人はその片方に停泊している三隻の交易船に次々に乗りこんで調べた。それからもう一つの桟橋に行くと、ちょうど奥の一隻が出港しようと帆をおろしたところだった。その舷《ふなべり》に、帽子をかぶった商人風の男の姿を認めた。

「その船、待ちなさい」

セルラは大音声に呼ばわり、駆けよったが、制止の声が届いたのか届かなかったのか、渡り板がはずされ、たちまち彼女と船のあいだを海がへだてた。戻りなさい、魔道憲兵隊だ、と叫んでも、膨《ふく》らんだ帆が陸風をうけてたちまち遠ざかる船である。セルラは地団駄を踏んで、赤地に黄色の飾り十字の帆を記憶に焼きつけるしか術《すべ》はなかった。

　その姿を遠く丘の上から認めたオーヴァイディンは、満足ですか、と尋ねるエムバスに、満足だよ、もちろん、と明るく答えた。馬首をかえした丘のむこうから、やっと見つけた、と叫びながら馬を駆けさせてくるスティッカーカルの姿が大きくなってくる。

「ペタルクと一口に言っても、やたら広いんだってこと、わかってるか、おい」

　息をはずませながらそばにあがってきた大道芸人の座長は、

「ポツリの長が死んだ。跡目争いになっている。長女と甥っ子と長の弟の三つ巴だ。おさめに行ってくれ。得意の口八丁で、なんとかうまく皆をなだめてくれ」

「ほ、ほう。それはまずいな。ポツリはヒダルに隷属しているようなものだ。さっさと決めてやらないと、またヒダルが口出しをはじめそうだ」

　血の気の多い乱暴者の部族には、なるべく権力から遠ざかっていてもらわねば、帝国のためにならない。

「それが終わったら、シャロー族のところに顔を出してくれ。長が部族長議会の運営について、何やら意見があるらしい」

「人づかいがあらいやつだなあ」

「ぶつくさ言うな。帝国の〈渡り鳥〉スティッカーカル様の指示どおりに働くと誓ったのはそっちだろうが」

「諜報活動の下請けが、こんなものだとは思ってもいなかったよ」

「さあ、行った、行った。皇帝陛下の御為に、影となって働け」

スティッカーカルに尻を蹴とばされるようにして、丘を下りはじめた。その尻へ、〈渡り鳥〉の長が、また声をかけた。

「陛下におぬしが生きていると告げなくて、本当にいいのか？」

ふむ、と鼻息を吐いて馬を一旦止めた彼は、帽子《ツュルバ》をちょっともちあげて答えた。

「オーヴァイディンは死んだのだよ、さまよえる魔道師はもう消えた」

「なら、あんたは今は何者だっていうんだよ」

一瞬の間をおいたのち、馬首をかえしてかすかに微笑む。

「戻るのさ、大昔の魔道師に」

イスランの理想のため、あえて闇に生きることにしよう。再び名乗る日が来るとは思いもしなかった、と深い感慨を抱く。悪名高いその名を、堂々と名乗る日が来るとは。だが、それこそ好都合というものだ、影となって働く身としては。

「そんなら今度会うときには、なんて呼べばいいんだよ」

と問うスティッカーカルに、馬首を進行方向に戻しながら、彼は答えた。

「ヴュルナイだ」

「なん……なんだって？」

初夏となった青空に朗々と笑い声をあげてから、もう一度その名を高らかに響かせた。

ヴュルナイ。

イスランの黒猫

BLACK KITTENS

「……ですからね、もう、ほら、本当にたくさん自薦他薦、来ておりますのよ。このうちのどなたか一人に決めていただければ、皆落ち着くところに落ち着くと思うのですよ」

カレズ部族長の妻クツキが、笑みを浮かべた顔に抜け目のなさを潜ませつつも、おもねるような声音で言った。イスランは手渡された一枚の書きつけにさっと目を走らせた。十人ほどの名が載っている。カレズの部族長の甥っ子を筆頭に、ヒダルの族長本人とその二人の弟、キルナダの族長の妻の弟、あるいはグリルの民で、評判のあまりよろしくないものの、鉱山を一つ持っている大金持ち、はてはホーズの族長の従妹の嫁ぎ先の義弟の息子、などと、よくわからない血筋の人物まで。

居間兼執務室兼応接室兼食堂にしている大広間の、あっちではリルルの子どもたちが遊び、こっちでは機《はた》が音をたて、窓際の書き物机では身をかがめたルネルカンドが執務をおこない、その脇では家令と会計士が額をよせて相談事をしている。窓の外では、冬枯れた木々が、一斉に声をあげたかと思うやたちまち芽吹いて、もう鮮緑の林や森となり、真昼には、汗ばむ肌にそよ風の心地良い季節を迎えていた。こうした自然の大きな力には、イスランとてもただただ感嘆するばかりだ。あらかたの部族を傘下に組み入れて、戦も一息ついたようなこの初夏、家令と食糧倉庫の様子を確かめにいく約束だったのだが、出かけようという矢先の、クツキの訪問だった。

何かと思えば、テイバドールが亡くなって二年、そろそろ再婚したらどうかとの、お節介おばさんの提案である。しかし、さすがにただのお節介ではない。それぞれの候補者から口利きの手付金をちゃっかりせしめて、成婚かなった相手からはさらに大金をいただこうというつもりなのだ。そうでもなければ、人のためになど決して動いたりはしないクツキである。

イスランは書きつけを膝の上に置いた。微笑みを浮かべて、

「おばさまの申し出は大変ありがたいことと存じます。でも、いかがなものでしょうね。部族がようやく一つにまとまろうとしているこの時、しかもやっとわたくしを部族長の長と議会が認めたその矢先に、特定の部族の人を夫として迎えたりしたら、再び戦となるやもしれず。それだけは絶対避けるべきと思いますの」

「そ……それは、そうかもしれないけれど……、だ、だったら、どう、このヒダルの族長なら、あなたに次ぐ実力の持ち主ですもの、誰も文句は言わないと思いますよ」

「文句は言わないでしょうね、表だっては。されど、不満は軒下でくすぶるものでしてよ」

「なら、なら、族長の弟たちはどうかしら」

人の話になど耳を貸さないふうで、強引にことを進めようとする。対してイスランは、かすかな嘲笑《ちょうしょう》を唇に浮かべて、

「上の弟は口達者な乱暴者、下の弟は〈歌い手〉を気取って下手な竪琴《たてごと》を弾くおどけ者、と聞いておりますよ。それにね、おばさま。もう二年、とおっしゃいますが、わたくしにはまだ二年、ですの」

胸をおさえて悲痛な表情をつくってみせる。あながちそれは、嘘ではない。胸の底に、重く沈む鍵のようなものがあって、その鍵はテイバドールにしかあけられないのだ。

そこまで言われれば、さすがにごり押しは控えた方がいいと判断したクツキは、不満そうに唇をひん曲げ、目元を険しくしつつも、渋々立ちあがる。

「仕方ありませんわね。……でも、あたくし、あきらめませんから。また来ますからね」

戸口の方へ数歩行ってからふりむいて、

「まだ二年、とおっしゃったけど、そのあいだ、あなたの心が一度もときめかなかったなんて戯言は信じませんからね」

厭味ったらしい口調で吐き捨て、どすどすと出ていった。

イスランは何も言わなかった。思ってもいなかったことを言われたその刹那、脳裏にとある男の姿があらわれたものだから、彼女自身もびっくりして、言葉を失ったのだった。鮮烈によみがえってきたのは、堂々とした体軀と深い青い目。それは、閲兵式で一番前に並んでいた男で、怖気ることなく魔道師イスランを見かえした。その瞳は、夜の静けさをまとっていた。誰

をも憎むことのなかったテイバドールのまなざしに似て。心の臓がきゅっとしまった。直後に身体中の血がうなじをのぼって、目の奥で紅い花を咲かせた。……彼の長ひょろい顔を思い浮かべた今、また胸の鼓動が速くなる。

「ううん。こりゃ、何か対策を考えないとなあ」

いつのまにか隣に来たルネルカンドが唸った。

「こういうのがつづくのは、部族の結束にもよろしくない。もちろん、きみに、想う人がいるのなら別だけどね」

イスランはすでに己をとりもどしていた。脳裏に浮かんだその男を心の片隅に放り投げて、薄く笑う。

「クツキには感謝するわ、ルード。おかげでわたくしの立つべき位置が明確になったもの。わたくしは誰とも添わない、添ってはならない。二度と、ね」

一呼吸おいてからルネルカンドはうなずいた。

「ちょっと寂しいことだが……同意見だよ。だとすれば……それを、どう、あのわからずやの長たちに理解させるか……」

「あなたなら何かいい方法を考えだすでしょう。任せます」

「うん、何かいい方法を考えるよ」

そこへ家令のワールワドがやってきたので、イスランはつれだって表へと出た。

中庭の花壇には、早くも朱金草《しゅきんそう》が花をつけ、東方から取り寄せた糸吐き草が銀の毛を風になびかせている。まぶしい陽射しの下、宮殿の普請の槌音が遠く響く中、ショー川から引いた運河沿いに建ち並ぶ倉庫の前通路にやってきた。普通二人の衛兵が、門番をしているのだが、この日は一人だけだった。もう一人は、と、さりげなく尋ねると、ワールワドは、気まずそうにこめかみを爪でかきかき、実は、と語りだした。

数か月前にネズミが大発生し、三つある倉庫に一匹ずつ、猫を飼うことをイスランは許した。先月、そのうちの一匹の雌猫が仔を産んだという。ところが、一昨日ころから、野良猫にでも襲われたのか、母猫の姿が見えなくなり、乳離れしたばかりの仔猫が四匹取り残されて、

「まあ、御覧のとおりでして」

倉庫の端にもう一人の門番スタークが腰をおろして、その四匹の面倒を見ていた。

スタークは大男である。長ひょろい顔に黒い縮れ毛、髭が輪郭《りんかく》をおおっている。その長い髭面をくしゃくしゃに崩して、仔猫を遊ばせているのだ。来訪者に仰向いたその目は夜の青さをまとっており、イスランはどきりとした。ああ、彼だ。

「お……、これは、イスラン様……」

あわてて立ちあがろうとするが、仔猫たちにまとわりつかれてままならない様子。

しかし、まあ、乳離れしたばかりの仔猫たちの、なんと小さいこと。細い四肢、手のひらにすっぽりおさまる頭、一人前にぴんと立てている短い尻尾。おぼつかない動きの中に、それでも素早さや身の軽さの片鱗が見えて、その不均衡がたまらなくおもしろい。こら、よせ、離れろ、イスラン様の御前だというのに、と、スタークが焦るのもほほえましい。

「……毎日これでは、スタークの仕事が何ともなりません。それに、猫は一、二匹でいいんですよ。多いとその……糞、が、ですね……。始末するだけで大変で。場所が場所ですし……」

気がつくと、家令が口ごもりながら言い訳していた。二匹は黒白、あとの二匹は漆黒、それが、スタークの腕や肩によじ登り、靴紐を引っ張り、足首に噛みつく。どう見ても、世話をしているというより、遊ばれている図式。

なるほど、四匹ではたまらないだろう。スタークの目の下には、隈が浮きでている。たかが仔猫に大男が翻弄《ほんろう》されて、心身疲弊している。

ああ、でも、二匹だったらなんとかなるかもしれない。お互いに、ね。

イスランはつかつかと近づいて肩と腕の二匹をひっぺがし、腕の中に抱いた。

「イスラン様、お着物が……」

装飾外衣《キアトゥーシ》に爪をたてられて、刺繍《ししゅう》がほころびてしまう。それにはかまわずほほえんで、

「ならばこの二匹をわたくしがもらい受けましょうぞ」

「え……、え……？　し、しかし……」

「子もないわたくし、この黒猫二匹に夢中、というのもいいでしょう」

スタークが面倒を見たその半分を引き継ぐ。それだけでも何やらうきうきした気分になるのだが、それにも増して、この、小さくて黒い塊の、なんと愛らしいことよ。やわらかくて、ふわふわした毛におおわれていて、温かい。胸の冷たさをゆっくりと溶かしてくれるようだ。イスランは、じっとしていない二匹の頭を手のひらで包みこんだ。すると、それまで気づかずに

いた心の空隙が、夜のようになめらかで静かなものに満たされていく。

「こっちの金目はティル、こっちの銀目はスタル。そなたの名をもらいますよ、スターク。よろしいでしょう？」

ひどく恐縮するスタークに、たまに四匹を会わせる約束を取りつけて、イスランは足取り軽く戻っていく。

一月後、部族長会議で「国母イスラン」の呼称が承認された。女王でもなく、テイバドールの未亡人でもない、一個の不可侵の存在が誕生した。以降、クツキの訪いはふっつりと途絶えたのだった。

イスリル帝国年表

コンスル帝国歴(年)	イスリル帝国歴(年)	歴史概要
1		コンスル帝国建国
450ころ	0	イスリル帝国建国（『魔道師の月』）
		テイバドール死す
	1	リルルの長子ルディルン生まれる
		●コンスル帝国の脅威
		●イスランの発言権強まる
		●部族協議制始まる
	2	イスラン、全部族の長となる
		●対コンスル帝国政策の一環として魔道師軍団設立
	14	ヴュルナイ誕生
	28	ヴュルナイ初陣
480	31	第一次国土回復戦
	35	イスラン死亡。ヴュルナイ21歳
		ルディルン初代国王となる
	37	領土が広がり、部族が増える。ルディルンの暴挙が繰り返される
	38	カンカート、レイレディンが反旗をひるがえし内乱になる。ルディルン、ファーラ死亡。ヴュルナイ傷を負う
	39	二代目国王カンカート、コンスル辺境に出陣、戦死する。
		レイレディン三代目国王になる
	41	レイレディン、病死する。魔道王を求める声高まり、リルルの係累から選出された魔道師が王となる。以降、王には魔力の最も強い者がなる慣例ができる
580ころ	130	北の蛮族侵入
	131	皇帝ハルファーラ即位。ヴュルナイ117歳

収録作品中「イスランの黒猫」は書き下ろし、
「イスランの白琥珀《こはく》」は二〇二〇年小社より刊行されたものの文庫化である。

著者紹介　山形県生まれ、山形大学卒業、山形県在住。1999年教育総研ファンタジー大賞受賞。著書に『夜の写本師』『魔道師の月』『太陽の石』『オーリエラントの魔道師たち』『紐結びの魔道師』『赤銅の魔女』『白銀の巫女』『青炎の剣士』『久遠の島』『滅びの鐘』などがある。

検印
廃止

イスランの白琥珀《こはく》

2022年 7 月 22 日　初版

著 者　乾《いぬ》 石《いし》 智《とも》 子《こ》

発行所　（株）東京創元社
代表者　渋谷健太郎

162-0814/東京都新宿区新小川町1-5
電　話　03・3268・8231-営業部
　　　　03・3268・8204-編集部
URL　http://www.tsogen.co.jp
モリモト印刷・本間製本

乱丁・落丁本は、ご面倒ですが小社までご送付ください。送料小社負担にてお取替えいたします。

ISBN978-4-488-52513-2　C0193

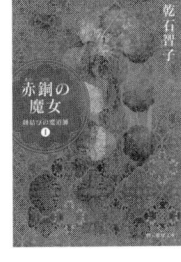

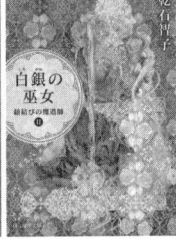

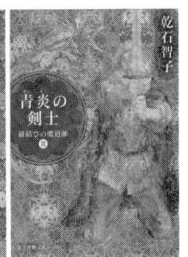